省筆論

「書かず」と書くこと

田村 隆 著

東京大学出版会

The Uses of Ellipsis:
"Telling" Without Saying

Takashi TAMURA

University of Tokyo Press, 2017
ISBN 978-4-13-083073-7

「書かず」と書くこと

「書かれたもの」の裏側には常に「書かれなかったもの」が存在する。中島敦『文字禍』には古代文字を研究する「博士」が、

書洩らし? 冗談ではない、書かれなかった事は、無かった事じゃ。(1)

と語る場面があるが、「書かれなかった事は、無かった事」とはならないことを読者の我々は了解している。それは同時に、「書かれなかった事」の中に「書洩らし」が多いことを意味しよう。夏目漱石『吾輩は猫である』の猫が次のように明かす通りであろう。

二十四時間の出来事を洩れなく書いて、洩れなく読むには少なくも二十四時間かゝるだらう、いくら写生文を鼓吹する吾輩でも是は到底猫の企て及ぶべからざる芸当と自白せざるを得ない。(2)

そこには自ずと「書く」「書かない」の選択が生じる。本書が問題にするのは、その際にいかに「書かない」か、すなわちいかに省筆されたかということである。

『源氏物語』には「書かれなかった事」が多い。藤壺との一度目の密通も「宮もあさましかりしを思し出づるだに」と朧気に記されるのみだし、光源氏の死も匂宮巻冒頭で「光隠れたまひにし後」とあることで示される。浮舟のその後も描かれることなく物語は終わる。玉上琢彌氏は、論文「源氏物

語の構成」の副題を「描かれたる部分が描かれざる部分によって支えられていること」とし、「描かれざる部分が、物語の外に広く深く存することを、この物語は明示する」と指摘する。[3] 玉上氏も含め、それらの重大事がなぜ書かれなかったのかということについてはさまざまに論じられてきた。その一端は本書でも紹介するつもりである。しかし、先に述べたように、私が問題にしたいのはむしろそれらがどのように書かれなかったのかということである。省筆を叙法として捉え、その役割や効果を考察することで、物語の舞台裏を探ってみたい。

『源氏物語』には「書かれなかった事」を明示する次のような例が散見される。

> 院の御前に、浅香の懸盤に御鉢など、昔にかはりてまゐるを、人々涙おし拭ひたまふ。あはれなる筋のことどもあれど、うるさければ書かず。（若菜上）

朱雀院の出家をめぐる「あはれなる筋のことども」が、「うるさければ書かず」の言辞のもとに退けられる。ただ書かないのではなく、いわば「書かず」と書いているのである。一、二例であれば気にもなるまいが、物語中、実に六十四例に及ぶ省筆の辞を目にし、それらは一体なぜ必要なのかという素朴な問いが生じた。省筆の断り書きは、筆を省くことのみが役割であるなら実は無用のものである。この場面で「書かれなかった事」は無論「無かった事」ではない。そう考えれば、「うるさければ書かず」とは端的に言えば、「あった」ことを顕在化させる書き方と言える。

それゆえに、わざわざ書き記す省筆の表現には種々の工夫が凝らされた。

> いますこし問はず語りもせまほしけれど、いと頭いたううるさくものうければなむ、いままたもついであらむをりに、思ひ出でてなむ聞こゆべきとぞ。（蓬生）

これは省筆の理由を頭痛としたものである。語るのを止めたのなら省筆ではないという理屈もあろうが、語り手のことをも書いている作者紫式部の存在を意識する意味でも、やはり私は省筆という言葉を用いたいと思う。千年前の読者もこれを読んで真剣に語り手の頭痛を案じることはなかったであろう。語り手の見え透いた言い訳に対して紫式部のユーモアを感じ取ったことと思われる。それは今日でも同じことで、四代目古今亭志ん生による落語「宮戸川」も「残念ながらここでテープが切れた」というサゲで笑いを誘う。このような閉じ方は遡ることができ、二葉亭四迷『平凡』の末尾には、

二葉亭が申します。此稿本は夜店を冷かして手に入れたものでございますが、跡は千切れてございません。一寸お話中に電話が切れた恰好でござりますが、致方がござりません。(4)

とあり、さらにずっと遡って鎌倉時代成立の『松浦宮物語』にも、

本の草子、朽ち失せて見えずと、本に。　(巻三)

「この奥も、本朽ち失せて離れ落ちにけり」と本に。　(同)

のごとく本が朽ち失せたことを理由にした省筆が見える。また、これをユーモアと評するのは語弊があるかもしれないが、フェルマーの最終定理に付されたという「私はこの命題の真に驚くべき証明をもっているが、余白が狭すぎるのでここに記すことはできない」(サイモン・シン『フェルマーの最終定理』)(5) とのメモも、真意はともあれ興味深い省筆の辞である。

このような省筆は話題の転換や物語の閉じ方にも関わる一方で、「語り」の構造を顕在化させる。先に見た頭痛による省筆においても、同時に生身の語り手がいることを示す役割をも果たしている。それもまた、書かないことによって書かれたと言うべきであろう。『源氏物語』における語り手の存

在は、「草子の地」「草子地」の名で宗祇『雨夜談抄』（文明十七（一四八五）年）以降の注釈書において注意が払われてきたことでもある。野口武彦氏は、「おそらくは、『源氏物語』の中での最大の作中人物は「語り手」自身であった」(6) と述べている。

『源氏物語』はどのように書かれなかったのか。「書かれなかった事」はどのように書かれているのか。本書の第I部はこのような問題関心からこれまでに発表した論考から成り、第II部には省筆そのものを扱ったものではないが、『源氏物語』の叙法や受容についての論考を収めた。

注

(1) 『中島敦全集』第一巻、筑摩書房、二〇〇一年。

(2) 『漱石全集』第一巻、岩波書店、一九九三年。山本貴光『文体の科学』（新潮社、二〇一四年）にこの例に関連する考察がある。

(3) 『源氏物語研究』角川書店、一九六六年。初出は『文学』二〇―六、一九五二年六月。

(4) 『二葉亭四迷全集』第四巻、岩波書店、一九六四年。神田秀夫「源氏物語管見」（『古小説としての源氏物語――神田秀夫論稿集 第二』明治書院、一九八四年一月）に「舞台を仮設しての演出」の例として紹介される。

(5) 青木薫訳。新潮文庫、二〇〇六年。

(6) 「「語り手」創造――源氏物語、方法としての語り」『国文学』二十七―十四、一九八二年十月。

省筆論／目次

第II部

本書における『源氏物語』『紫式部日記』などの古典文学作品の引用は原則として『新編日本古典文学全集』(小学館)により、それ以外の叢書による場合にはその旨を適宜注記した。なお、引用文には私に傍点および傍線を施した箇所がある。

第Ⅰ部

省筆論

一

『源氏物語』における「書かない」ことを、「省筆」の語を用いて「さらにいとめでたし」と評価したのは、幕末の国学者萩原広道であった。『源氏物語評釈』（嘉永六（一八五三）年）の「総論」に端的な説明がある。

省筆　事の長かるべきをいたく約《ツヾ》めて。前後《アトサキ》のさまによりて。かゝる事と見ん人にさとらしむる類。また他《ホカ》にてありし事を。人の物語の中にいはせて其趣をしらしめ。或は煩はしきをいとひて省けるなどの類をすべて省筆といふ。(1)

この定義は馬琴の「稗史七則」に多く拠っていることがすでに指摘されているが、(2)広道以後、省筆の語は坪内逍遙『小説神髄』（松月堂、明治十八（一八八五）年）や、斎藤緑雨「小説評註」（明治二十三年）などにも紹介される。島津久基『対訳源氏物語講話』(3)は省筆のことを「宛然馬琴でも使ひさうな口吻で、明らかに物語式叙法である」と述べるが、これも広道を経由した評と見るべきであろう。明治三十八年刊の藤岡作太郎『国文学全史　平安朝篇』（東京開成館、明治三十八年）では光源氏の死や藤壺との一度目の密通などが書かれていないことを特に「大省筆」と呼んでいる。森鷗外も『カズイスチカ』（明治四十四年）の中で「省筆」の語を用いている。

Monet《モネエ》なんぞは同じ池に同じ水草の生《は》えてゐる処を何遍も書いてゐて、時候が違ひ、天気が違ひ、一日のうちでも朝夕の日当りの違ふのを、人に味《あじわ》はせるから、一枚見るよりは較べて見る方が面白い。それは巧妙な芸術家の事である。同じモデルの写生を下手《へた》に繰り返されては、溜まつたものではない。ここらで省筆《せいひつ》をするのは、読者に感謝して貰つても好い。(4)

玉上琢彌氏の論文「源氏物語の構成――描かれたる部分が描かれざる部分によって支えられていること」(5)における「描かれざる部分が、物語の外に広く深く存することを、この物語は明示する」という指摘については本書冒頭の「「書かず」と書くこと」でも触れたが、氏はまた、

現代に生きるわれわれの目から見れば、その描かれたる部分と描かれざる部分と、いずれが重要か、疑問なきをえぬ。作者は、われわれとは違う標準をもって、描くべき部分を選び、排列したようである。その点をそのままに認めることにしたい。

とも述べている。ちなみに、この指摘が諸書に引用される際にはあまり言及されないが、「描かれざる部分」の例として六条御息所や朝顔斎院などの女君達が紹介もないままに現れることが挙がっているように、これは「輝く日の宮」巻の有無など、いわゆる成立論の文脈で「その点をそのままに認めることにしたい」と述べられたものである。ともあれ、玉上氏の考え方は多屋頼俊『源氏物語の思想』(6)の「源氏物語わ主要人物に関しても必要の無い事わ惜しみなく省略している」という指摘にも通

じよう。この「われわれとは違う標準」ゆえに、書かれていてほしいという欲求は『山路の露』『雲隠六帖』『手枕』といった擬作へと結実した(7)。円地文子訳にしばしば見られる原文にない言葉の加筆も、規模は異なるがその一例と言えよう。ただし、この「われわれとは違う標準」自体も物語の中で揺れ動いている、私見によれば自在に選択されているように思われる。

出雲路修「擬古文を書く」(8)に、

> この考えが、平安文学の考えに近いのであろう。「書かない」という書き方であろう。むずかしい。じつは、古語辞典さえあれば、いかにもそれらしい古文を作るのは、そんなにむずかしいものではない。むずかしいのは、「書かない」という書き方、これが最も重要なポイントだ、とわたしは思う。江戸時代の建部綾足や石川雅望の諸作品をはじめ、すぐれた擬古文は多い。……しかし、いずれも読後感は、平安時代のものよりはるかに記述が詳細、という印象がある。「書かない」という書き方は、なかなかむずかしい。

という興味深い一文がある。

氏の言う「書かない」という書き方の難しさは、省筆によって何を、どのように書かないのかという、対象と手法の問題につながる。

一つの例を見よう。『源氏物語』蜻蛉巻は冒頭から浮舟の失踪を語るが、その事実を知らない母親から手紙が届く。

> 泣く泣くこの文を開けたれば、
>
> いとおぼつかなさにまどろまれはべらぬけにや、今宵は夢にだにうちとけても見えず、ものにおそ

はれつつ心地も例ならずうたてはべるを、なほいと恐ろしく。ものへ渡らせたまはんことは近かなれど、そのほど、ここに迎へたてまつりてむ。今日は雨降りはべりぬべければ。

などあり。

浮舟と夢ですら逢えず、うなされることを気がかりに思った母親は便りを寄越した。ここでは、手紙の文面が具体的に記されている。その胸騒ぎは的中する。そして、母の思いと浮舟の行動の両者を符合させるためには、手紙内容が省略されてはならなかった。母の胸騒ぎを具体的に紹介することが物語の展開上必要だったためである。

一方で、「手紙の文面」は常に物語中で披露されるものとは限らない。源氏の手紙であってさえも省略されることがある。須磨にあった源氏は女君に便りを送るが、物語ではその内容は、

さまざま書き尽くしたまふ言の葉思ひやるべし。（須磨）

と語られるのみで省略される。女君への手紙の内容は、須磨の源氏を描く筋書きにとって不要であったからだろう。語り手の関心はすでに次の話題へと移っている。逆に、物語の進行に関わる重要な箇所には省筆はない。何を書き、何を書かないかが注意深く選択されているのである。『落窪物語』の手紙に関する吉川秀雄「落窪物語論」(9)の、「又、当時の仮名文の消息文の例は、他の物語のは、多くは文の一斑を掲げたものなるに、この物語にはその全文をいくつも掲げたれば、当時の消息文の体裁を知るにこれにましたるものなからむ。かくの如き例をいはば猶幾つもあるべし」という指摘を考え合わせれば、物語の展開を意識した『源氏物語』の叙述の強弱が窺い知れよう。省筆によって冗漫な記述が避けられながら、物語の進行にとって必要な事柄が選ばれていくという立体的な構造を持って

いることになる。換言すれば、読者の興味を本来的な前提として見据えながら物語展開上の必要事項を取り出し、文章上はあくまで「語り手の興味」の立場からそれらを取捨したかに装うということである。語りの当座性とも言えよう。省筆とは、書かない対象の表明でもあり、いくつか立てられた省筆の基準の合間を縫って物語が展開しているのである。

「書かない」「書けない」際の処理は同じ話でもテキストによって異なることがある。『枕草子』の「五月の御精進のほど」に見える省筆、

藤侍従、ありつる花につけて、卯の花の薄様に書きたり。この歌おぼえず。（三巻本）

について、能因本・前田本では実際に藤侍従公信「郭公鳴く音たづねにきみ行くと聞かば心を添へもしてまし」の歌を記すという異同がある。元からある歌を削除する必然性はないので、省筆の箇所に注釈的に増補されたということであろう。また「関白殿、二月二十一日に、法興院の」の段でも、

すべて一つに申すべきにもあらねば、物憂くて、おほかりし事どももみなとどめつ。

という省筆を含む前後の文章は三巻本にしか現れないという揺れが認められる。

また、『伊勢物語』三段に見える業平歌、

思ひあらばむぐらの宿に寝もしなむひじきものには袖をしつつも

について、『伊勢物語』では二条后についての注記が続いて段が終わるのに対し、同じ話を載せる『大和物語』百六十一段では、「返しを人なむ忘れにける」と付け加えられる。この省筆の辞は決して無内容ではない。事実かどうかや、業平の懸想への諾否はともかく、返歌がともかくも「あった」ことを伝えているからである。段末の「むかしをおぼしいでて、をかしとおぼしける」という二条后の

態度と軌を一にするもので、省筆の辞が物語を物語ならしめる役割を果たしていると言える。そのために、「忘れにける」と装われたのであろう。ただし、その装いは結果として失敗している。歌の後には「のたまへりける」と敬語が付き、『伊勢物語』では業平詠のはずの歌を、后の歌と見なさざるを得なくなるためである。「人なむ忘れにける」のが業平の歌となるが、主人公の歌がないのは不自然であろう。失敗が尚更、装いの感を強くする。

このように、「書かれたもの」の反転としての「書かれなかったもの」は、書かれなかったけれど確かにあったものを時に浮かび上がらせ、省筆の表現は時にその指標ともなる。それは単に、冗漫を回避する役割のみにとどまらない。

二

古典における省筆は中世の注釈書以来、語り手の言を指す「草子地」の一つとして位置づけられてきた。『源氏物語講座』第一[10]巻所収の中野幸一「源氏物語における草子地」は、草子地を「説明」「批評」「推量」「省略」「伝達」の五つに分類し、「省略の草子地」をさらに、

A　単純省略　B　理由付省略（1未見聞・2煩雑・3些細・4同例・5謙辞・6表現不能）

C　想像寄託　D　重複忌避　E　一部例示

の五種に分ける。それぞれの用例も挙げられているので参照されたい。なお、ジェラール・ジュネットの分類によれば、「省略法」のうちの「明示的省略法」にあたるであろう。[11]

そもそも、『源氏物語』における省筆はどこから来たものか。玉上琢彌『源氏物語評釈』の「これは作者のくせなのだ。『源氏物語』の作者のくせというより、あるいは、広く物語のならわしなのかもしれない」（夕顔）といった指摘は、文学史の文脈においてもう一度検討してみたい。また、「数の多いことが必ずしも効果を高めるとは限らない。むしろ低めることもあることを、この作者は知っているのだ。それは恐らく漢文から得たものであろうとわたくしは考える」（賢木）との指摘もあるが、この見方に関してはすでに『細流抄』が次のような注釈を示していた。

この程の事くたく〳〵しければ　草子地也事くたく〳〵しきによりて夕かほのやとへおはしそめつる事をはかきもらすと也是又文法なり後漢書蘇竟伝又与仲説書諌之文多不載云々此筆法に類せり(12)

傍点を付したように、『後漢書』を示しての説明である。玉上氏もこの記述を参考にしたのかもしれない。また、史書と異なる流れとして、例えば紫式部も読んでいたとされる唐代の伝奇小説『遊仙窟』に見える、

河東ノ紫鹽・嶺南ノ丹《あか》キ橘・燉煌ノ八子ノ柰《からなし》・東門ノ五色ノ瓜・大谷ノ張公之梨・房陵ノ朱仲之李・東王公之仙ノ桂・西王母之神《あや》シキ桃・南燕ノ牛乳之椒・北趙ノ鶏心之棗アリ。千名・萬種《ばんしょう》ニシテ具《ことく》クニ倫スベカラズ。(13)

のような例も、漢文由来の一端をうかがわせるものである。豪華さを印象づける列挙、盛大さの縷述を避ける省筆は、後に芥川龍之介『杜子春』（大正九（一九二〇）年）における唐都洛陽の描写などにも用いられている。

大金持になつた杜子春は、すぐに立派な家を買つて、玄宗皇帝にも負けない位、ぜいたくな暮らしを

し始めました。蘭陵《らんりよう》の酒を買はせるやら、桂州の龍眼肉をとりよせるやら、日に四度色の変る牡丹を庭に植ゑさせるやら、白孔雀を何羽も放し飼ひにするやら、玉を集めるやら、錦を縫はせるやら、香木の車を造らせるやら、象牙の椅子を誂《あつら》へるやら、その贅沢を一々書いてゐては、いつになつてもこの話がおしまひにならない位です。(14)

仮名散文における省筆の嚆矢と言えるのは、『土佐日記』である。『土佐日記』を披いてまず目に付くのは、日次による記載方法である。それが具注暦への書込みを基とした漢文日記に見られる形式を踏襲していることは夙に知られるところであるが、そのうちに次の二例がある。

六日。昨日のごとし。（承平五年一月六日）

二十四日。昨日の同じところなり。（承平五年一月二十四日）

このスタイルは、たとえば古記録に見えるところの、

一日、壬戌、触穢ノ疑ニ依テ例幣ヲ奉ラズ。先ヅ内ニ参リ、次デ院ニ参ル。今日ノ作法昨日ノ如シ。……（『小右記』永延元年五月）(15)

十八日、关丑、内ニ参ル。三相国同ジク参ルコト昨ノ如シ。……

十九日、甲寅、内ニ参ル。除目ノ議昨ノ如シ。……

廿日、乙夘、内ニ参ル。除目ノ議昨ノ如シ。……（『小右記』正暦三年正月）

などの記事を思い起こさせる（原漢文。私に訓み下し文に改めた）。先の貫之の例に用いられる方法は記録類に見られるそれと同質であって、まだレトリックとしての意識はないと言えよう。紀貫之という男性官人の手になるという事実にも注意したい。実録的な省筆が実録に近い語彙と表現で言い表され

ている。

注意したいのは、この日記の中にも先の実録的な省筆と異なり、レトリックを意識したと思われる省筆が見出されることである。

漢詩《からうた》、声あげていひけり。和歌《やまとうた》、主も客人も、こと人もいひあへりけり。漢詩はこれにえ書かず。
（承平四年十二月二十六日）

これならず多かれども、書かず。
（承平五年一月九日）

忘れがたく、口惜しきこと多かれど、え尽くさず。とまれかうまれ、とく破《や》りてむ。
（跋）

最後の例は擱筆の辞であるが、『土佐日記』における省筆はこの三例を含めた以上の計五例である。就中特徴的なのは「漢詩、声あげて……」の例である。角川文庫の注に「日記を女の筆に仮託している為、男の世界の漢詩は書けないと言う意」とあるように、ここの省筆に至って、「仮託」というレトリックが発生していることは見逃せない。このようなレトリックの意識から、叙法としての省筆は出発したと考えてよい（この問題については後の章で改めて論じる）。

以後の仮名散文には概ねこの『土佐日記』の後者三例に近い省筆が散見される。たとえば『蜻蛉日記』では、

その月、三度ばかりのほどにて、年は越えにけり。そのほどの作法例のごとなれば、記さず。
（中巻、天禄元年十二月）

単衣のかぎりなむ、取りてものしたりし。ことどもなどもありしかど、忘れにけり。
（下巻、天禄三年二月）

返りごとあれど、よし書かじ。（下巻、天延元年九月）

の三例。いずれも中・下巻に見えて上巻には一例もないことは注目してよい。『蜻蛉日記』上巻には私家集的な要素が色濃いことが指摘されているが、この現象はその性格を裏付けているとも言えようか。道綱母の省筆はあくまで散文の範囲内にとどまり、上巻の歌群は省く対象ではなかったということであろう。私家集に見られるような、歌の列挙を避ける手法をこの日記は用いていない。それだけ漏れなく記録する必要があった、またそう見える構成が要請されたということではなかろうか。

次は『紫式部日記』を見よう。省筆の多い作品であるが、いくつかの例を掲げる。

禄などもたまひける、そのことは見ず。（寛弘五年九月十一日）

白銀の衣筥、包なども、やがて白きにや。またつつみたるものそへてなどぞ聞きはべりし。くはしくは見はべらず。（寛弘五年九月十七日）

またのあしたに、内裏の御使、朝霧もはれぬにまゐれり。うちやすみ過ぐして、見ずなりにけり。（寛弘五年十月十七日）

奥にゐて、くはしうは見はべらず。（寛弘五年十一月一日）

みづからえ見はべらぬことなれば、え知らずかし。（消息文）

『紫式部日記』の省筆については、「実際に見聞したものの正確な記述を志向する断り書き」という見方がある。[16] 紫式部にとって自らの日記に使う省筆はあくまで実録向きであった。特に三例目などは朝寝坊を理由としており、それなりに現実味を帯びた表現と見てよいだろう。日記に対する式部の自由な姿勢がうかがえる箇所である。また、中には漢文に習熟していた式部らしく、『土佐日記』の書

き様にも近い例、

　膏薬くばれる、例のことどもなり。（寛弘七年正月一日）

といったものも、少数ながら見られる。この記事も含め、日記に見られる省筆全十一例のうち、いわゆる「消息文」の部分にはわずかに一例しかなく、他はみな宮廷記録に用いられていることに注意したい。

　省筆の始まりが日記という分野であったことは、その本領が記録にあったことを思わせる。そもそも筆を省くという営みが、有益な情報が選択される過程で起こることを考えれば当然と言えるが、それゆえに日記の省筆は、レトリックの側面を一部持ちつつも多くはあくまでも情報の実用的な取捨選択であった。それが物語という領域に現れることによって、「語り手」との接点が生まれ、草子地の中に組み込まれてゆくのである。

三

　作り物語における省筆の先駆として注目されるのは、藤井貞和氏も触れているように『落窪物語』である。(17)

　くはしくは、うるさければ書かず。（巻二）

　屏風の絵、ことごともいと多かれど、書かず。（巻三）

このような省筆が『落窪物語』中には随所に散見される。仮に「作り物語的省筆」と呼んでおく。

同じ作り物語でも例えば『住吉物語』には一例も見られない。
また、ここで「書く」という所作をもって表していることには注意してよい。玉上氏は『評釈』において、梅枝巻の、

かかる所の儀式は、よろしきにだに、いと事多くうるさきを、片はしばかり、例のしどけなくまねばむもなかなかにやとて、こまかに書かず。

の例について「作者の言葉。「書く」という言葉を用いるのは珍しい。普通は「語る」「言ふ」である」として物語音読論を擁護しているが、実際には『源氏物語』中に「書く」を用いた省筆は十三例を数え（無論草子地全般における「書く」の語はさらに多い）、この指摘はあたらない。また、省筆表現における「書く」と「言ふ」などの差異に着目して語り手の実体を分析した論考に、吉岡曠「源氏物語の語り手と書き手と朗読者と」[18]がある。ただし、作者は省筆の効果と役割によって変幻自在に書き分けていると考えるべきで、三谷邦明氏が指摘する「複数の女房たちの視点から草子地が描出され」[19]るといった側面も、額面通りに受け取るよりは、前述した「語りの当座性」という文脈で捉えた方が適当であろう。[20]たとえば、儀式次第などの描写に際しては、「記録」の側面が前に出て「書く」の表現が現れやすい点などに注目すべきではなかろうか。それは日記の「書き方」でもあった。別人格の設定ではなく、語り手の記録意識の表出と解したい。

作り物語において、もう一つ重要なのは『うつほ物語』である。開巻も早々にこの物語の特徴は現れる。

あるじあはれがりて、三人つれて三つといふ山に入りたまふ。そこにも同じごとのたまひて、四人つ

れて四つといふ山に入りたまふ。そこにも同じごとのたまひて、五人つれて奥へ入りたまふ。そこにも同じごとのたまひて六人つれて入りたまふ。そこにも同じごとのたまひて、七人つれて入りたまふ。

（俊蔭）

角川文庫の注に見える、「以上同じ事を飽きることなくくり返す修辞は、叙事詩ないし口誦文芸の流れである」という指摘の通り、『うつほ物語』の常套である。清水好子「物語の文体[21]」は、「文章が事柄を模写しようとしている、すなわち文章と現実が平行して考えられているときに、文体はありうるだろうか。むしろ、これらの物語は、文体以前の文体を持つと言いたい」と述べる。

また、多くの和歌の列挙についてもすでに周知の通りである。

あて宮、
　夏ばかりうひ立ちすなる時鳥巣には帰らぬ年はあらじな
兵部卿の宮より、
　ぬるみゆく板井の清水手に汲みてなほこそ頼め底は知らねど
あて宮、
　あだ人のいふにつけてぞ夏衣薄き心も思ひ知らるる
平中納言、
　いつとてもわびしきものを時鳥身をうの花のいとど咲くかな
あて宮、
　かひもなき巣を頼めばや時鳥身をうの花の咲くも見ゆらむ

仲忠、空蟬の身に、かく書きつけて奉る。
「言の葉の露をのみ待つうつせみもむなしきものと見るがわびしさ
ましていかならむ」ときこえたり。あて宮、
「言の葉ははかなき露と思へどもわがたまづさと人もこそ見れ
と思ふになむ、聞こえにくき」と聞こえたまへり。
（祭の使）

これらをはじめ、『うつほ物語』には最大で三十八首もの列挙（かすが詣）が見られること、高橋亨氏の指摘にある。(22) 後藤祥子「『源氏物語』の和歌――さのみ書き続くべきことかは」(23)は、「歌そのものも、陳腐でこそあれ、がんらいが非個性的な行事和歌としては、よくまあ破綻なく四十首も作り並べたものだと思われる出来栄えで、これはおそらく、『宇津保』作者の文人官僚的側面がおおいに発揮されたくだりなのであろう」と評し、そのあり方の記録的・散文的であることを指摘している。また、これも同氏がすでに述べていることだが、この歌の列挙が物語の後半になると、次第に減少していくという事実は看過されてはならないだろう。巻々の性格も無論あろうが、物語の進展に伴う文体の成長という点がより大きいのではないか。似た場面における列挙の繰り返しを避けたいという事情もあるだろう。

そして、それにかわる和歌列挙の冗漫回避の術を省筆に見出したのが『源氏物語』、あるいは次節に述べる歌物語の一群であった（例外は竹河巻で、大君・中君姉妹らの歌六首が並ぶ花の争いの語りは『うつほ物語』の面影を残す）。森岡常夫「源氏物語の省筆」(24)は、

即ち多数の和歌を羅列するといふことは、歌集的性格を主張する。これは到底散文とは渾融しない。

寧ろ物語性に反するものであらう。遊宴の和歌が屡々省略される根本の理由は、ここに存すると思ふ。……これらによつて物語の世界の和歌の世界と異ることが知られる。

と述べるが、『うつほ物語』の歌の列挙は「歌集的性格」によるとは言い難く、省筆の方法の未熟によって記録の性格が過剰なまでに現れていると考えた方がよい。

その一方で、『落窪物語』に散見されたような「書かず」系の省筆も『うつほ物語』にはほとんど見ることができない。中野幸一氏は「『うつほ物語』の草子地」(25)において、

省略の草子地はそれに気づいた作者が読者を煩雑や厭倦から救うべく案出した物語技法で、この草子地が、事実の克明の描写を特性とする『うつほ物語』に見いだされることは興味深い。

と述べるが、全体の数としては作品の大きさに比し、少ないと言うべきである。氏も掲出しているように、かろうじて探し出せるのが次のような例である。

これより下にあれど書かず。（蔵びらき上）

おとど、宮たち、宰相の中将、良中将、蔵人の少将、宮あこの大夫、みな詠みたまへれど書かず。（蔵びらき下）

異人々も詠みたまへれど、騒がしくて聞かず。（楼の上の上）

人々ありけるを書かぬは、本のままなり。（楼の上の下）

以上の四例で、この物語ではむしろ、

俊蔭答ふ、「日本国の王の使、清原の俊蔭なり。ありしやうは、かうかう」といふ時に、（俊蔭）

のような直叙的な省筆が目立つ(26)。

またそのほかに『土佐日記』に通ずるような日次形式の実録的省筆が比較的初期の巻々に幾例か散見される。

樋洗まし二人、みなかくのごとし。（あて宮）

御産養、前の同じごとなり。（同）

省筆の内容は、前半に日次形式（吹上巻など。『源氏物語』にはほとんど見られないものである）、後半（蔵開巻以降。物語も終盤である）に物語形式が多いという傾向がうかがえる。歌の列挙が減少することとも考え合わせ、省筆の叙法が『うつほ物語』の内部で成熟していることを示唆する。(27) その作者が物語の「語り」に意識を向け始めたのが蔵開巻以降であったということではないか。加えて、先の四例が歌の省略に偏っている事実にも注意しておきたい。

四

次に考えたいのは『うつほ物語』に数例見られた歌の列挙を省く体の省筆についてであるが、その淵源は和歌記載の方法に求めることになる。まずは『伊勢物語』の例を見よう。この物語に現れる省筆は二例のみである。

むかし、二条の后の、まだ春宮の御息所と申しける時、氏神にまうでたまひけるに、近衛府にさぶらひけるおきな、人人の禄たまはるついでに、御車よりたまはりて、よみて奉りける。

大原や小塩の山も今日こそは神代のこともおもひいづらめ

とて、心にもかなしとや思ひけむ、いかが思ひけむ、しらずかし。（七十六段）
むかし、惟喬の親王と申すみこおはしましけり。山崎のあなたに、水無瀬といふ所に宮ありけり。年ごとの桜の花ざかりには、その宮へなむおはしましける。その時、右の馬の頭なりける人を、常に率ておはしましけり。時世経て久しくなりにければ、その人の名忘れにけり。（八十二段）

はじめの例は歌の後に位置してはいるが、どちらとも歌自体の贈答に直接関わらない省筆である。省筆によって歌が消されることはなく、むしろ前節で見たような「作り物語的省筆」に近いと言える。

次に、『大和物語』に見られる省筆全十五例のうち、特徴的なものを拾ってみると、

御返し、これにやおとりけむ、人忘れにけり。（八段）
こと人々のおほかれど、よからぬは忘れにけり。（二十九段）
御返しは聞かず。（三十六段）
御返しありけれど、人え知らず。（四十五段）
返し、をかしけれど、え聞かず。（六十五段）
親王の御歌はいかがありけむ、忘れにけり。（七十八段）

これらはみな、和歌の贈答に関わるもの、しかもその「返し」に関するものであることがわかる。『落窪物語』に見られた「作り物語的省筆」とは異なるという意味で、「歌語り的省筆」とでも称すべきものである。これは『大和物語』が持つ、書き記す意思のない歌・事柄は歌語りの途中で淘汰されるという記述態度によるものであろう。省略の基準については、親王という貴顕の歌であれ、特に遠慮はなされていない。かと言って、必ずしも名歌を伝える視点のみでもなく、たとえ「上手」の歌で

あっても、

返し、上手なればよかりけめど、え聞かねば書かず。（一三五段）

のような例もあるので注意される。池田亀鑑『物語文学』[28]には初期の歌物語生成に関して、「家集の自撰的性質を強化し、先づ歌を年代順に配列し、それ等の歌と歌との連鎖を、作者の記憶による叙述に求めた」と述べているが、それは「作者の記憶」の欠落部分を「漏らしつ」「忘れつ」といった言葉で補いつつ、物語を進めているということでもあろう。後の例になるが、『栄花物語』では花山院の歌の後に、

旅のほどにかやうのこと多くいひ集めさせたまへれど、はかばかしき人し御供になかりければ、みな忘れにけり。（みはてぬゆめ）

と記し、「忘れにけり」の責を「御供」に帰している。

ここまでの考察から、省筆の叙法は大きく「作り物語的省筆」と「歌語り的省筆」の二類に分けることができる。散文を綴る上で、くだくだしい叙述を避けるのが「作り物語的省筆」、歌の列挙を留めるのが「歌語り的省筆」とひとまず定義しておく。

歌語り的省筆の起原はさらに遡ることができる。それは和歌の世界である。ここで平安期の歌集の用例を見るが、その前に先の森岡説を再度確認しておきたい。氏は、『源氏物語』において和歌がしばしば省略されることについて、「これらによつて物語の世界の和歌の世界と異ることが知られる」と述べていた。

だが、実はその和歌の世界にも、次のような例が散見される。[29]

きみしあればもみぢのかげもたのまねどいたくなふきそこがらしのかぜ
（『小大君集』九）

いとあまたあれど、かかればとどめつ。

おほさはのいけのみづぐきたえぬともさがのつらさをなにかうらみむ
（『元良親王集』一三一）

御返事もいかがありけん、わすれにけり。

さしはへてみるけふよりもまばゆきはこぞのひかげのあかきなりける
（『大斎院前の御集』二四四）

返し、わすれて

みちのくにのかみ、こうりをたちぬる月のなりとて、うたはわすれて侍らざりけり、返し

きりふかくなくしじを見ようりふののげにかりもりのこころなりけり
（『馬内侍集』一〇四）

夏

わがさとにまづなきたたば空蟬のむなしき音をもなきくらすかな

またここにて、ためちかしまめぐりにきて、いみじかりける所を見せずなりにけることとて、歌よめりけれど、忘れて書かず
（『重之集』一七八）

いひそめてただにはやまじたかやまの人のふみみぬしげりなりとも

かへり事侍りしかどもわすれはべりにけり
（『惟規集』二四）

これらの中には『能宣集』の序にあるような、「しかるをあるいは口に詠じてその草をとどめず、あるいは筆におほせてこの心しるさず……」というような事情も当然あったであろう。他の集でもその冒頭から、「……あまた侍りしかども、さきざきのはみな忘れはべりて、ただ覚えはべるかぎりをとて、賀陽院どのの歌合のをり、桜を」（『経衡集』）、「年のうちの題百廿ばかり書きいだして、右近少将師時よませられし、みなわすれて」（『二条皇太后宮大弐集』）などのことわりが見られるものがある。

たしかに、即興性の強い贈答・唱和歌の場合、記録する段になって「忘れて書かず」という事態も実際に起こったであろう。しかし、一方でそのような実際上の向きだけでなく、煩雑を厭って自ら略したところの省筆も、先に見た『小大君集』をはじめ、かなりの集に散見されるのである。用例を追加しよう。

つくまえのそこひも知らぬみくりをばあさきすぢにや思ひなすらん
　そのほどのことどもおほかれども、書かず
（『一条摂政御集』六五）

さべき人々あれど書かず
あめよりもたもとなき身となりぬべしたえぬ涙にくちぬべければ
（『素性集』六二）

するのまつひきにぞきつる我ならでなみのみだると聞くがねたくて
　かへしあれどわろければ書かず、おのがならねど、かへししたるかかむとおもひて
（『重之集』六三）

御かへりごともさるやうありてことなりければとどめつ
年月はゆきつもれどももろともにこしぢのことはいつか忘れん
（『出羽弁集』一一）

いかでか見つけけむ、四月十五日に、かの山にあるそうのもとから権現の御かへりとておこせたりしかば、あさましう思ひかけずはづかしうこそ書きつづけたれど、うるさければとどめつ
身にきけるみそぢあまりのたまづさにかざされぬれば光をぞます
（『相模集』三二〇）

たまくしげふたみながらぞまかせつる明暮たけのするのよまでに
　とありしかば、……これよりもしきのやうなることあれど、さかしう憎ければ書かず
（『相模集』四二二）

ここに見られる「わろければ書かず」(『重之集』)、「さかしう憎ければ書かず」(『相模集』)などの言は、物語類に見られる省筆と何ら変わるものではない。『大和物語』を中心に生成した「歌語り的省筆」の土壌は、和歌の贈答という、より始原的な形式にあったと言ってよいであろう。やや時代が下るが、物語性の色濃いと言われる『四条宮下野集』には『大和物語』で用いられるような成熟した形の省筆、いわば文章のための省筆が多数見られて注目される。

宮のうたあはせ、世にののしりて、日記あることなればこれは書かず、秋のかた人にて、それがかたのかんだちめ殿上人など、ただわがためのことぞ、よむべきたびぞ、などあれど、このことさだめさわぐに、いとどまぎれてよまれず、いひ心みしことども、住吉まうでのところ
きみにのみあまたのちよをゆづるかなきしにひまなき住吉の松　(六九)
五節ちかくなりて、……すだれのまへに火ともして人人よりて、かうじする人もくるしげなるまでみゆ、ひとびとの、おほかれば書かず、かきたるてどもながらあれば、すだれのうちよりさしいづ
にはのこぐさゆきをいただく
ながめいでて身にぞよそふるゆきなればかれゆくくさのうはばむしろを　(一四〇)
世中かはりて、あはれにいみじき事おほかりしほどの事ども、われもひともあまたありしかど、中中なれば書かず、われそむきてのち、大納言つねなが、きむぎよくしふかりたまふとて、ありし
いまはとてそるときしをはしたかのこひしきことにしふやのこれる　(一九五)

これらを含め、管見では平安時代の和歌に見られる省筆は四十例余りに及ぶ。

こうした例は、『源氏物語』の和歌の省筆について後藤氏が述べる「かくして最小限に選び残された（創作面からいえば「それだけは書くことを余儀なくされた」）和歌は、その場や主人公を寿ぐにしろ、感慨をうたうにしろ、物語の展開に心情的に寄り添ったもの、あるいは先取りし領導するもの、とおおむねいってよい(30)」といった側面の土壌となっていると考えられよう。

五

さて、これら一群の例を並べて眺めるとき、一つの事実に気づく。勅撰集の例がないのである。その意味するところは一体何か。

それは「私性」の有無である。省筆が私家集にのみ多く現れるということは、その記述法が公的には許容されないものであったということである。「なにが略されるか、なにを略すか」ということを虚心に考えるとき、例えば『紫式部日記』に見られるような、

かばかりなることの、うち思ひいでらるるもあり、そのをりはをかしきことの、過ぎぬれば忘るるもあるは、いかなるぞ。

という述懐を今一度確認しよう。このような情報の選択は私的なものにしか許されないものであることに改めて気づかされる。勅撰集に見られぬということは、歌の詞書を略したり、恣意をさしはさんだりしないことが重要とする規準を有していたということであろう。

この特性は『源氏物語』にもそのまま流れ込んでいると解されるべきであろう。前掲森岡氏は、紫

式部の省筆の「ポーズ」について、「「書きつづくべき」必要を認めてゐない」「記憶の不完全なことに基づく」「秀作がないか煩雑を厭ってのことであらうか」などと各々の理由を詮索し、また中野氏も先述のように省略の方途を細かく分類するが、そもそも『源氏物語』がそのような選択の裁量が許される私的な文章であったからこそ、省筆はあり得た。また、野村精一氏は「源氏物語と和歌」[31]において、和歌の省略について、

ここに省略されたものは、つまりは儀式歌、公的なうたたちである。和歌史家に従えば晴れの歌とでもいうべきであろう。源氏の作者はそうしたものを意図的に排除する。……省略されたそれが晴れの歌であったとすれば、それら作品内に残されたうたは結局作中世界における褻の歌たちであった、ということになろう。

とするが、私が注目したいのは、「晴れの歌」を省筆の辞でもって斥けられるのは、『源氏物語』が「褻」の文章であったことを意味するという点である。省略されるという行為自体、「褻」の文章にしか見られないものであったのだ。

大嘗会のこと、書かずとも思ひやるべし。みな人知りたることなれば、こまかに書かず。

（『讃岐典侍日記』下）

という意識は、私的な日記なればこそ許されたのである。

ただし、褻の文章とは無論女流の文章ばかりではない。男にも「日記」という私的文章はあった。ここでは男性官人の手になる記録という側面から考えてみたい。

記録類に特徴的な省筆の辞は「不遑記」という表現である。『小右記』から例を拾ってみると、

元日ノ儀式及装束記文等、仍テ記スニ遑《いとま》アラズ、（永観二年十月十日）
自余ノ事極多シ、記スニ遑《いとま》アラザルナリ、（永延二年一月二十九日）
上卿奏聞等ノ儀、記スニ遑《いとま》アラズ、（長徳三年九月九日）

などが散見される。また、

摂政殿ノ命ヲ伝へ示サル、其趣具《つぶさ》ニ記スコト能ハズ、（永延元年四月二十一日）
但シ頗ル見苦シキ事等有リト云々、具《つぶさ》ニ記サズ、（寛弘二年四月二十三日）
御返事太ダ長シ、具《つぶ》サニ記スコト能ハザル而巳、（長和二年六月二十三日）

のように、「具《つぶさ》に記さず」の形式も多い。近い例は『小右記』以外の記録にも見られる。

其宣制之儀、触事各異ナリ、仍テ縷《つぶさ》ニ記サズ。（『西宮記』巻十五、宣命事[32]）
其装束皆例有リ、小儀具ニ記サズト云々。（同、巻十九、五月五日節日）
而シテ蓬居焼亡ノ時、悉ク灰燼トナル。其後懶惰ノ上、皆以テ忘却ス、重ネテ注スコト能ハズ。（『北山抄』巻十、吏途事[33]）

この記し方は、消息文の形式にもよく現れる。『雲州消息』でも、擱筆の謂として、

事委聞セズ、（巻上、十八返状）
事一二《つぶさ》ナラズ、（巻中、十四往状[34]）
羅縷ニ遑アラズ、（巻下、十三）

などがある。このうち、「羅縷ニ遑アラズ」などは、とりわけ『小右記』の表現に近いものと言え、漢文で綴られる記録の世界における省筆の系譜をうかがい知ることができる。

このような例が、正史でなくいわゆる古記録や儀式次第の覚書に偏るのはおそらく偶然ではあるまい。すなわちこの分布は、私家集に見えて勅撰集にないという和歌の省筆と大筋で符合するのである。

そもそも記録という営みにおいて、筆を自由に省くことはとりもなおさず私性の発露であった。この物語中の省筆六十四例のうち、「作り物語的省筆」は五十二例、「歌語り的省筆」は十二例が見られる。[35] いずれの用法にせよ、「うちやすみ過ぐして、見ずなりにけり」（『紫式部日記』）という理由から、「女のえ知らぬことまねぶはにくきことを」（少女）という理由まで、書くことが出来なかった事情は様々であろうが、そのような選択が許される作品であること、また作者自身もそのような作品として描こうとしたことがうかがい知れよう。島津久基氏は、省筆を「これは惟ふに紫女以前の昔物語の叙述意識とその様式が、因襲的に惰性的に作者を支配してゐる為と考へられる。それがおのづから馬琴式の講釈口調との相似を来してゐると解すべきであらう」[36]と否定的に捉えるが、それは省筆表現がいわば紋切型と化した馬琴時代から遡って眺めるゆえにそう映るのであって、当時としてはむしろ「昔物語の叙述意識とその様式」を脱する試みであったと見るべきであろう。

自由な省筆という先行の物語や日記にも見られた段階を経て、今度はその私性を逆手にとって、記述の制限の方便として省筆が利用されるようになる。「無かった事」（中島敦『文字禍』[37]）ではないはずの事柄（たとえば桐壺院の遺言や光源氏の漢詩など）について、書かないことを正当化する宣言の役割が付け加わる。その意味で、「書かず」と書くことによる省筆は、光源氏の死や藤壺との一度目の密通のように、断りもなく書かれなかったこととの対比の中で常に考えられるべきであり、省筆表現の多用は「書かれていない」ことの存在を既成事実化し、省筆の断り書きすら書かれなかった事柄――本当の意味で書かれなかったこと——に対する免罪符ともなり得ているように思われる。[38]「書かず」と書く、この単純な役割が物語の展開に資するべく拡張されるに至って、省筆は物語文学史上の叙法として確立されたと見なし得るであろう。

注

（1）『国文註釈全書』による。
（2）小町谷照彦「萩原広道の評釈」（『国文学』十四—一、一九六九年一月）、中村幸彦「近世における小説としての源氏物語評」（『中村幸彦著述集』第七巻、一九八四年。初出は『潤一郎訳源氏物語　愛蔵新書版　月報七』一九八〇年四月）、山崎芙紗子「源氏物語評釈の方法——中国文学の影響と国学」（『国語国文』五十一—三、一九八二年三月）、得丸智子「萩原広道の源氏物語論——宣長と馬琴の接点として」（『国語国文』五十六—十一、一九八七年十一月）、神田龍身「曲亭馬琴と『源氏物語』——萩原広道の役割」（『文学』四—五、二〇〇三年九・十月）など。
（3）中興館、一九三〇年。引用は一九四三年の訂正十一版による。
（4）『鷗外全集』第八巻、岩波書店、一九七二年。振り仮名に「せいひつ」とあり、『日本国語大辞典』では「せいひつ」の項に掲出する。
（5）『源氏物語研究』角川書店、一九六六年。初出は『文学』二〇—六、一九五二年六月。
（6）法蔵館、一九五二年。
（7）『源氏物語』を書き継ぐ欲求については今西祐一郎「『源氏物語』のゆくえ」（『源氏物語覚書』岩波書店、一九九八年七月）に詳しい。
（8）『図書』六五九号、二〇〇四年三月。
（9）『校註落窪物語』明治書院、一九二六年。

(10) 有精堂、一九七一年。
(11) 『物語のディスクール――方法論の試み』(花輪光・和泉涼訳、水声社、一九八五年)。他に、オリヴィエ・ルブール『レトリック』(文庫クセジュ、二〇〇〇年)など。なお、草子地の翻訳については、中山眞彦『物語構造論――『源氏物語』とそのフランス語訳について』(岩波書店、一九九五年)に考察が備わる。
(12) 『源氏物語古注集成』による。
(13) 築島裕・杉谷正敏・丹治芳男編『醍醐寺蔵本　遊仙窟総索引』(汲古書院、一九九五年)の訓下しにより、適宜岩波文庫版の訳文(今村与志雄)を参照した。なお、原文「不可具倫」の部分を、『遊仙窟鈔』(元禄三(一六九〇)年刊、勉誠社文庫の影印による)では「不《ス》レ可《ヘカラ》二具論《コト〳〵クニアケツラフ》一」に作る。
(14) 『芥川龍之介全集』第六巻、岩波書店、一九九五年。
(15) 『大日本古記録』による。
(16) 清水好子『紫式部』岩波新書、一九七三年。
(17) 新日本古典文学大系『落窪物語』解説。
(18) 『国語国文』四十六―三、一九七七年三月。他に、榎本正純「源氏物語の草子地」(『源氏物語の草子地　諸注と研究』笠間叢書一六六、一九八二年)など。
(19) 「源氏物語における虚構の方法」『源氏物語講座』第一巻、有精堂、一九七一年。
(20) 野口武彦「「語り手」創造――源氏物語、方法としての語り」(『国文学』二十七―十四、一九八二年十月)は、「おそらくは、『源氏物語』の中での最大の作中人物は「語り手」自身であった。そして、この語り手たるや、まさに変現自在であって、めったにその確実な所在をつかませないときている」と指摘する。
(21) 『源氏物語の文体と方法』東京大学出版会、一九八〇年。
(22) 『源氏物語の対位法』東京大学出版会、一九八二年。

(23)『日本古典文学影印叢刊　月報9』一九七九年十一月。
(24)『源氏物語の研究』清水弘文堂書房、一九六七年。
(25)『宇津保物語論集』古典文庫、一九七三年。
(26)「かうかう」は『うつほ物語』中に十五例。『源氏物語』では四例と減少している。
(27)すでに中野氏が、「而してその高度の技法と考えられる省略の草子地が「吹上」以後にあらわれはじめ、中でも書き手や話し手を装おった草子地が「蔵開」以後に見られることは、叙述の煩雑を避け読者を退屈から救うべき技法の開発として、作者の成長をうかがわせる」と指摘している。
(28)『日本文学大系』第七巻、河出書房、一九三八年。
(29)以下、和歌の引用は『新編国歌大観』による。
(30)注(23)。
(31)『国語と国文学』五十八―六、一九八一年六月。
(32)『新訂増補国史大系』による。
(33)『神道大系』による。
(34)三保忠夫・三保サト子編『雲州往来　享禄本本文』(和泉書院、一九九七年)の訓み下しによる。
(35)初出稿では総数を六十例としたが、基準をやや広く捉え直し改めることとした。
(36)注(3)。
(37)本書所収「「書かず」と書くこと」参照。
(38)その意味で、若紫巻における藤壺との密通場面のアーサー・ウェイリー訳について、平川祐弘「『源氏物語』の歌とウェイリーの英訳――エクスプリカシオンの試み」(『比較文学研究』百一、二〇一六年六月)が指摘する、「作者は前の逢瀬のことは記述せず、今度のしのびあいについても、その場面そのものは多く語らない。それもあって、訳者ウェイリーは英国読者の期待感をやわらげるために、原文にはない「その夜におこったことについてはすべてを語る必要はございません」I need not tell

all that happened という自分自身が拵えた言葉を英文にいわば草子地（物語・草紙中、説明のために作者の意見が生のまま述べられた部分）として挿入している」という現象は、翻訳の段階においてエクスキューズとしての省筆表現が追加された事例として興味深い。

夕顔以前の省筆

一

書かれていない、という事態は文章の上にどのような形で現れるのだろうか。すでに述べたように、それには二つ考えられる。一つは事柄自体が文章の俎上に一切載せられていないという形式である。『源氏物語』で言えば藤壺や六条御息所との出逢い、あるいは源氏の死を全く記さないといった例がそれにあたる。そしてもう一つは、事柄の存在は述べた上で「書かず」「漏らしつ」と「書く」形式である。すなわち書かなかった痕跡をあえて遺すことである。後者の省筆は、冗漫を避けるという本来の「省く」効用とともに、語り手の視線をスムーズに挿入できるという副次的効果も期待されるため、草子地の中でも「高度の技法と考えられる」(1)として、「省略の草子地」等の用語で従来言及されてきたレトリックである。例えば『源氏物語』には、

すきずきしきやうなれば、ゐたまひも明かさで、軒の雫も苦しさに、濡れ濡れ夜深く出でたまひぬ。ほととぎすなど必ずうち鳴きけむかし、うるさければこそ聞きもとどめね。（蛍）

なき人をしのぶる宵のむら雨に濡れてや来つる山ほととぎす

とて、いとど空をながめたまふ。大将、

ほととぎす君につてなんふるさとの花橘はいまぞさかりと

女房など多く言ひ集めたれどとどめつ。（幻）

などが見られ、あるいは先行の物語でも、『落窪物語』に、

十一月十一日になむしたまひける。こたみ、わが御殿に皆引き率て、迎へたてまつりたまひてなむ。くはしくは、うるさければ書かず。例の、人のただいといかめしう猛なりけるなり。屏風の絵、ことごともいと多かれど、書かず。（巻三）

もしくは、『うつほ物語』にも、

尚侍のおとど、折敷ながら外にさし入れたまへれば、右大将、

姫松は乙子の限り数へつつ千歳の春は見つと知らなむ

とてさし出づれば、異人は見たまはず。おとど、宮たち、宰相の中将、良中将、蔵人の少将、宮あこの大夫、みな詠みたまへれど書かず。（蔵開下）

などの例が見られる。ただし、数としては『源氏物語』以前の省筆例は『源氏物語』に比して著しく少なく、それらの物語は「昔物語」の名でむしろその饒舌が指摘される。

着たまへる物どもをさへ言ひたつるも、もの言ひさがなきやうなれど、昔物語にも人の御装束をこそまづ言ひためれ。（末摘花）

昔物語にも、物得させたるをかしきことには数へつづけためれど、いとうるさくて、こちたき御仲ら

ひのことどもはえぞ数へあへはべらぬや。　（若菜上）

などのごとくである。省筆の手法は『源氏物語』に至ってはじめて豊かに用いられる。

二

『源氏物語』における最初の省筆表現は、夕顔巻の次の例である。

(a)惟光、いささかのことも御心に違はじと思ふに、おのれも隈なきすき心にて、いみじくたばかりまどひ歩きつつ、しひておはしまさせそめてけり。このほどのことくだくだしければ、例のもらしつ。

色好みの随身惟光は、源氏が夕顔へ通う手引きをしようとさまざまに奔走するが、その具体的なふるまいは一切記されていない。「例のもらしつ」のただ一言である。このような省筆が、物語の中に六十四例見られる[2]。それを一覧にしたものが次の表である。

このデータから、例えば有名な巻ながらも、桐壺巻や若菜巻には一例も見られないことなどが確認

桐壺	0	野分	0
帚木	0	行幸	1
空蟬	0	藤袴	1
夕顔	4	真木柱	1
若紫	0	梅枝	1
末摘花	0	藤裏葉	1
紅葉賀	1	若菜上	5
花宴	0	若菜下	4
葵	0	柏木	0
賢木	5	横笛	0
花散里	0	鈴虫	2
須磨	6	夕霧	2
明石	4	御法	0
澪標	0	幻	2
蓬生	2	匂宮	0
関屋	0	紅梅	0
絵合	1	竹河	1
松風	1	橋姫	0
薄雲	1	椎本	2
朝顔	1	総角	1
少女	3	早蕨	0
玉鬘	0	宿木	4
初音	1	東屋	1
胡蝶	1	浮舟	1
蛍	2	蜻蛉	1
常夏	0	手習	0
篝火	0	夢浮橋	0

される。冒頭にも触れたように、書かれていない事柄が多いということは、省筆のレトリックの数に必ずしも比例しない。

また、物語の冒頭近くでは夕顔巻への偏りも見て取れる。『明星抄』に「此筆法此巻のかきざまとみえたり」とある通りである。表からも明らかなように実際には以降の巻々にも多く現れるので「此巻のかきざま」とまでは言い難いけれども、桐壺・帚木・空蟬の三帖になく、この巻に突如四例現れるのは、たしかに集中・偏りを印象付ける。

そして、「例のもらしつ」に傍点を付したが、初出において「例によって書き漏らしてしまった」とはいささか奇異な弁明である。先のいずれかの省筆を指すということであろうか。例えば、紫上への懸想文を「例の小さくて」と記す場合（若紫巻）、前の文脈で小さく引き結んだ手紙のことが出てくる。すなわち、「例の」の指す内容が明示されているのである。

夕顔以前の三帖において唯一省筆らしい表現が見られるのは、帚木巻の、

　いと聞きにくきこと多かり。

くらいであるが、これも実際に筆を省いたわけではなく、「例の」が指す内実とは認め難い。

この問題について、石川雅望の『源註余滴』では、

六条御息所藤壺などすべて通ひそめ給へることをみなもらしてしるさゞればこゝにも例のとは書たる也。

と述べ、冒頭に挙げた「事柄自体を書かない」例をもって、「例の」が指し示す内容とする。萩原広道もこの説を支持する。これに対しては島津久基氏が、

それから「例の漏らしつ」を余滴に、六条御息所・藤壺等すべて通ひ初めの事を漏らしてゐるのに応ずると述べてゐる。此の解は物語中の事実に照して矛盾は無いけれども、其処まで穿つて説くにも及ぶまいかと思ふ。

（『対訳源氏物語講話』）

と批判している。たしかに、「何も書かれていない」ことと、「書かないことが書かれている」ことを同一に考えるのは難しいのではなかろうか。また、別の観点から玉上琢彌氏は、

これは作者のくせなのだ。『源氏物語』の作者のくせというより、あるいは、広く物語のならわしなのかもしれない。

（『源氏物語評釈』）

と推測する。しかし、先に述べたように先行の「昔物語」は冗漫こそ本領であり、省筆の例が極めて少ないという事情がある。「広く物語のならわし」とまではおそらく言えまい(3)。

『源氏物語』中から似た表現を探し出してみると、まずは、

例の言足らぬ片はしは、まねぶもかたはらいたくてなむ。（鈴虫）

物語はすでに鈴虫巻に進んでおり、表の分布を考え合わせてもこの「例の」は理解できよう。次に、

うるさく何となきこと多かるやうなれば、例の、書き漏らしたるなめり。（椎本）

ここでも宇治十帖に入っており、問題はあるまい。これらも副詞的な用法として「例によって」のごとく解すべきものである。類する「例の」については、大木正義「「例の」をめぐって(4)」に用例が掲出されている。

例の残りは止めつ。（『栄花物語』巻三十六　根あはせ）

その外はくだくだしければ、例のとどめつ。（『増鏡』巻十五　むら時雨(5)）

などである。さらに、中世期の物語『しら露』にも、

　この夜の作法、世にありわたることなりければ、例のしるさず。(巻下)

　かうやうのくだくだしきことのみ、筆にも尽くしがたく多かりけれど、ゆゑある何ぞの草子めきて、うち聞く耳もかたはらいたければ、かつは、かたくなしき口にもまかせて、多くはことそぎとどめにける。このほどのけしき、思ひやるべし。(巻上)[6]

のような対応が見られる。巻上ですでにこれだけの長口上を述べているのだ。しかし、夕顔巻のそれはあくまでも初出である。とすれば、作者の紫式部が「例によって」と言うとき、その「例」には玉上氏の言う先行物語の「ならわし」に加え、自身がこの物語で用いる省筆自体をも念頭に置いているとは考えられないであろうか。その際、玉鬘系後記説を考えるならば、紫上系ですでに用いられた省筆も含むという意味で一層具体化できよう。

三

ところで、前節で見た夕顔巻の省筆は、初出であり、かつ『明星抄』や萩原広道『源氏物語評釈』等において採り上げられたために、「くだくだしければ、例のもらしつ」というパターンが省筆の基本型であるかの印象を受けがちだが、この印象は物語全体を見渡したときにも持続するものであろうか。

まずは、(a)に続く夕顔巻の例を見よう。

(b)あな耳かしがましとこれにぞ思さるる。何の響きとも聞き入れたまはず、いとあやしうめざましき音なひとのみ聞きたまふ。くだくだしきことのみ多かり。

(c)　逢ふまでの形見ばかりと見しほどにひたすら袖の朽ちにけるかな

こまかなることどもあれど、うるさければ書かず。

(d)　過ぎにしもけふ別るるも二道に行く方知らぬ秋の暮かな

なほかく人知れぬことは苦しかりけりと思し知りぬらんかし。かやうのくだくだしきことは、あながちに隠ろへ忍びたまひしもいとほしくてみなもらしとどめたるを、……

先に見た初出例(a)を含め、これら四例(a)・(b)・(c)・(d)はすべて恋にまつわるものであり、それを「くだくだし」「うるさければ」として主観的に退けていることが確認される。省筆には「いわば書き手のその場での個人的な気分といったたぐいのもの」と「省筆・省略の理由が我がままなものではなく、客観的にみてその理由なら省筆・省略もやむを得ないと判断される体のもの」の二種があることが大木氏によって指摘され、『源氏物語』には前者が多いことが述べられているが、(7)以上の例を見るかぎりにおいては首肯できよう。だが、次にまとまって省筆が用いられる賢木巻ではやや様子が異なる。

(e)殿上の若君達などうち連れて、とかく立ちわづらふなる庭のたたずまひも、げに艶なる方に、うけばりたるありさまなり。思ほし残すことなき御仲らひに、聞こえかはしたまふことども、まねびやらむ方なし。

(f)あはれなる御遺言ども多かりけれど、女のまねぶべきことにしあらねば、この片はしだにかたはらいたし。

(g)王命婦、

年暮れて岩井の水もこほりとぢ見し人かげのあせもゆくかな

そのついでにいと多かれど、さのみ書きつづくべきことかは。

(h)詳しう言ひつづけんにことごとしきさまなれば、漏らしてけるなめり。さるは、かうやうのをりこそ、をかしき歌など出でくるやうもあれ、さうざうしや。

(i)多かめりし言どもも、かうやうなるをりのまほならぬこと数々に書きつくる、心地なきわざとか、貫之が諫め、たうるる方にて、むつかしければとどめつ。

これらの省筆は必ずしも主観的とは言えまい。特に、(f)の例では桐壺院の遺言という重大事が、「女のまねぶべきことにしあらねば」として省かれる。また、(i)の例でも韻塞の負態での種々の詠歌が、「貫之が諫め」なるもっともらしい理由(「諫め」の内実の検討については次章に譲る)によって略されているのである。冗漫を避ける省筆のレトリックが、一種の立場表明として利用されている。これは、安和の変を記した『蜻蛉日記』安和二年三月条、

身の上をのみする日記には入るまじきことなれども、悲しと思ひ入りしも誰ならねば、記しおくなり。

といった記述に通底する精神である。今井源衛「政治と人間」(8)には次のように述べられる。

もともと、『源氏物語』について「政治」をいうことは、どこか気はずかしいところがある。というのは、例の、物語が主として女性のためのものであったということに関わりがある。「女ノ御心ヲヤル物也」といわれたものに、どうして、まともな、その言葉に値する「政治」世界が描き出されよう。作

者もいたるところで、女の身で公事についてそれ以上書くのは憚られる、などといった趣旨のことを述べているのである。そして、たしかに男の書いた『大鏡』やそのほかの歴史物などに比して、表現の主材料は公の蔭の私事の世界、男女の恋愛にほぼ的がしぼられていることも間違いない。

このような叙述態度に基づく省筆こそ、むしろ物語における本来的省筆とも言えるのではなかろうか。そして冒頭に見た前期物語の例も、男性作者が推定される点で性格が異なるとは言え、むしろこれに類する省筆であった。『落窪物語』の例は右大臣七十賀をめぐる省筆であったし、『うつほ物語』のそれは犬宮の百日儀に関わっていた。ともに公的な事柄に関しての省筆である。そして後には歴史物語、就中『栄花物語』が好んでこの立場を強調することになる。

その日の儀式有様、女の記すことならねば記さず。（歌合）

御車の内思ひやられてめでたくいみじ。こまかには女などの心およばぬことにてとどめつ。（布引の滝）

物語文学の系譜として、われわれは、男の世界のことは書かれていない、という叙述態度を漠然と感じている。繰り返すが、このイメージは「書かれていない」という状況からのみ発生するのではない。時に「書かない」ことが「書かれて」いるからである。そのことによって、叙述の姿勢は一層確かなものになっている。

四

さらに須磨巻以降から三例を引用しよう。

(j)さるべき所どころに、御文ばかり、うち忍びたまひしにも、あはれとしのばるばかり尽くいたまへるは見どころもありぬべかりしかど、そのをりの心地のまぎれに、はかばかしうも聞きおかずなりにけり。（須磨）

(k)「……聖の帝の世に横さまの乱れ出で来ること、唐土にもはべりける。わが国にもさなむはべる。ましてことわりの齢どもの時いたりぬるを、思し嘆くべきことにもはべらず」など、すべて多くのことどもを聞こえたまふ。片はしまねぶも、いとかたはらいたしや。（薄雲）

(l)大臣の御はさらなり、親めきあはれなることさへすぐれたるを、涙落として誦じ騒ぎしかど、女のえ知らぬことまねぶは憎きことをと、うたてあれば漏らしつ。（少女）

この(j)・(k)・(l)についても、源氏の須磨下向の「悲しみのあまりに」（そのことが事件の重大さを物語る効果をもたらしている）、あるいは譲位についての冷泉帝と源氏の意見を「片はしまねぶも」云々、あるいは源氏たちの詠む漢詩について「女のえ知らぬこと」云々とことごとしく、かつ言い訳めいた表現を採っている。『源氏物語』内部の省筆もまた、一様ではないのである。

すなわち、『源氏物語』の省筆も、夕顔巻に見られるような、書き手が煩雑さを厭っての主観的な省筆と、女のまねぶべきことではないというポーズのもとに省略される省筆との二種に大別されるのではないか。多屋頼俊氏は「源氏物語わ主要人物に関しても必要の無い事わ惜しみなく省略している」(9)という指摘をしているが、その省略の仕方自体にはやはり区別があったと言うべきではないか。それは今述べたように、誰の（貴顕か否か）どういう事跡が（公的か私的か）どのような表現で（客観的か主観的か）省略されるかという点を基準にしていたと思われる。その折に、一つの指標となるのが第二節で考察した「夕顔以前の省筆」という見方である。すなわち、いわゆる「紫上系」の物語にこのような省筆は多い。

紫上系の物語においては特に国家に関わる政治向きのことや儀式の次第をことごとしい理由で省略し、その重大さ、盛大さを間接的に高める効果をなす省筆が多い。これは前期物語の手法を受け継いだものと言える。中には「うるさければ」等の主観的な表現をとるものもあるが、その場合も大抵は公的な場面である。前章で述べた和歌の羅列を避ける「歌語り的省筆」が、桐壺巻から藤裏葉巻までのいわゆる第一部においては紫上系の巻にしか見られない（賢木・松風・少女・藤裏葉）という事実も重要だと思われる。これに対して、玉鬘系の物語では、その類の省筆は少なく、ほとんどが男女のやりとりに関わるいわば私的な事柄の省筆なのである。行幸巻の例が例外的に冷泉帝と源氏の対話という公的な要素を帯びる程度に留まる。加えて、例えば体調の不例といった似通った状況においてもその描かれ方は異なる。(j)では政治上の失脚から必然的に生じる悲しみを省筆の原因としていたが、次に掲げる蓬生巻、末摘花をめぐる話の顚末を記す例では、頭痛という理由でさも大儀そうに話が切り上げられる。

(m)かの大弐の北の方上りて驚き思へるさま、侍従が、うれしきものの、いましばし待ちきこえざりける心浅さを恥づかしう思へるほどなどを、いますこし問はず語りもせまほしけれど、いと頭いたううるさくものうければなむ、いままたもついであらむをりに、思ひ出でてなむ聞こゆべきとぞ。

（蓬生）

語り手は所詮その程度の話題である、という姿勢をとっている。蓬生巻は玉鬘系の物語に属する。

五

一見無造作に綴られたように映る省筆は、実はその省く事柄、あるいは対象人物によって書き分けられていることがわかる。冗漫を避けるという基本的な装置の中に、記述を省かれない人と省かれる人の区別があるし（それはとりもなおさず「上の品」と「中の品」との区別と言えよう。高橋亨氏にも「源氏物語では、藤壺をはじめとする上の品の女性たちについてはあらわに描きにくいという表現のタブー意識が強く作用している[10]」という指摘がある）、またその省かれる理由も、単に色恋沙汰の話を避ける場合と政治向きの話を忌避する場合とでは、省筆の辞の重みに自ずと違いが現れている。

他の物語を見るかぎり、省筆の修辞法は物語が後半になるにつれ、数とそのバリエーションが豊富になるという傾向を示す。それは『うつほ物語』などに顕著である[11]。しかしながら、『源氏物語』に関するかぎり、特に藤裏葉巻までの第一部において必ずしもそのような単調な動きは見せない。先の表が示す分布は、これら二つのタイプの省筆が混在している、そのことに由来するのではないか。

また、物語が第二部へと進むにつれ、省筆の在り方にも微妙な差異が生じてくる。一例を挙げれば、

前掲の(l)は源氏たちが詠んだ漢詩を省略したものである。仮名文において、漢詩の紹介を省略することは『土佐日記』の、

漢詩、声あげていひけり。和歌、主も客人も、こと人もいひあへりけり。漢詩はこれにえ書かず。

（承平四年十二月二十六日）

以来の常套であるが、

(n)その夜の歌ども、唐のも大和のも、心ばへ深うおもしろくのみなん。例の言足らぬ片はしは、まねぶもかたはらいたくてなむ。

（鈴虫）

に見られる鈴虫巻の記述では、『新日本古典文学大系』の注に「ここ鈴虫巻では漢詩和歌ともに省略するというのだから、女は口を出さないという逃げ口上と場合を異にする」（藤井貞和氏）と指摘があるように、漢詩と和歌の両方が省略されている。これを(l)の「女のえ知らぬことまねぶは憎きことを」と、うたてあれば漏らしつ」と比べてみると、第二部の物語では「女のまねぶこと」云々といった理由付けからゆるやかに解放されつつあると言えるのではないか。[12]

漢詩と和歌の省略は、続く宇治十帖の、

(o)花盛りにて、四方の霞もながめやるほどの見どころあるに、漢のも大和のも歌ども多かれど、うるさくて尋ねも聞かぬなり。

（椎本）

においても見出される。宇治での物語においては、そのほとんどが男女の消息に関わる省筆となる。蜻蛉巻冒頭の、

(p)かしこには、人々、おはせぬを求め騒げどかひなし。物語の姫君の人に盗まれたらむ朝のやうなれば、

くはしくも言ひつづけず。

といった例も、その移行を示唆する。女君たちとの恋の行方を略す際には、もはや初期のような改まった口上が述べ立てられることはなかった。ただ、「くだくだしければ」「うるさければ」でよかったのである。(13)

片桐洋一氏は『うつほ物語』を、「つまり、凡ゆる物、凡ゆる事を描くのがこの物語の書き方なのである。書くべき物と書くまじき物との区別が立たないのである」と評する（「『うつほ物語』の方法（一）――主としてその写実態度について」）。(14)では、『源氏物語』は何を「書くべき物」「書くまじき物」と設定しているのであろうか。まずは「女のまねぶべきことにしあらねば」として「大事なことは書かない」という立場を貫こうとする。それが「書くまじき物」の第一である。大事なこととは無論、国家の問題に関わるような政治向きの話題である。だが、これまでの考察で見た通り、一方で時として「大事でないこと」をも書くまいとすることがある。恋の顚末を省略するような場合である。その根底にあるのは、「漏らしてはならないはずの貴顕の出来事と、漏らしてもよい世界の出来事」という構図、そして「書くことが憚られる世界」と「書いても差し支えない世界」という構図であろう。つまりは、大事なことも大事でないことも書かないのである。すなわち政治上のことを忌避することと、女君との恋を省くことの両者を巧みに織り交ぜながら物語は進んでゆく。ただ、一度にどちらも省略してしまうことはできないので、必要とされる立場に応じて主観的・客観的な省筆を使い分けるのである。その変奏の指標となるのがいわゆる紫上系物語・玉鬘系物語ということになるのではなかろうか。第一節で述べた省筆の「豊かさ」には数だけでなく、そのような質的な成熟があることも見逃せない。省筆――すなわち書いたり書かなかったりする自由――は、それが存在するだけですでに私的な性格を物語っているが、その枠組みの中にもまた、公・私両面の働きが伏在することが『源氏物語』においては確認されるのである。

注

（1）中野幸一「『うつほ物語』の草子地」『宇津保物語論集』古典文庫、一九七三年十二月。
（2）すでに小沢恵右「紫式部の物語の方法――省略の方法について」（『国語教育研究』十八、一九七二年一月）、吉岡曠「源氏物語の語り手と書き手と朗読者と」（『国語国文』四十六―三、一九七七年三月）に用例が掲げられている。小沢氏は四十八例、吉岡氏は五十八例と数えるが、本章では初出稿よりも基準をやや広くし、総数を六十四例とした。
（3）さらに、高橋亨「夕顔の巻の表現――テクスト・語り・構造」（『文学』五十―十一、一九八二年十一月）は、話の類型を求める立場から、「主従の恋の組みあわせは、他に類型があったかもしれないが、『落窪物語』の引用とみてよい。惟光が光源氏の乳母子であることは、『落窪物語』の少将道頼と帯刀との関係と同じだし、惟光と帯刀の惟成という名も、偶然の類似ではあるまい。ほんらいなら、歌の贈答を含んで描かれるべき通いはじめの経路を、先行作品の類型的発想にまかせて省略したのである」と述べる。省筆の理由として具体的に『落窪物語』の存在を掲げている点で示唆に富む。
（4）『歴史物語文章論――今鏡を中心に』教育出版センター、一九九二年。氏も先行する文脈に省筆の例を求める立場をとる。
（5）講談社学術文庫による。
（6）『中世王朝物語全集』による。
（7）「省筆・省略の理由づけの表現をめぐって」「詩歌の省筆・省略をめぐって」『歴史物語文章論――今

鏡を中心に』教育出版センター、一九九二年。

（8）『今井源衛著作集 第二巻 源氏物語登場人物論』（笠間書院、二〇〇四年一月）所収。初出は『国文学』十六―七、一九七一年六月。

（9）『源氏物語の思想』法蔵館、一九五二年。

（10）注（3）。

（11）注（1）。

（12）初出稿におけるこの見方自体は今も変わるところがないが、実際の詩歌の記載方法については次章以降で指摘する点を併せて考える必要があると思われる。なお、二千円札の図柄にもなった国宝『源氏物語絵巻』のこの場面について、三谷邦明・三田村雅子『源氏物語絵巻の謎を読み解く』（角川選書、一九九八年）には、「この語り手である女房のまなざしを、絵巻は省略・無視してしまっているのである。これは、文字で書かれた源氏物語と、絵画である絵巻の差異を考える上で、重要な問題を提起している。すでに述べたように、源氏物語絵巻は、吹抜屋台の視点で描かれており、建築設計家あるいは神々のまなざしで、枠取られている。主として男（性）のまなざしで、全体が把握されているのである」という興味深い指摘がある。

（13）後期物語では、

人心地おぼえず、むくつけく恐ろしきに、ものもおぼえず。奥のかたより、和琴の人の声にや、「御殿籠れ。御格子も、更けぬらむん、人々まゐりたまへや」と言ひて、ゐざり入るに、かかれば、言はむかたなく、思ひまどふなども世のつねなりや。くだくだしければとどめつ。

（『夜の寝覚』巻一）

の例に見られるごとく、夕顔巻の手法を思わせる省筆が多い。

（14）『源氏物語以前』笠間書院、二〇〇一年。

貫之が諫め

一

「あはましものをさゆりはの」とうたふとぢめに、中将御土器まゐりたまふ。

　それもがとけさひらけたる初花におとらぬ君がにほひをぞ見る

ほほ笑みて取りたまふ。

　「時ならでけさ咲く花は夏の雨にしをれにけらしにほふほどなく

おとろへにたるものを」とうちさうどきて、らうがはしく聞こしめしなすを、咎め出でつつ強ひきこえたまふ。多かめりし言どもも、かうやうなるをりのまほならぬこと数々に書きつくる、心地なきわざとか、貫之が諫め、たうるる方にて、むつかしければとどめつ。みなこの御事をほめたる筋にのみ、大和のも唐のも作りつづけたり。わが御心地にもいたう思しおごりて、「文王の子武王の弟」とうち誦じたまへる、御名のりさへぞげにめでたき。成王の何とかのたまはむとすらむ。そればかりやまた心もとなからむ。

これは『源氏物語』賢木巻の一節で、光源氏や頭中将らが競った韻塞の後の負態を描く。韻塞とは

「古人の詩を書いて、詩の中の脚韻の字だけを塞ぎ掩い、詩を読んで、その意義から塞いだ字を推量して早くあてさせる遊戯」（『国史大辞典』）で、負態とはその敗者による饗応のことである。多くの和歌が詠まれたとあるが、そのすべてが記されることはなく、「むつかしければとどめつ」と省筆された。そこで理由として挙げられたのが「貫之が諫め」であり、それは「多かめりし言どもも、かうやうなるをりの、まほならぬこと数々に書きつくる、心地なきわざ」、すなわち宴席での整ってもいない歌をいくつも書き付けるのは気が利かないという「諫め」であるという。だが、書き留められなかったのは和歌だけではない。ここで詠まれたのは「大和のも唐のも」、すなわち和歌と漢詩の両方であったが、和歌は二首が記されているのに対し、漢詩は一首も載せられていない。「とどめつ」の対象は直接には和歌だが、同時にそれは漢詩省略の布石にもなっている。本章ではこのような省筆のあり方を検討し、その上で、「此事出所不分明なり」（『細流抄』巻四）[1]のごとく出典不明とされる「貫之が諫め」についても考えてみたい。

二

漢詩文を避ける姿勢は、次に挙げる少女巻の例に、一層はっきりと見受けられる。

かかる高き家に生まれたまひて、世界の栄華にのみ戯れたまふべき御身をもちて、窓の蛍を睦び、枝の雪を馴らしたまふ志のすぐれたるよしを、よろづのことによそへなずらへて心々に作り集めたる、句ごとにおもしろく、唐土にも持て渡り伝へまほしげなる夜の文どもなりとなむ、そのころ世にめでゆすりける。大臣の御はさらなり、親めきあはれなることさへすぐれたるを、涙落として誦じ騒ぎしかど、女のえ知らぬことまねぶは憎きことをと、うたてあれば漏らしつ。

光源氏の息夕霧に字《あざな》をつける儀式の後で、作文会が催された。「女のえ知らぬことまねぶは憎きことをと、うたてあれば漏らしつ」として略されたものは源氏が詠んだ漢詩である。その理由として述べられているのは、女である語り手の自分は男の文学とされる漢詩文のことはわからない、それを伝えるのはみっともない、というものである。「漢詩文の世界は女の関知しないこととして、省筆する語り手の言葉」（『新編日本古典文学全集』）、「しかし、このような漢詩の会など女の知ったことではございませんもの、やめておきましょう。そうでないと、また、だれかさんが女だてらになまいきなと、悪口をおっしゃいましょうから、と作者は、しいて筆をとめる」（玉上琢彌『源氏物語評釈』）と注釈がなされる。

『源氏物語』にはこのように漢詩文を避ける姿勢が所々に示されるが、一方で冒頭の例の直後にある「文王の子武王の弟」という表現は、諸注に指摘されるように『史記』巻三十三「魯周公世家第三」における周公旦の言葉「我文王之子、武王之弟、成王之叔父。我於天下、亦不賤矣」（我は文王の子、武王の弟にして、成王の叔父なり。我、天下に於て、亦賤しからず）[2]をふまえたもので、漢籍の引用という逆の側面も併せ持つ。桐壺巻が白楽天の長恨歌を下敷きにしているのをはじめ、漢籍の影響が指摘される箇所は『新編日本古典文学全集』の各巻末の「漢籍・史書・仏書引用一覧」などを見ても枚挙に遑がない。それは一見すると相反する姿勢のようだが、漢詩文の引用は散見される一方、実作の紹介は徹底して回避されるという区別が認められる点は注目に値する。また、明示的に漢詩文が引用される場合、「「文王の子武王の弟」とうち誦じたまへる」に見られるように、多くは源氏もしくは他の男性登場人物による朗詠の形をとる。(3)

「幼き者は形蔽れず」とうち誦じたまひても、鼻の色に出でていと寒しと見えつる御面影ふと思ひ出でられて、ほほ笑まれたまふ。（末摘花）

「白虹日を貫けり。太子畏ぢたり」と、いとゆるるかにうち誦じたるを、……（賢木）

入り方の月影すごく見ゆるに、「ただ是れ西に行くなり」と独りごちたまひて、……（須磨）

漢詩文の引用について、今井源衛「源氏物語における漢詩文の位置」(4)は、「男子の中でも、光源氏が用例の過半数を占めるのに対して、その他の人物は、全くいうに足らない。漢詩文引用はほとんど光源氏に集中している」と指摘し、高橋亨「詩文」(5)も、「源氏物語で詩文を朗誦しているのはすべて男で、光源氏が圧倒的に多」いと述べる。それは漢詩文を「女のえ知らぬこと」とする語り手の立場に一応合致する。冒頭の例がやや異なるのは、「文王の子、武王の弟」と「うち誦じ」たのはたしかに源氏だが、続く「成王の何とかのたまはむとすらむ」は語り手の言であるという点である。文王は桐壺院、武王は朱雀帝、周公旦が源氏とすれば、成王は冷泉帝を指すことになるが、その関係をどうおっしゃるのやら、と語り手は言う。『史記』の内容を源氏と共有しつつも、あくまで源氏の「うち誦じ」た句を承けて言葉を継いでいるという姿勢を崩さない。『源氏物語』の語り手が備える漢籍の教養は、いわば受け身の形で披露されている。

その背景には、漢籍を「読む能力をもち、しかも書かないことが教養ある女性としての必要条件であった」（小松英雄『古典再入門――『土左日記』を入りぐちにして』(6)）という事情が考えられる。それは

『紫式部日記』にも通じる姿勢と言えよう。漢籍に触れることについて式部が繰り返し口にする懸念は、「女性として、あるいは女房として生きるには、漢学の能力の露出は避けなければならないことであった」（池田尚隆「『紫式部日記』の紫式部」(7)）のごとく評されるが、一方で日記中には白楽天進講など、漢籍に関わる場面が散見されることにも目配りが必要であろう。山本淳子「『紫式部日記』消息体の主張――漢詩文素養をめぐって」(8)は、「ここに書かれているのは、「漢詩文素養を持っている」ことの肯定とそれを「ひけらかさない」ことの厳守の、幾度にもわたる繰り返しである」と述べる。この二重性のゆえに、「私は謙遜ですよと、人の鼻の先へ見せつける様な似而非謙遜が鼻につく」（手塚昇『源氏物語の新研究』(9)）といった批判も時になされた。

「漢詩文に対する式部の複雑な対応の仕方」（木村正中「女流文学と漢文学との交渉」(10)）には、益田勝実「源氏物語の荷ひ手」(11)、山本利達「漢学と女性――紫式部日記覚書」(12)などに説かれるように、一条朝における漢詩文の隆盛も影響していよう。志村緑「平安時代女性の真名漢籍の学習――一一世紀ごろを中心に」(13)によれば、「家庭教育において、女子に真名教育を行なうことは、決して否定されていないばかりか、長じては漢籍を学ぶことも、親たちは決して拒否していなかった」という。言語学の立場からも、坪井美樹「男手・女手――「性差」における表記様式の分類」(14)は、「宮中サロンの社交の場では、女性といえども漢学の知識（そして当然漢詩文の読解能力、漢字の識字能力等も）が必須であったことが明らかである。しかし、ジェンダー規範として女性の領域のものではない漢学に繋がる知識を表向きひけらかすことは極めてマイナスの評価を受けることであった」と、その両義性を指摘する。漢籍を踏まえた会話を楽しむ様子は『枕草子』にも活写されており、清少納言に対する紫式部の有名な非難にせよ、その矛先は「真名」の使用自体ではなく、それを「書き散らし」、内容も「まだいとたらぬこと多かり」という部分に向けられている。(15)

そう考えれば、『源氏物語』の記述から紫式部の韜晦を見出し、「みづからことに学問を好みながら、かへりてかく、よからぬさまにいへることどもあるは、人にことなる、ふかき心しらひにぞ有ける」（『玉の小櫛』二の巻）のごとく評するのは少々素直すぎる把握と言えるのかもしれない。紫式部の韜晦には選択的な自主規制とも言える側面があり、漢籍を縦横に引用する点を見ても、悪評を避けることのみが韜晦の理由とは思われない。特に『源氏物語』においては、韜晦の姿勢を逆手にとって物語の枠組みを設定するという戦略的・機能的側面も含まれるのではなかろうか。書かれているものだけでなく、書かれていないもの（源氏の詠んだ漢詩など）にもあえて言及することで、語り手は語る内容を選択しているという構造が生じる。先に指摘した、漢詩文の引用は見られるが実作の披露は回避されるという点も、この枠組みを活かして柔軟に展開されていると言えよう。

三

漢詩文を避ける叙述の先達として思い浮かぶのは、やはり『土佐日記』の次の一節である。

二十六日。なほ守の館にて、饗宴しののしりて、郎等までに物かづけたり。漢詩、声あげていひけり。和歌、主も客人も、こと人もいひあへりけり。漢詩はこれにえ書かず。和歌、主の守のよめりける、

　みやこ出でて君にあはむと来しものを来しかひもなく別れぬるかな

となむありければ、帰る前の守のよめりける、

　しろたへの波路を遠く行き交ひてわれに似べきはたれならなくに

こと人々のもありけれど、さかしきもなかるべし。

（承平四年十二月二十六日）

これは日記冒頭の「男もすなる日記といふものを、女もしてみむとてするなり」という仮託に基づく、「作者は女性ゆえ、漢詩のことは書けない」（『新日本古典文学大系』）とする立場表明である。だが、「漢詩が書かれていない」ことは諸注釈にも必ず言及されるが、言うまでもなくそれは「和歌が書かれている」ことと併せて考えねばならない。貫之の筆の進め方は、漢詩を回避しながら和歌は適宜記してゆくというものである（和歌も「こと人々のもありけれど、さかしきもなかるべし」とあるようにすべては記されない）。逆に言えば、ここに和歌を記すからこそ漢詩はなくとも宴の描写が成立すると見ることもできよう。その方法は次に掲げる、

この泊、遠く見れども、近く見れども、いとおもしろし。かかれども、苦しければ、何事も思ほえず。男どちは、心やりにやあらむ、漢詩などいふべし。船も出ださで、いたづらなれば、ある人のよめる、

　磯ふりの寄する磯には年月をいつともわかぬ雪のみぞ降る

この歌は、常にせぬ人の言なり。

（承平五年一月十八日）

という例にも見受けられる。「漢詩などいふべし」と断りがあり、実際に記されるのは和歌のみである。石川徹『古代小説史稿——源氏物語と其前後』[16]は『土佐日記』における貫之の女性仮託の効用について、「「書かない」のではなくて、「書けない」のであつて、女だから書かなくて済むのである」と指摘しているが、『源氏物語』の漢詩に関しても、特に実作について「書かなくて済む」枠組みが

作られていると言えよう。それは『土佐日記』から得た方法ではなかったか。
貫之の用いた、詩歌を略す省筆は、『源氏物語』の中に散見される。
おのおの絶句など作りわたして、月はなやかにさし出づるほどに、大御遊びはじまりて、いといまめかし。……
雲の上のすみかをすててよはの月いづれの谷にかげ隠しけむ
心々にあまたあめれど、うるさくてなむ。（松風）
頭中将に賜へば、
たをやめの袖にまがへる藤の花見る人からや色もまさらむ
次々順流るめれど、酔ひの紛れにはかばかしからで、これよりまさらず。（藤裏葉）
花盛りにて、四方の霞もながめやるほどの見どころあるに、漢のも大和のも歌ども多かれど、うるさくて尋ねも聞かぬなり。（椎本）
作りける文の、おもしろき所どころうち誦じ、やまと歌もことにつけて多かれど、かやうの酔ひの紛れに、ましてはかばかしきことあらむやは。片はし書きとどめてだに見苦しくなむ。（総角）
紙燭さして歌ども奉る。文台のもとに寄りつつ置くほどの気色は、おのおのしたり顔なりけれど、例の、いかにあやしげに古めきたりけんと思ひやれば、あながちにみなも尋ね書かず。上の町も、上臈とて、御口つきどもは、ことなること見えざめれど、しるしばかりとて、一つ二つぞ問ひ聞きたりし。（宿木）
松風巻の例に桂の院で作られたとある「絶句」は物語には示されない。一方で帝や源氏、頭中将ほかの和歌が記されている点は『土佐日記』の書きぶりに近い。また、宿木巻の例では、薫、帝、大納言の歌が一首ずつ挙げられるが、語り手は「かやうに、ことなるをかしきふしもなくのみぞあなりし」と評している。それでも、「しるしばかりとて、一つ二つぞ問ひ聞きたりし」ということが物語としては重要なのであって、『土佐日記』や『源氏物語』における詩歌の省筆には「省く」行為と宣言の中に、「片はし」「一つ二つ」をさりげなく書くという役割が共に認められる。先に見た少女巻の省筆「女のえ知らぬことまねぶは憎きことをと、うたてあれば漏らしつ」の前後に例外的に和歌の「一つ二つ」すらも掲げられていないのは、この場面が漢詩文を披露する作文会を描いているためであろう。なお、省筆の辞には二例しか用いられない「女の（え知らぬこと）」という表現がここに見られるが、もう一例は賢木巻の、

> あはれなる御遺言ども多かりけれど、女のまねぶべきことにしあらねば、この片はしだにかたはらいたし。

という箇所で、そこで省かれたのは桐壺院の遺言であった。漢詩文と政治向きの話題が共通の口上で避けられているのも興味深い。

冒頭の一節にあった「貫之が諫め」は、文脈上「多かめりし言どもも、かうやうなるをりの、まほならぬこと数々に書きつくる、心地なきわざ」という内容を持つことが想像される。だが、先に述べたようにこの「諫め」については従来、

> 酒の席で、座の乱れた時によんだ歌をかきとめておくのは、思慮のないふるまいだと貫之が言っていると、作者はいうのだが、今残されている貫之のものには、そういう言葉は見えない。
>
> （玉上琢彌『源氏物語評釈』）

と説明され、諸注一様に出典不明とする。ここで想定されているのは、右の引用に言うところの「そういう言葉」、すなわち「諌め」の具体的文言ということになるであろう。たとえば、桐壺巻に見られる「宇多帝の御誡」は、光源氏を高麗人の相人に見せるかをめぐって、

そのころ、高麗人の参れる中に、かしこき相人ありけるを聞こしめして、宮の内に召さむことは宇多帝の御誡あれば、いみじう忍びてこの皇子を鴻臚館に遣はしたり。

という形で言及されているが、これは『寛平御遺誡』の、「外蕃之人必可召見者、在簾中見之。不可直対耳」（外蕃の人必ずしも召し見るべき者は、簾中にありて見よ。直に対ふべからざらくのみ）[17]の一節を指すと考えられている。「貫之が諌め」についても、このような明確な「諌め」の言葉を想定するなら、私もその出典を不明とするほかない。高田祐彦氏が貫之の屏風歌について指摘したような、「引用源の存在しない表現」「虚の引用」である可能性もある。[18] しかし、いったん見方を変えて、『源氏物語』に記された「諌め」の内容をこれまで述べ来たったことと照らし合わせたとき、それは『土佐日記』における省筆のあり方に符合することに気づく。先に見た例を含め、『土佐日記』の省筆を再度確認すると、

漢詩はこれにえ書かず。（承平四年十二月二十六日）
こと人々のもありけれど、さかしきもなかるべし。（同）
これならず多かれども、書かず。（承平五年一月九日）
漢詩などいふべし。（承平五年一月十八日）

多くは挙げない、漢詩は書くことができない、良い歌もないようだ。——貫之のこれらの姿勢は、

「多かめりし言どもも、かうやうなるをりのまほならぬこと数々に書きつくる」ことを省いて和歌の「一つ二つ」を紹介してゆく『源氏物語』の語りと通ずるものがあるように思われる。「貫之が諫め」とは、「諫め」の文言ではなく、『土佐日記』の省筆を念頭に置いたものであったのではないか。書き留めるべきではないと書かれた諫めではなく、書かないと書かれた記事が諫めの役割を果たしたということではなかろうか。その可能性を提案したい。

実はこの箇所は「貫之が諫め」に続く「たうるる方にて」も難解で、注釈書を見ても、

「たうるる方にて」の語法は不審。本文に損傷があるか。仮に「たふ（倒）るる方にて」（蛍巻に用例がある）と解しておく。屈従して、順応して、の意。（『新編日本古典文学全集』）

たうるるかたにて　意味不明。古くから誤写があったか。「たふ（倒）るるかた」と解すれば、大勢に順応してくらいの意。（『源氏物語の鑑賞と基礎知識』）

などと解されることが多い。「たふるる方」自体は蛍巻に、「あながちになどかかづらひまどはば、たふるる方にゆるしたまひもしつべかめれど」という例があるものの、賢木巻の表記は「たうるゝかた」（大島本）であり、仮名違いという問題も孕む。『源氏物語評釈』は諸本を紹介しつつ、

大系本「いさめたふるるかたにて」
青表紙の横山本「いさめたるふることにて」〈諫めた古い言いぐさで〉
河内本「いさめたるをたふるるかたにて」〈諫めたが、ふざけたやうなもので〉
別本の御物本「いさめたるをたかふかたにて」〈諫めたのに、それをきかず〉
陽明家本・国冬本「いさめたるかたにて」〈いさめた方面のことで〉

と整理する。この一覧や『源氏物語大成　校異篇』を見るかぎり、「諫め」を名詞にとらず、「諫めたる」と動詞の形をとる本文が多いことは注目される。また、誰かの「諫め」が話題になる場合、「この御方の御諫め」（桐壺）、「馬頭の諫め」（夕顔）、「后の御諫め」（明石）、「仏のいさめ」（薄雲）のごとく専ら「の」が用いられ、「が」の例は卑下を込めた「なにがしがいやしき諫め」（帚木）のみであることにも注意したい。[19] もし仮に陽明文庫本・国冬本のごとく、「つらゆきがいさめたるかたにて」（通行の本文に比べ、「うる」の二字がない）という本文で読むなら、文意はかなり自然になる。それだけに、後人による校訂の可能性もあり、なお検討を要するが、いずれにしても「たうるゝかた」という大島本の本文に固執する必要はあるまい。「貫之が諫め」をめぐる上述の私見との関わりの中で、この「たうるゝ方」についても再考の余地があるように思われる。

注

（1）『国文註釈全書』による。
（2）『新釈漢文大系』による。
（3）当時における朗詠の事例については青柳隆志『日本朗詠史　研究篇』『同　年表篇』（笠間書院、一九九二年、二〇〇一年）に詳しい。
（4）『源氏物語の研究』未来社、一九六二年。
（5）『国文学』二十八―十六、一九八三年十二月。
（6）笠間書院、二〇〇六年。
（7）『歴史のなかの源氏物語』思文閣出版、二〇一一年十二月。

（8）『紫式部日記の新研究――表現の世界を考える』新典社、二〇〇八年三月。
（9）至文堂、一九二六年。
（10）『国文学』二十三―九、一九七八年七月。
（11）『日本文学史研究』十一、一九五一年四月。後に、『テーマで読む源氏物語論3　歴史・文化との交差／語り手・書き手・作者』（勉誠出版、二〇〇八年）所収。
（12）『滋賀大国文』十八、一九八〇年十二月。
（13）『日本歴史』四百五十七、一九八六年六月。他に、同氏の「一条朝における漢詩文素養に関する社会規範と紫式部」（『人間文化研究』三十六、二〇一六年三月）など。
（14）『筑波日本語研究』八、二〇〇三年十一月。
（15）山本淳子「「真名書き散らし」ということ」『国語国文』六十三―五、一九九四年五月。
（16）刀江書院、一九五八年。
（17）『日本思想大系』による。
（18）「引用」『日本文学の表現機構』岩波書店、二〇一四年。
（19）「の」と「が」の待遇差については、『宇治拾遺物語』巻七―二の「「佐多の」とこそ言ふべきに」「「佐多が」といふべき故やは」という例がよく知られる。
（付記）本章は二〇一四年三月十九日に開催されたカリフォルニア大学ロサンゼルス校（ＵＣＬＡ）におけるワークショップ（科学研究費補助金基盤研究（Ａ）「東アジア古典学の実践的深化――国際連携による研究と教育」研究代表者・齋藤希史）での口頭発表「漢詩文を避ける物語」を基に成稿した。席上、貴重な助言を下さった先生方、大学院生の皆さんに御礼申し上げる。

卑下の叙法

一

銀座松屋の八階で昭和九（一九三四）年一月九日から三十日まで催された「源氏物語展覧会」の目録には、島津久基氏による「紫式部といふ人」という一文があり、紫式部のことは、

式部は日本が生んだ稀世の芸術天才であることは申すまでもありませんが、学者でもあり評論家でもあり、教育家でもあり又人生苦行の試練に堪へ、それを味ひつくして立派に自己を完成しながら、なほ常住反省と努力とを怠らない謙虚な女性であり、そして妻として又母として貞淑慈恩、知徳円満な而も進歩的な日本婦人の典型でありました。

のごとく知徳を備えた良妻賢母として紹介されている。

このような紫式部像は諸書に見える。スコットランド民謡アンニー・ローリーのメロディーに歌詞をつけた小学唱歌「才女」（『小学唱歌集』第三編、明治十七（一八八四）年）は、一番の歌詞で紫式部を、二番の歌詞で清少納言を取り上げているが、(1) 明治三十四年刊行の谷口政徳『乙女かゞみ』（松声堂）は

この「才女」も引きつつ、人物の解説として、「容も心も勝れて優にやさしく総べての女徳を備へ一点のくもりなく清らかにして我国女子のかゞみとすべきは紫式部なるべし」「才学共に世に勝れたれども人となり婉順にし自ら所長に矜らず[2]」と述べる。「婉順」「所長に矜らず」については『大日本史』に記述があることが岡部明日香「「賢婦紫式部」の確立[3]」に指摘があり、『乙女かゞみ』もそれに倣ったのであろう。また、樋口一葉も「さをのしづく」（明治二十八年）の中で紫式部と清少納言を共に賞しながらも、「式部が徳は少納言にまさりたる事もとよりなれど」と述べている[4]。

紫式部についての「謙虚な女性」「女徳を備へ」という評は、紫式部論の嚆矢とも言われる安藤為章『紫家七論』（元禄十六（一七〇三）年成立）において提示されている。

こゝにいにしへより、源氏物語を論ずる人、たゞ紫式部が英才をのみ称して、その実徳をいはざれば、物語の本意もあらはれがたく、式部がためにも物うきことなり。為章つらく〵物語と、紫日記とを見て、その気象をはかり、その実徳を考るに、やまとには似る人もなく、才徳兼備の賢婦なり[5]。

別の箇所では「徳は本也。才はするゑ也」とも述べられ、その「徳」が強調される。この側面は、『紫家七論』よりも三十五年早く成った黒沢弘忠『本朝烈女伝』（寛文八（一六六八）年刊）の段階では、

左衛門佐宣孝孺人、上東門院之侍女、而閨閣之才人也。嘗撰二源氏物語一、物語之中、記二紫上事一筆力絶妙也。

とあって、「閨閣之才人」とは称されるものの、「徳」については言及されていない。一方で、「兼通二仏理一」とあるところは、仏典との接点を重んじる中世的読みの面影も残す。ちなみに、同書は「帝謂曰香爐峯雪如何、式部徐起而前捲二御簾一」という一節に明らかなように、『枕草子』に見られる香

爐峯の逸話（先述の小学唱歌「才女」の歌詞にも見られる）を紫式部のものに作り替えている点でも注目される。御簾を捲げる挿絵にも「紫式部」と記され、下問を発したのも中宮定子から一条天皇に置き換わっている。

『紫家七論』以降、たとえば近世後期の尾崎雅嘉『百人一首一夕話』（天保四（一八三三）年刊）においても、

この門院の女房達は皆歴々たる才女共なりしが、その中にてこの式部は才智ある顔持ちもせず、はなはだおとなしき人なりけれど学問は格別にすぐれられたり。

のごとく、やはり紫式部の謙虚さについて触れられ、別の箇所では「まことに才徳兼ね備はりたる女といふはこの紫式部なるべし」と「才徳」の語を受け継いでいる。冒頭に掲げた展覧会目録にも「知徳円満」の語があることを思うとき、『紫家七論』が示した「才徳兼備」の影響は相当に大きいことが改めて想像される。

二

紫式部の「才徳兼備」を主張する『紫家七論』が、「徳」の根拠として挙げる例のうち、本章で問題にしたい卑下、韜晦に関わるのは主に以下の二点である。一つは『源氏物語』の作中人物の性格について。

紫の上の、こうぐ〳〵しくおほどかなる物から、おもりかにして用意ふかく、明石の上の、心たかきも

のからへりくだり、花散里の、物ねたみせず、……

以下藤壺、朝顔、玉鬘、総角君（大君）と続き、それらの女君達の描写は「さまざまの婦徳をしるし」ているとする。もう一点は、『紫式部日記』の記事を引いて、

人にすでに対面しては、思ひの外に実底に物やはらかに、よろづ卑下がちなるべし。其気象は、一部の源氏物語にてをしはかるべし。

今按、式部、物やはらかにやすらかなる人品なれば、中宮も殊さら御なじみ深くなり給ふべし。

など、そこから紫式部の性格を推し量るものである。物語の登場人物の描写と紫式部の実像を直接結びつけたり、日記の引用に際して清少納言非難などの側面に全く触れないなど、その主張は多分に一面的なところがあるが、根拠はともかくとして、ここで提出された「才徳兼備」の紫式部像は、その後も受け継がれてゆくことになる。

本居宣長は「たゞよのつねの儒仏などの書のおもむきをもて、論ぜられたるは、作りぬしの本意《ホイ》にあらず」（『源氏物語玉の小櫛』寛政十一（一七九九）年刊）[6]として、そういった読み方を斥けるが、その過程で宣長もまた紫式部の卑下について言及しているのである。

紫式部は、天台の許可をうけて、宗旨をきはめたれば、ことぐく天台の経文をもて書りとあるも、いと心得ず、式部をみだりにほめあげむとして、中々に其意にそむけるもの也。かの人の心は、女の学問だてをし、さかしだちたることをば、いみじくにくみはぢたること、巻々にその意見え、みづからの日記にも、しばくいへるものを、いかでかさるしたゝかなることをば物せむ。

このような姿勢を宣長は、「みづからことに学問を好みながら、かへりてかく、よからぬさまにい

へることどもあるは、人にことなる、ふかき心しらひにぞ有ける」と評価している。「徳」という言葉は用いていないが、この「ふかき心しらひ」はそれに通じるものがあろう。

ただし、宣長が『源氏物語玉の小櫛』の中で紫式部の卑下の現れとして挙げる例は、為章とは異なる。宣長が繰り返し述べるのは、『源氏物語』における登場人物の歌、すなわち紫式部が登場人物に詠ませた歌に関してである。

　此物語、源氏ノ君をはじめて、よき人としたる人のうへの事は、何事も、めでたきさまにほめたるに、そのよみ給へる歌のみは、ほめたる所一つもなくして、其人の他事《コトコト》のよきにあはせては、歌はあしきやうにいへることのみ、ところどころ見えたる、そは此物語の中の人々の歌は、みな紫式部みづからよめるなれば、ほむれば、われぼめになるゆゑ也。
みなつくりぬしの、卑下の心しらひにていへる詞どもなるを、むかしより、そこに心づける人なくて、たゞまことにその歌のよからぬやうにのみ、注せられたるは、いかにぞや。

宣長によれば、『源氏物語』の中で詠まれる歌について語り手が褒めることがないのは、紫式部の「卑下の心しらひ」であるという。この考え方は、鈴木朖の『源氏物語玉の小櫛補遺』（文政三（一八二〇）年刊）にも継承されている。岩佐美代子「宇治の中君——紫式部の人物造型」[7]にも、

　私の娘時代には、紫式部というのは実に日本女性の鑑であって、大変謙虚で奥床しい人物である、その証拠に、この源氏物語の中の歌は、——もちろん実は紫式部が全部詠んだわけですから——物語の中で一つも褒めていない、それが謙譲の美徳であると教育されたものでございます。

とある。

三

『源氏物語』には、玉鬘巻の大夫監の歌「君にもし心たがはば松浦なる鏡の神をかけて誓はむ」など、登場人物にわざと下手に詠ませて語り手がそれを笑うという場面が見られる。ただ、物語中の「歌はあしきやうにいへることのみ、ところどころ見えたる」歌は必ずしもそのような道化的場面に限らない。たとえ光源氏の詠であっても語り手が「あしきやうにいへる」例がたしかに存在する。宣長が示す例のうち、まずは賢木巻の例を確認したい。

御前の五葉の雪にしをれて、下葉枯れたるを見たまひて、親王、
　かげ広みたのみし松や枯れにけん下葉散りゆく年の暮かな
何ばかりのことにもあらぬに、をりからものあはれにて、大将の御袖いたう濡れぬ。池の隙なう凍れるに、
　さえわたる池の鏡のさやけきに見なれしかげを見ぬぞかなしき
と思すままに、あまり若々しうぞあるや。王命婦、
　年暮れて岩井の水もこほりとぢ見し人かげのあせもゆくかな
そのついでにいと多かれど、さのみ書きつづくべきことかは。

桐壺院の亡き後に詠み交わされた歌が記されるが、親王の歌は「何ばかりのことにもあらぬに」と評され、続く源氏の歌さえも「あまり若々しうぞあるや」と語られる。宣長はこれを「われぼめ」を

避ける紫式部の卑下と解しているのである。検討は次節に譲り、ここでは、歌の評価の後に「をりからものあはれにて」という場面性を強調する語が添えられていることと、歌のやりとりが、「そのついでにいと多かれど、さのみ書きつづくべきことかは」という省筆で括られていることの二点に注意しておきたい。この例について後藤祥子「『源氏物語』の和歌――さのみ書き続くべきことかは」(8)は、「かくして最小限に選び残された（創作面からいえば「それだけは書くことを余儀なくされた」）和歌は、その場や主人公を寿ぐにしろ、感慨をうたうにしろ、物語の展開に心情的に寄り添ったもの、あるいは先取りし領導するもの、とおおむねいってよい」と指摘する。

続いて、朝顔巻における源氏と朝顔の文のやりとりを描いた場面である。

「秋はてて霧のまがきにむすぼほれあるかなきかにうつる朝顔
似つかはしき御よそへにつけても、露けく」とのみあるは、何のをかしきふしもなきを、いかなるにか、置きがたく御覧ずめり。青鈍の紙のなよびかなる墨つきはしもをかしく見ゆめり。人の御ほど、書きざまなどにつくろはれつつ、そのをりは罪なきことも、つきづきしくまねびなすにはほほゆがむこともあめればこそ、さかしらに書き紛らはしつつおぼつかなきことも多かりけり。

宣長はこの例についても、「例の紫式部、歌の卑下を、下《シタ》にこめていへる語也」と述べている。朝顔の歌の評として「何のをかしきふしもなきを」とあるが、それでも源氏にとっては「置きがたく御覧ずめり」という手紙だったことが語られる。間に置かれた「いかなるにか」が場面の当座性と源氏の心情を想像させて効果的である。また、歌以外の要素として、「青鈍の紙のなよびかなる墨つき」も挙げられている。語り手はこれらの歌について、「さかしらに書き紛らはしつつおぼつかなきことも多かりけり」という懸念を示す。

もう一例、胡蝶巻の春秋争いの場面を掲げる。

「昨日は音に泣きぬべくこそは。

こてふにもさそはれなまし心ありて八重山吹をへだてざりせば」

とぞありける。すぐれたる御労どもに、かやうのことはたへぬにやありけむ、思ふやうにこそ見えぬ御口つきどもなめれ。まことや、かの見物の女房たち、宮のには、みな気色ある贈物どもせさせたまうけり。さやうのこと委しければむつかし。

ここでも、紫上と秋好中宮による歌の応酬に対して、語り手は「思ふやうにこそ見えぬ御口つきどもなめれ」と芳しくない評価を下し、やはり宣長により卑下の例として提示されている。ここでも、「さやうのこと委しければむつかし」という省筆が見られる。

四

宣長の言う「歌はあしきやうにいへることのみ、ところどころ見えたる」ことについて、現代の注釈書は概ね紫式部の張った予防線という見方を示している。たとえば、先に見た賢木巻の例に関して玉上琢彌『源氏物語評釈』は、「大将の歌にしてはへただという語り手の評である。あるいは物語作者の弁解といってもよい。作者は、何事にもすぐれている大将にしては下手ではないか、という読者の評がこわいのである。だから先まわりして、こうことわっている」と指摘し、朝顔巻の例についても、「べつに源氏の感心するほどの歌ではない。そう思った作者は、「何のをかしき節もなきを、いかなるにか」と弁解した、が、それだけでは気がさして「青鈍の紙の」と書いた」と述べる。

氏の指摘にあるように、私もこれらの場面に紫式部の慎重さ、注意深さを読み取る必要があると考える。登場人物の歌に対する語り手の評は、結果的に歌の「われぼめ」を避けることになっている点ではたしかに卑下の要素を一定程度含むのかもしれない。ただ、その「卑下の心しらひ」は冒頭で見たような謙虚で婦徳を備えた紫式部像へと直結させてはならないだろうし、紫式部の卑下は、はたして卑下自体が目的であったのかを考えてみる必要があるのではなかろうか。

その上で、以下の二点を指摘したい。一つは、玉上氏の指摘とも重なるが、このような場面では、場の重視、すなわち当座性についての何らかの評が語り手によってなされている点である。端的に言えば歌以外の要素の付加である。先に指摘したように、賢木巻では「おりからものあはれにて」という言葉が添えられ、朝顔巻では手紙の料紙の要素を織り交ぜ、さらにその歌自体も不確かなものであるとの弁明まで準備されている。

このような当座性は、真木柱巻の冷泉帝の歌、

九重にかすみへだてば梅の花ただかばかりも匂ひこじとや

ことなることなき言なれども、御ありさまけはひを見たてまつるほどは、をかしくもやありけん。

や、橋姫巻における大君の歌、

姫君、御硯をやをら引き寄せて、手習のやうに書きまぜたまふを、「これに書きたまへ。硯には書きつけざなり」とて、紙奉りたまへば、恥ぢらひて書きたまふ。

いかでかく巣立ちけるぞと思ふにもうき水鳥のちぎりをぞ知る
よからねど、そのをりはいとあはれなりけり。手は、生ひ先見えて、まだよくもつづけたまはぬほどなり。

などの例にも見られるものである。興味深いのは、歌と場の当座性によって少なくともその場では歌の心が相手に十分に届いたと明確に綴られている点である。その手法が繰り返し用いられていることから、効果的な語りの型がそこに生成されていると考えることもできよう。須磨巻には源氏の詠歌に右近将監が感じ入る例があるが、そこには「ものめでする若き人にて」という一言が注意深く付け加えられる。

もう一つは、歌の評価と省筆とがしばしば対になっている点である。省筆は語り手が物語に顔を出す草子地の一種で、物語の設定に深く関わる。また、朝顔巻に見られる語り手の「さかしらに書きまぎらはしつゝ、おぼつかなきことも多かりけり」についても、同様に物語の設定に関わる言辞と言ってよい。その叙法とともに歌の評が用いられることを考えれば、語り手による歌の評も卑下のための卑下というよりはむしろ叙法に属するものと見るべきではなかろうか。

歌の評価と省筆の組み合わせについては、『大和物語』の八段に、

「嵯峨院に狩すとてなむ、久しう消息なども物せざりける。いかにおぼつかなく思ひつらむ」など、のたまへりける御返しに、
大沢の池の水くき絶えぬともなにか恨みむさがのつらさは
御返し、これにやおとりけむ、人忘れにけり。

という例があり、「人忘れにけり」として書き留められない理由を「これにやおとりけむ」としている。また、二十九段においても、

をみなへしをかざしたまひて右の大臣、
　をみなへし折る手にかかる白露はむかしの今日にあらぬ涙か
となむありける。こと人々のおほかれど、よからぬは忘れにけり。

のように、「よからぬは忘れにけり」として省筆する。『大和物語』の省筆については本書所収の「省筆論」においても「歌語り的省筆」として触れたが、このように歌の評価と省筆が一体となって用いられていることは、それが叙法として一つの型を成していることを想像させる。時に三十八首もの歌を並べる『うつほ物語』(春日詣巻)と異なり、『源氏物語』においてはたとえ語り手が良いと評価する歌でさえも省筆されることがある。

かうやうのをりこそ、をかしき歌など出でくるやうもあれ、さうざうしや。(賢木)
その夜の歌ども、唐のも大和のも、心ばへ深うおもしろくのみなん。例の言足らぬ片はしは、まねぶもかたはらいたくてなむ。(鈴虫)

それはむしろ、良い歌であったから省かれたと言うべきかもしれない。『源氏物語』においては名歌ほど書き記す必要がないという逆説が成立していることになる。

五

それは詩も同様である。ただ、詩の場合は数首の例示すらなく全く記されないという略され方をとる。その問題については、前章「貫之が諫め」においても触れたが、そこで検討した次の少女巻の例には漢詩文を避ける姿勢が顕著である。

かかる高き家に生まれたまひて、世界の栄華にのみ戯れたまふべき御身をもちて、窓の蛍を睦び、枝の雪を馴らしたまふ志のすぐれたるよしを、よろづのことによそへなずらへて心々に作り集めたる、句ごとにおもしろく、唐土にも持て渡り伝へまほしげなる夜の文どもなりとなむ、そのころ世にめでゆすりける。大臣の御はさらなり、親めきあはれなることさへすぐれたるを、涙落として誦じ騒ぎしかど、女のえ知らぬことまねぶは憎きことをと、うたてあれば漏らしつ。

ここにも卑下が見られることになるが、この姿勢は『土佐日記』冒頭近くの、

漢詩、声あげていひけり。和歌、主も客人も、こと人もいひあへりけり。漢詩はこれにえ書かず。

（承平四年十二月二十六日）

という仮託に通じることを思えば、歌の場合と同様に、卑下のための卑下と単純に考えることはできない。『土佐日記』の貫之がそうであるように、ここでも女の世界の文章であることをむしろ強調し、卑下を逆手にとって語りの枠組みを作り上げているのである。元々記すつもりがないという意味ではユーモアともとれるその枠組みは叙法の一環と見なすべきで、いわば卑下の叙法と呼ぶことができる

であろう。貫之にせよ、紫式部にせよ、漢詩文に長じていることを読者も知っている状況において、この見え透いたとも言えるエクスキューズは効果を発揮する。

『源氏物語』の前後に成った『うつほ物語』『栄花物語』『狭衣物語』などにも省筆自体は存在するものの、このような卑下の姿勢を伴う例は見出せない。『栄花物語』には高内侍（高階貴子）について、「女なれど、真字などいとよく書きければ」（巻三、さまざまのよろこび）という評があって「真字」に対する作者の意識が垣間見えはするものの、物語に見られる歌の省筆は「かやうに同じ心なればとどめつ」（巻十二、たまのむらぎく）、「さても同じ心一筋なればかかず」（巻十五、うたがひ）、「これより下は、夜更けぬればとどめつ」（巻二十、御賀）などのように冗漫の回避という基本的な役割を担うに留まる。そこには漢詩文を避けようとする強い姿勢は見られない。『栄花物語』作者の立場表明としては、仏事を語る場面で、「これはものもおぼえぬ尼君たちの、思ひ思ひに語りつつ書かすれば、いかなる僻事かあらんとかたはらいたし」（巻十七、おむがく）という一文が注目される程度である。

　次の二例は『源氏物語』との差異を考える上で有効であろう。

　中宮大夫うち誦じたまふ。「梅花帯㆑雪飛㆓琴上㆒、柳色和㆑煙入㆓酒中㆒」。また誰ぞの御声にて、御土器のしげければ、「一盞寒灯雲外夜、数盃温酎雪中春」など、御声どもをかしうてのたまふに、……
（巻二十四、わかばえ）

　鎌倉時代初期の書写とされる梅沢本の影印で確認しても漢字で表記されている。『源氏物語』においても漢詩の朗詠は散見されるが、引用の句はさほど長くはなく、仮名表記もしくは漢字仮名交じりの表記で、『栄花物語』のような漢字表記は見られない。もう一例を見よう。

「住吉の道に述懐」といふ心を、左衛門督師房、

母儀仙院、巡‐礼二住吉霊社一。関白左相府以下、卿士大夫之祇候者、済々焉。或棹二華船一而取二水路一、或脂二金車一而備二陸行一。蓋属二四海之無為一、展二多年之旧思一也。于レ時秋之暮矣。日漸斜焉。向二難波一兮忘レ帰、旧風留レ頌。過二長柄一兮催レ興、古橋伝レ名。遂杖二酣酔一、各発二詠歌一。其詞云、

住吉の岸の姫松色に出でて君が千世とも見ゆる今日かな　（巻三十一、殿上の花見）

以下、関白頼通、内大臣教通ほかの歌が続き、「多かれど、とどめつ」「これもすこしを書くなり」と省筆される。歌の前に左衛門督師房による漢文の序が記される。後の例になるが、『栄花物語』に倣って著されたとされる正親町町子『松蔭日記』（近世前期成立）にも漢詩が三箇所で漢字表記のまま書き留められていることを付言しておく。巻一には、

其あいだの事、様〴〵にゆゝしき事おほかれど、今更に何かは女のまねび出べきならねば、男がたのふみにぞゆづるべき。[9]（むさし野）

のような断り書きもあるのだが。

歴史物語たる『栄花物語』に記録の性格が色濃いのは当然と言えようが、このような漢詩文の特に実作を『源氏物語』は徹底的に避けた。歌ですらあれほど注意深く処理する紫式部であるから、女性が詠むことは稀な漢詩文は[10]、たとえ実作可能であっても物語に組み込みたくはなかったのであろう。詩の存在と評価さえ記せば十分で、詩自体は必要なかったし、それこそは自身の嫌う「真名書きちらし」すことに映ったのかもしれない

光源氏の詩であれ、頭中将の詩であれ、もし物語に記されていたら、それは結局は皆紫式部の作だ

と読者は受け取るという実にあたりまえの事実を紫式部自身が強く意識していたということであろう。禁忌の対象は漢詩文全般というよりも実作にあったと見るべきである。そのために用いられたのが卑下の叙法であり、それは『源氏物語』の枠組み作り、そして図らずも後世の紫式部像の形成に大きな役割を果たしているように思われる。

六

本章の結びに、上述の叙法の変奏として『浜松中納言物語』の例を掲げておく。周知のごとく、この物語は巻一の舞台が唐土である。そこは真名と仮名が反転した世界である。冒頭の巻のみが異国を舞台とするという点では『うつほ物語』の俊蔭巻を思わせるが、『うつほ物語』ではほとんど言及されない文字表記の「反転」について、この物語では意識的に幾度も語られる。

題を出だして文を作り、遊びをしてこころみるにも、この国の人にまさるはなかりけり。（巻一）

その御返しの文、雲の浪煙の浪と、はるかにたづねわたりて、生を隔て、かたちを代へ給ひつれど、あはれになつかしく、ふるさとを恋ふる心も、たちまちに忘れぬる心を作りて見せたてまつるに、皇子もえ堪へ給はず。（巻一）

皇子たち大臣公卿集まりて、文作り遊びをし給ふにも、この中納言にしくものなく、めづらかに、いみじかりける世の人かな、と、御門をはじめたてまつりて、あるかぎりの人、めづらしがることかぎりもなし。（巻一）

中納言の詩は唐土の誰よりも優れていたという。だが、その詩は記されない。舞台は違えど、やはり『源氏物語』と同じく仮名物語なのである。

菊の花もてあそびつつ、「蘭蕙苑の嵐の」と若やかなる声合はせて誦じたる、めづらかに聞こゆ。御簾のうちなる人々も、「この花開けて後」と口ずさび誦ずるなり。ことに男子は歌詠むめるを、女はえ詠まぬにや、花を見ても文を誦じ合へるは、と知らまほしきに、后、御簾をおろして入り給ひぬ。……

枯れでさはこの花やがてにほはなむふるさと恋ふる人あるまじく

と答へたるけはひ、言はぬにはあらざりけりと、をかしくおぼさる。（巻一）

ともに『和漢朗詠集』所収詩であり、唐土の女房が朗誦した「蘭蕙苑の嵐の」の詩は日本の菅原文時が詠んだものである点も興味深い[11]。女性は漢詩を詠んで和歌は詠まないかと思ったが、「言はぬにはあらざりけり」と気づいたという内容である。実際には考えにくいことではあるが、作者の知識不足をあげつらうより、漢詩と和歌が見事なまでに反転されているという事実にここでは注目したい。

中納言に別れぬるかなしみの心の題出だして、この国の名を得たる人々、文作れる、この文の心ばへ、あはれにかなしき中にも、中納言の作り給へる、さらに涙とどむるかたなし。（巻一）

まことや、かの病ひをやめし一の大臣の五の君のもとより、えも言はずあはれにかなしく、おもしろき文を作りてたてまつりけり。唐のうす紫の紙に書ける文字のつくり、筆のさきら、いとかしこくおもしろき奥のかたに、

今やとふ今日や見ゆると待ちつつも同じ世にこそなぐさめて経れ

……今はと思ふに、あはれも添ひて御返りの文に、これも添へ給ひて、

別るべきのちのなげきを思はずは待たれましやは朝な夕なに　（巻一）

この二例にも漢詩の実作はない。後者の例では、詩のついでとして「奥のかたに」記されていた和歌が取り立てて披露される。またその返事においても「あはれも添ひて御返りの文」の詩は明らかにされないものの、「これも添へ給ひて」としてついでのはずの和歌のみが記録される。この何気ない二つの表現が果たす役割は大きい。紫式部が『源氏物語』で試みたようなわざわざの断り書きはないが、それは卑下の叙法が物語に内在化されたとも言え、そこに女流仮名文学の叙法の確立を見ることができるように思われる。

注

（1）宮崎荘平『清少納言〝受難〟の近代』新典社新書、二〇〇九年。小学唱歌「才女」は、『明治の唱歌とエッケルトの仕事』（CAMERATA、二〇〇六年）によって聴くことができる。

（2）「国立国会図書館デジタルコレクション」による。

（3）『紫式部の漢学世界——源氏物語と白氏文集・紫史吟評』慈済学校財団法人慈済大学、二〇一三年十一月。

（4）東望歩「〈清少納言〉と〈紫式部〉——樋口一葉『さをのしづく』清紫論を起点として」『〈紫式部〉と王朝文芸の表現史』森話社、二〇一二年二月。

（5）引用は『批評集成源氏物語』第一巻（ゆまに書房、一九九九年）による。

（6）引用は『本居宣長全集』第四巻による。

（7）国文学研究資料館編『伊勢と源氏——物語本文の受容』臨川書店、二〇〇〇年三月。

（8）『日本古典文学影印叢刊　月報9』一九七九年十一月。

（9）引用は岩波文庫による。

（10）猪口篤志『女性と漢詩――和漢女流詩史』（笠間選書、一九七八年）。大曾根章介「平安初期の女流漢詩人――有智子内親王を中心にして」（『日本女流文学史　古代・中世篇』同文書院、一九六九年。『日本漢文学論集』第二巻所収）にも、「弘仁期の閨秀詩人は、その作品において男性詩人に劣るものではない」が、「仮名の発達と和歌の流行は、私的な位置にいた女性を次第に漢詩の世界から遠ざけていった」とある。その他、場としての詩宴を論じたものに滝川幸司『天皇と文壇――平安前期の公的文学』（和泉書院、二〇〇七年）がある。

（11）三角洋一「日本と唐土とを比べる」（『新編日本古典文学全集月報』七十一、二〇〇一年三月）には「中には『和漢朗詠集』に載る日本の文人の作も散見するが、それは御愛嬌というものであろう」と指摘される。

「ようなさにとどめつ」考

一

寛弘五年重陽の日、紫式部のもとに道長室の倫子から贈り物が届く。その様子は『紫式部日記』の記事に見える。

九日、菊の綿を、兵部のおもとの持て来て、「これ、殿の上の、とりわきて。いとよう老のごひ捨てたまへと、のたまはせつる」とあれば、

菊の露わかゆばかりに袖ふれて花のあるじに千代はゆづらむ

とて、かへしたてまつらむとするほどに、「あなたに帰り渡らせたまひぬ」とあれば、ようなさにとどめつ。

倫子が届けたのは菊の着せ綿であった。山中裕『平安朝の年中行事』(1)によれば、

菊綿は宇多天皇のときから行なわれたもので八日の夕に綿を菊花にかぶせ、その菊の露にぬれた綿で九日朝、肌をなでれば、老を棄てるという風習によって平安貴族、女房の間で広く行なわれた。

とあり、

九月になりて、九日、綿おほひたる菊を御覧じて、

もろともにおきゐし菊の朝露もひとり袂にかかる秋かな

という『源氏物語』幻巻の一場面を紹介している。この風習は先行する長編物語『うつほ物語』には一例も見られないらしく、次のようにも述べる。

摂関時代の女流文学にみられる菊のきせ綿のことは、ここにはまだみられない。このことから考えると、やはり菊のきせ綿は、後述するが、女房社会独特の風習であることが明らかになろう。

ただし氏が、今問題にしている『紫式部日記』の場面を引いて、「式部は感激して、……と歌を送っているほほえましい場面がみられる」と述べるのは正確でない。なぜなら、「菊の露」の歌は送ろうとした矢先、すでに倫子は「あなたに帰り渡らせたまひぬ」という知らせが入り、それを聞いた式部は「ようなさにとどめ」たのである。日記の記述に拠るかぎり、歌は相手に渡せずじまいであったのだ。

このとき、式部の歌はすでに贈答歌としては不要であったに違いない。だが、現実には歌は記されている。記さない書き方も可能であり、むしろ『源氏物語』では不用の和歌を積極的に排した式部が、ここで自らの歌を書きとめていることは、注意してよい事象である。そもそも『紫式部日記』に式部の歌はわずか十首しかないのにもかかわらず、この歌はあえて残されているのだ。

一例のみならば偶然記しおいたということも考えられるが、実はこの日記には、その六日後の九月十五日にも似たような記事がある。敦成親王生後五日目の産養の夜である。この日は曇りのない十五

夜であった。

歌どもあり。「女房、さかづき」などあるをり、いかがはいふべきなど、くちぐち思ひこころみる。

めづらしき光さしそふさかづきはもちながらこそ千代をめぐらめ

「四条の大納言にさしいでむほど、歌をばさるものにて、声づかひ、用意いるべし」など、ささめきあらそふほどに、こと多くて、夜いたうふけぬればにや、とりわきても指さでまかでたまふ。

ここでも、歌壇に名を馳せていた四条大納言藤原公任に歌を披露することになりそうだとあって、式部ら女房もはりきって準備するものの、特に歌を求められることはなく、結局期待外れに終わる。

このような出来事は日常的に和歌をやりとりする宮廷社会においてはしばしば起こったであろうが、それを記録する文献は管見のかぎりではそう見つからない。それは、不要になった歌は省略されて現れないからである。先にも触れたが、この二例を見ても歌を除いて文章を仕立てることは可能ではあった。文章の配列を確かめると、いずれの例も「歌を贈れなかった」という事情説明に比し、歌が先に来ていることに注意したい。歌が挙がったのちに「その歌は実は……」と続くのである。歌は、控え目ではあるがたしかに主張されている。さて、これらの「省略されなかった」歌は一体何を意味するのであろうか。

二

倫子との贈答を記す結び「ようなさにとどめつ」に関して、萩谷朴『紫式部日記全注釈』は以下のように述べる。

　倫子がさっさと引き揚げてしまったので、紫式部も追いかけてまで喧嘩を買うことの無益さを悟って、やめたのである。……道長の情を蒙って、いくぶん気負ったところのある、その頃の紫式部であるから、一時の亢奮に駆られて返歌を添えて着せ綿を返上しようとしたのではあるが、倫子が既に自分の居所へ帰ったと聞いて、たちまち冷静な理性をとりもどしたのである。

倫子と紫式部との心理的小ぜりあいとして解釈がなされている。だが、山本利達氏が「ようなさ」の意味内容を詳細に検討する「ようなさにとどめつ」[2]において、「これは、道長の正妻の倫子を、一女房の紫式部と同列の人間として扱うという点に難点がある」と批判しているように、ここに対等な贈答を見てはならないであろう。皮肉をこめた倫子の「挑戦的な意図」と式部の「痛烈な竹篦返し」とを見るのは行き過ぎである。話の全体としては、山本氏が「花のあるじ」を中宮彰子でなく道長室倫子を指すと見た上で、この箇所に「中宮の母倫子の長寿を祈る心を中宮御前で披露され、中宮一族の弥栄を祝おうという意図」が含まれているとするのにまずは随いたい。

なお、「とどむ」の語義についても『全注釈』は「行為の中止を意味すると同時に、物品を留め置く意味にも作用している」と述べるが、あとに残す、遺留するという意味では、氏の挙げる『土佐日記』の例、

　「童言にてはなにかはせむ。媼、翁、手捺しつべし。悪しくもあれ、いかにもあれ、たよりあらばやらむ」とて、おかれぬめり。　（承平五年一月七日）

の「おかれぬ」はともかく、辞書類の用例を検するかぎり、

かかるをりにも、あるまじき恥もこそと心づかひして、皇子をばとどめたてまつりて、忍びてぞ出でたまふ。（『源氏物語』桐壺）

なほいといはけて、強き御心おきてのなかりけることと、思ひ乱れはべるに、いましばしの命もとどめまほしうなむ。（『源氏物語』夕霧）

などに見られるような「とどむ」が多く、比較的軽い意味での物品を残す意には用いにくいようである。やはりここは、「返すのをやめてしまった」とのみ一義的に解す方が適当であろう。

さて、歌が省略されていないという、はじめの問題に戻る。『全注釈』の解釈から答を導くならば、この「正面衝突」の一部始終を書きとめておく必要から歌が残されている、ということになろうか。すでに提出された説はそれだけではない。ここに記された歌に注目して考察したものに、吉井美弥子「紫式部日記における和歌の場面についての試論(3)」がある。吉井氏は原田敦子氏の「限りない痛憤と共に、我が身の程も考えずに感激した自身の軽率さへの自嘲がこめられている(4)」という発言を受けて、

> 一つには、その賀歌の受けとめ手の不在を記す地の文のありかたゆえ、また一つには、それがいかに詠まざるをえない状況の下で詠まれたものであるかということを明示する地の文のありかたゆえに、賀の歌の持つ意が空洞化されている。そして、他者を意識するからこそ詠まれた賀の歌であるだけに、そこに他者との本質的な意味での交流が断絶している、孤絶した表現主体のありようが浮かび上がってきていた。

と述べる。萩谷氏のいう臨戦的「亢奮」ではなく、「感激」とそれゆえの「後悔」であると解して、

その感情の起伏の残滓として歌をとらえようとする説である。だが、あえて後悔を表明するために歌を残すというのも如何であろうか。それは水鳥の胸の内を思って内省する場面のような、この日記の自照的な側面を意識してのことであろうが、『紫式部日記』は必ずしもそのような側面ばかりを有するのではない。ここは少なくとも話の筋立上は、素直に華やかな宮廷記録の一コマとして読み取ってよいのではないか。

ここで歌が記されている理由の一つは、式部がこれらの歌に自信を持っていたからではなかろうか。「菊の露」の歌は『紫式部集』の一二〇番にも収められており、それが『後撰和歌集』秋下（三九五）に見える祖父藤原雅正の歌、

露だにも名だたるやどの菊ならば花のあるじやいくよなるらん[5]

を踏まえるともすでに指摘されている。また、後の「めづらしき」の歌も、同じく家集の七七番に入集するし、こちらは『後拾遺和歌集』（巻七賀）、『新撰朗詠集』（巻下雑）、さらには『今鏡』『古来風躰抄』にも収められるなど、後代の評価は極めて高い。吉井氏も「例えばこれらの歌に式部なりの自負があって実際には外へ出せなかったけれどもあえて日記中に書きとどめようとしたのだ、と考えることもとより可能ではあるけれども」とその可能性を示唆しているように、他の女房に「物語このみ、よしめき、歌がちに、人を人とも思はず」と評されたと自ら記す式部のこと、歌に自信のほどはあったに違いない。『全注釈』も、「めづらしき」の歌を評価して、「紫式部としては会心の作であったと思われる」と述べる。

しかし、ここで歌を省略せずに載せるということは、『紫式部日記』という作品内であったからこ

そ可能だったのだと思われる。自信があったので記した、という世界は「日記」ならではの世界であった。

そして、その問題にかかわる本質的理由が、歌への自信ということのほかに、もう一つあると思われるのである。

三

『源氏物語』幻巻。この巻は早く小町谷照彦「「幻」の方法についての試論――和歌による作品論へのアプローチ」(6)らによって指摘されるように、これまでの光源氏の人生を歌によって総括する特異な舞台であった。その舞台にふさわしく、源氏と女君を中心にさまざまな歌が詠まれつつ、春夏秋冬の時間が進行するが、そこで詠まれた歌がすべて記録されるわけでは決してなかった。

女房など多く言ひ集めたれどとどめつ。（幻）

人々多く詠みおきたれど漏らしつ。（幻）

『万水一露』も「例の紫式部か筆法也」としてその省筆を指摘する。はじめの例は、亡き紫上を偲んでの源氏と夕霧の贈答について。

なき人をしのぶる宵のむら雨に濡れてや来つる山ほととぎす

とて、いとど空をながめたまふ。大将、

ほととぎす君につてなんふるさとの花橘は今ぞさかりと

女房など多く言ひ集めたれどとどめつ。

という、文脈である。省筆について『新日本古典文学大系』の脚注は、「主語は書き手（語り手）で、現場に居合わせているという物語上の趣向」とするが、ここではおそらく主たる目的は「居合わせている」というそこにはあるまい[7]。源氏と夕霧の二者の歌のみをクローズアップさせるために、他の非主要人物の歌は捨ててしまったのである。紫上への鎮魂の切実さが、歌の数に比例するものでないという立場を、作者ははっきりととっている。

また後の例は、

まことや、導師の盃のついでに、

　春までの命も知らず雪のうちに色づく梅を今日かざしてん

御返し、

　千代の春見るべき花といのりおきてわが身ぞ雪とともにふりぬる

人々多く詠みおきたれど漏らしつ。

春までの命があるかわからないと嘆ずる源氏に対し、千年の春を見られる花であれかしと導師が梅に託す、という贈答である。またこの場面では、「まことや、導師のさか月のついでに」として、「忘て思出たる」（『紹巴抄』永禄六（一五六三）年頃成立）という立場をとる。藤井高尚の「ものをふと思ひ出て、いふこゝろばへにて」（『消息文例』寛政十二（一八〇〇）年刊）の説明のごとく、やや記憶が薄れかけていたことを示す謂いである。幻巻には以上の二例の省筆があるが、珍しくともに歌の省略であることも[8]、おのずからこの巻の性格を示唆していよう。

そしてこの手法は、

つくまえのそこひもしらぬみくりをば浅き筋にやおもひなすらん
　そのほどのことどもおほかりけれど、書かず。（『一条摂政御集』六五）

君しあれば紅葉のかげもたのまねどいたくなふきそこがらしの風
　いとあまたあれど、かかればとどめつ。（『小大君集』九）

もしくは『大和物語』の、

こと人々のおほかれど、よからぬは忘れにけり。（二十九段）

その返し、それよりまへまへも、歌はいとおほかりけれど、え聞かず。（百二十四段）

などに見られる、私家集から生成したと思われる歌語り的な省筆の延長線上にあったのである。[9]　すなわち、物語という枠組みの中では、森岡常夫氏が「殊に主要人物の和歌以外は、記録しても物語の上からは、意味のないことであるに相違ない[10]」と述べるような性格を持っていたのである。

四

実は、倫子あるいは四条大納言に宛てて紫式部が詠んだ歌は、本来まさにこの「女房など」が「多く言ひ集めた」うちのほんの一首に過ぎなかったのである。ましてやそれらは、どちらも相手に届くことなく、「ようなさにとどめ」ざるを得なかった歌であった。最大で実に三十八首もの歌を列挙する『うつほ物語』とは異なり、『源氏物語』では歌の羅列は厳格に避けられていた。その規範を日記には持ち込むことなく、むしろ積極的に書きとめたのである。これは式部にとって、歌が自信作であったということもあろうが、それ以上に、歌を記載することによって、実際は成立することのなかった歌の贈答を仮構として組み立てる。そして日記という形式の中に位置づける――すなわち歌と、事の顛末とを記すことで日記中での交信を可能にすることこそ、ここに歌がある真の意味ではあるまいか。そして、幻巻と『紫式部日記』との意識の差は、物語で省略されるものと日記で省略されるものとがちょうど表裏をなしている実例とも言えるのではないか。その意味において、『紫式部日記』の二例は、物語に対をなす好例として確認しておきたい。

この事実は、『紫式部日記』の記事とそれを転用する形で成ったといわれる『栄花物語』巻八「はつはな」とを比較することで一層明瞭となる。安藤為章は『紫家七論』（元禄十六（一七〇三）年成立）に「栄華は赤染や紫より後の人の、古記をとりあつめて、その間に詞を加へて全書となしたるものとみゆ。初花の巻はやがて紫日記をとりて仕立てたり」と記すが、「その間に詞を加へて」という行為は「全書とな」すための単なる接続詞的な役割に留まったのであろうか。

問題の重陽の場面について『栄花物語』にはただ、

かかるほどに九月にもなりぬ。長月の九日も昨日暮れて、千代をこめたる籬の菊ども、行末はるかに頼もしきけしきなるに、……

とあるのみで、贈答の記事は現れない。ここでは逆に詞が削られているが、そこにも物語作者の意図を考えておくべきであろう。

一方の五夜の場面ではさらに興味深い対照が見られる。「詞を加へ」た実例。二つの場面の『紫式

部日記』と『栄花物語』とを並べて掲げてみよう。(11)

（ⅰ）

上達部、座を立ちて、御橋の上にまゐりたまふ。殿をはじめたてまつりて、攤うちたまふ。かみのあらそひ、いとまさなし。歌どもあり。「女房、さかづき」などあるをり、いかがはいふべきなど、くちぐち思ひこころみる。

（『紫式部日記』）

上達部ども殿をはじめたてまつりて、攤うちたまふに、紙のほどの論ききにくくらうがはし。歌などあり。されどもの騒がしさに紛れたる、尋ぬれど、しどけなう事しげければ、え書きつづけはべらぬ。「女房、盃」などあるほどに、いかがはなど思ひやすらはる。

（『栄花物語』）

これまで見てきた、四条大納言への歌を準備する場面である。歌の直前までの記事を挙げている。ここで、『紫式部日記』にはない「え書きつづけはべらぬ」という省筆が、『栄花物語』に見られるのが確認される。

『紫式部日記』は伝本にめぐまれず、比較的善本とされる黒川本・松平文庫本でさえも近世期の写本に過ぎない。その事情から、『紫式部日記絵巻』あるいは『栄花物語』の本文は、原態を再建する上での有力な手がかりとなってきた。『栄花物語』にのみ見えるこの省筆は、『紫式部日記』固有のものであったのだろうか。

現行の諸注釈は概ね『栄花物語』の加筆という立場をとる。今小路覚瑞氏は、

この項の前後に当る日記の記事は極めて簡潔で、「歌どもあり」とあって、その時の歌についてのくわしき叙述はない。栄華物語の作者はその素材になきまゝにこれに対しての弁明的の詞として添えたの

ではないだろうか。

と推測する。ただし、氏自身も、

栄華物語の作者の日記収用に対する方針は、すなわち日記筆者の個人的叙述事項のものを除外し、精密細微にわたる点を忌避するところにあったと言い得るのである。

と述べて、「個人的」「一方的な」な筆録の『紫式部日記』と「客観的な第三者の立場」で描く『栄花物語』の性格を定義するように、一体に『栄花物語』の叙述は『紫式部日記』の内容を簡略化する向きがあり、「素材にな」いことをここで「弁明」しているとは解釈しにくいのではなかろうか。

また近時では、この『栄花物語』の姿勢について、永谷聡氏は、

このような書き換え部分を考えると、『日記』にはない「されどものさわかしきに……えぞ書きつづけはべらぬ」という箇所は、『栄花』の操作であって、やはり『日記』での「主家に仕えている者」という主体（紫式部）を隠蔽する意図があったと思われる。ここでは式部の歌を引用せねばならない必然性が生じたのであろう。この場で和歌は多く詠まれたが、いざ式部個人の歌を引用するのは、実際に詠まれたものでないがゆえに違和感を覚えたのである。[12]

として「主体を隠蔽する意図」を指摘し、また中村康夫氏は、

「女房、盃」のところで、紫式部の和歌が示される。そこからは日記にも記事があるので、『栄花物語』作者は、上達部達の歌について書かないことを断ろうとしたと理解される。省筆には、同じ事を書かないということで、作品に簡潔性を保証すると同時に、恒例の行事であれば、読者の知識を動員して、読む側の想像力による、作品世界への主体的参加を実現している一面がありそうである。[13]

と述べて、読者を意識した「作者の主体的な言辞」と見る。

日記をさらに読み進めると、歌の贈答ではないものの、このような対照がもう三組探し出せる。少々紙幅を費やすが、続けて掲げる。

(ii)

御湯殿は酉の刻とか。（『紫式部日記』）

御湯殿酉の時とぞある。その儀式有様はえ言ひつづけず。（『栄花物語』）

(iii)

たひらかにせさせたまひて、後のことまだしきほど、さばかり広き身屋、南の廂、高欄のほどまで立ちこみたる僧も俗も、いま一よりとよみて、額をつく。（『紫式部日記』）

いたく騒ぎて、平らかにせさせたまひつ。そこら広き殿の内なる僧俗、上下、今一つの御事のまだしきに、額づきたるほど、はた思ひやるべし。（『栄花物語』）

(iv)

御輿には、宮の宣旨乗る。糸毛の御車に、殿の上・少輔の乳母若宮抱きたてまつりて乗る。（『紫式部日記』）

御輿には、宣旨の君乗りたまふ。糸毛の御車には、殿の上、少将の乳母、若宮抱きたてまつりて乗る。次々の事どもあれど、うるさければかかずなりぬ。（『栄花物語』）

ここでもやはり、『栄花物語』にのみ省筆が見られるのである。

五

結論から言えば、私はこれらはいかにも物語らしさをねらった取り繕いではあるまいかと考える。特に歌に関わる（ⅰ）の例においてそれは顕著であろう。

先に確認したことは、『紫式部日記』においては何が省かれるかという選定基準が『源氏物語』とは全く逆であるということであった。そして、それは『源氏物語』のみにとどまらず、物語一般にも拡大できる事実であろうと思う。無論『栄花物語』も例外ではない。物語においては概して省略されるはずの女房の歌が、『紫式部日記』にはかくも堂々と載せられている。

となると、日記に見られる記事をそのまま物語に転用することは、『栄花物語』の作者にとって甚だ都合の悪いことであったに違いない。その意味で、四条大納言のくだりで『栄花物語』が「されどもの騒がしさに紛れたる、尋ぬれど、しどけなう事しげければ、え書きつづけはべらぬ」なる省筆の辞を述べるのは、それに対する処置として物語用に仕立て上げた取り繕いに思えてならない。中村氏の言う「主体的な言辞」の「主体性」とはその意味において発揮された。「詞を加へ」ることで初めて、諸々の不要な歌は除いたという物語的ポーズをとることが可能になるのである（この場面、物語においてはさらに『公任集』二四二番所収の公任の歌「秋の月影のどけくもみゆるかなこや長きよの契りなるらむ」をこそ高貴の歌として書き留めるべきであったのかもしれない）。

事実、この日の『大日本史料』を見ると、『日本紀略』には、

九月十五日、壬申、皇子降誕之後五夜也、公卿以下詠ム二和歌ヲ一、令ム二参議左大弁行成卿ヲシテ作ラレ序ヲ、

の記事が見え、また『御産部類記』には、

諸卿起座シ、更ニ着ス二渡殿ノ座ニ一、召ス二衡重ヲ一、一両巡ノ後有リ二和歌合《会歟》一者、右《(左)》衛門督公任、其後有リ二擲采之戯一、（小右記）

坏酌被巡之後、上卿着ス二渡殿ノ座ニ一、儲ク二突重ノ物ヲ一、左衛門督公任卿執リレ盃ヲ、献ズ二和歌ヲ一、召シ二紙筆ヲ一、賜テ二左大弁行成卿ニ一書カシムレ之ヲ、公卿一々読了ス、次デ碁手帋、殿上人・諸大夫同ジク有リ二碁手一、此間盃觴屢勧ム、朗詠間ニ発ス、（不知記）

とあるごとく、あくまで公的な記録としては公任の挙措こそが重要であったのだ。

だが、いずれにせよ、紫式部の歌ははっきりと記録された。これはこの日記が「中宮職などの事務的な記録」（清水好子氏）や種々の物語とは異なる立場に立っていることを示唆する。「何を残して何を略すか」という選択基準を「上の品」の物語たる『源氏物語』の世界とは別に矜持したということだ。ここに、紫式部の意志がかいま見られる。そしてこの設定された基準は、『紫式部日記』に指摘される「作者の鋭く強靭な観察力とまた世俗的な栄華の世界に融和しきれない憂愁に満ちた内省的精神」（『日本古典文学大辞典』）、すなわち公・私二者の眼差しの並立という特異な側面を支える要素に成り得たであろう。自らの歌を記すというその記述態度は、山本氏の言う「中宮賛美という大主題」に参画するための鍵であったと同時に、たとえ道長家の栄華を書き記す実録的場面においてさえ、省筆というレトリックのレベルにおいて、水鳥の記事に発露されたような日記の私性と繋がっている事実を指し示すものであったのだ。[14]式部の歌はそれゆえに、省かれてはならなかった。

注

（1）塙選書、一九七二年。
（2）『紫式部日記攷』清文堂、一九九二年。
（3）『むらさき』二十四、一九八七年七月。
（4）「紫式部日記における歌の場面について」『同志社国文学』八、一九七三年二月。
（5）引用は『新編国歌大観』による。
（6）『源氏物語の歌ことば表現』東京大学出版会、一九八四年。
（7）いわゆる草子地論や「語り」の論からすれば、作者・筆録者・語る女房の三者が関心事となるが、その三者の距離を測ることのみに執着するのは必ずしも適当でない。ここでは、誰の歌が記され誰の歌が記されなかったかという点に焦点を絞るべきである。
（8）『源氏物語』に見られる省筆は、散文の叙述において「くだくだし」として退けるタイプが多い。これは『落窪物語』などから連なるいわば「作り物語的省筆」ともいうべき叙法である。『源氏物語』中に五十例余り散見される。対して歌の列挙を避ける「歌語り的省筆」は十二例ほど。その比率は作品によって異なる。
（9）野村精一氏は幻巻の文体に注目し、「以上一周忌法要の散文は、これがすべてである。いったい行事の〝くだ〳〵しい〟事は描写しないこの作者にしても、一語の草子地もなく、これですますということは、それ自体反散文の機能において、この散文を書いていることにほかならぬ」として「全く私家集の一節かと見えるような文章の形式《フォーム》」と述べる（「源氏物語の文体批評」『源氏物語文体論序説』有精堂、一九七〇年）。たしかに、実際に「詠まれた」和歌を主観によって「もらした」とするのは、勅撰集的でないという意味においてもまさに私家集的ではないかと思われる。
（10）「源氏物語の省筆」『源氏物語の研究』清水弘文堂書房、一九六七年。森岡氏の説は必ずしも「物語」全般にわたって認められるわけではない（たとえば『うつほ物語』）が、『源氏物語』には氏の述べる傾向が色濃く現れている。

（11）『紫式部日記』と『栄花物語』との対照については、今小路覚瑞『紫式部日記の研究（新訂版）』（有精堂選書、一九七〇年）に一覧を掲げる。また、白井たつ子「『紫式部日記』と『栄花物語』「はつはな」との比較の問題」（『日本文学研究資料叢書　歴史物語Ⅰ』有精堂、一九七一年）においても両書の比較が試みられ、「とにかくこの箇所で、その歌までを『紫式部日記』から引き写し、『栄花物語』に使用する必要があったかどうかということについては、疑問が感じられてならない」とした上で、その理由を「抑々、『栄花物語』の作者が、『紫式部日記』の記述に大きく凭掛り、採用すべき記述の選択を、厳しく行わなかったためではないかと思う」と推測する。

（12）永谷聡「『紫式部日記』産養記録の性格――「観察者」・「執筆者」としての紫式部と『栄花物語』（初花巻）との関わり」『帝京国文学』九、二〇〇二年九月。

（13）「『栄花物語』は何を書こうとしたか」『栄花物語の基層』風間書房、二〇〇二年。

（14）日記の私性を強調する論考として、古くは池田亀鑑『宮廷女流日記文学』（至文堂、一九二七年）の「紫式部日記は、他の何物の手段のためにも書かれたものではなく、全く式部の魂それ自らの教養の記録に外ならない」の言があり、また篠原昭二「紫式部日記の成立――記録の方法について」（『国文学』十四―六、一九六九年五月）では、「紫日記が公的な記録係の目によってではなく、晴儀の外に身を置いた者の目によって記されていることが明らかである。つまり、公式な記録では全くなく、第三者的な見聞記である」と述べる。

「思ひやるべし」考

一

儀式や宴の描写に際して、あえて縷述を選択する場合、たとえば次のような言い訳が用意される。

> 夜なかすぎには歓楽は絶頂にたっした。その時分大評判になっていたきれいな舞踊団もくりこんできたし、そのにぎやかさはとても筆紙につくし難いほどだった。当時その舞踊を見た人が古めかしい筆で、そのありさまを書き残しておいたものをここに引こう。
>
> （マーク・トウェーン『王子と乞食』村岡花子訳[1]）

「筆紙につくし難い」と一応断った上で、以下は「その舞踊を見た人」の記録という体裁で「ややしばらくすると、トルコ風の長い衣装をつけた男爵と伯爵が登場した。帽子はまっ赤なビロードに金の輪のついたもの、腰には二本の剣をさげていた。つぎには黄じゅすに白じゅすでふちを取った長い外衣《ガウン》を着た、もうひと組の男爵と伯爵がでてきた。……」といった細かい描写が続き、それを「……と、書きしるしてある」と受ける。

別の箇所には、「当時の歴史家がこれを説明しているのを引いてみると」とあり、「ひとりの紳士が笏をもち、ひとりがテーブル掛を持って進んできた。ふたりは三度ほど最敬礼をしたのちに、そのひとりがテーブル掛をテーブルの上に拡げたかと思うと、またふたりそろって敬礼をして退出する。つぎにまたふたりの者が……」と続く。「歴史家の記録」はこの先にも二度登場する。「もう一度前の歴史家の記録をひくことにしよう」とある後に、「まず第一に貴顕紳士、子爵、伯爵、ガーター勲章所持者が、美しいよそおいで、帽子はかぶらずに進んでくる。次には……」といった例で、いずれもその盛大さを語るものである。この、冗漫に映るほどに描写を続ける方法は、すでに見たところでは『うつほ物語』の歌の列挙を思わせるが、ここでは歴史家に委ねるという形をとることで、記録の正確性さの担保と饒舌の弁解という二つの役割が期待されている。弁解するために同じテーブル掛の話などもあえて反復されているわけで、それによって儀式や宴の盛大さは「史実」として認定される。

ただし、委ねる対象はこの場合の「歴史家」のように内容を代弁する人物とは限らない。読者の想像に委ねてしまって後は書かないという方法もある。現代の表現ならば、「御想像にお任せします」などがそれにあたろうが、平安朝の物語にしばしば見受けられるのが「思ひやるべし」という表現である。以下、その委ね方について考察したい。

二

京から離れた須磨の地で、源氏は女君達へ文を綴った。

尚侍の御もとに、例の中納言の君の私事のやうにて、中なるに、「つれづれと過ぎにし方の思ひたまへ出でらるるにつけても、

こりずまの浦のみるめのゆかしきを塩焼くあまやいかが思はん」

さまざま書き尽くしたまふ言の葉思ひやるべし。（須磨）

この「思ひやるべし」は、手紙のこまごまとした内容については読者諸氏が各々想像で補ってほしい、と作者が読者の側を向いて述べるコメントである。「書かず」、「漏らしつ」などとともに『源氏物語』が用いる省筆のレトリックと考えられよう。「思ひやる」は、古辞書の類に「想像《ヲモヒヤル》」（『類聚名義抄』）、「想像《オモヒヤル》」（黒川本『色葉字類抄』）と見られるように、「想像」に関わる表現である。すなわち、読者に想像力を要求する省筆なのである。

だが、この物語に六十四例見られる省筆の多くのバリエーションにおいて、「思ひやるべし」はあまり用いられない。他に、

かくあはれなる御住まひなれば、かやうの人もおのづからもの遠からで、ほの見たてまつる御さま容貌を、いみじうめでたしと涙落としをりけり。御返り書きたまふ。言の葉思ひやるべし。（須磨）

殿参りたまひて御覧ずるに、昔御目とまりたまひし少女の姿思し出づ。辰の日の暮つ方つかはす。御文の中思ひやるべし。（少女）

の二例があるのみである。前者の「思ひやるべし」について、玉上琢彌『源氏物語評釈』は、「御息所への源氏の返事は、哀切きわまりないはずである。よって作者は、「思ひやるべし」という。読者各自が頭の中で作ってみて、こんなのではない、もっとすばらしいのだ、そう思って、自分の作品は

消してしまう。そうすることを作者は望むのである」と述べる。これらについても、単に「書かず」と記すよりも読者側に寄りかかった省筆と言えよう。後にも触れるが、三例とも手紙に関わる点も注目される。大木正義「思ひやるべし、推しはかるべし」[2]が指摘するように、二例目の「思ひやるべし」については、すぐ続けて手紙の概略が明かされており、歴史家に委ねるにせよ、読者の想像に委ねるにせよ、そう断る語り手自身は出来事の内容を一通り把握していることが前提となっている。

この表現は歴史物語、中でも『栄花物語』に多く散見されることが、大木氏によって指摘されている。氏の調査によれば、『源氏物語』における「思ひやるべし」が三例であるのに対し、『栄花物語』のそれは三十七例にものぼる。また、「推しはかるべし」など、周縁の表現まで含めると実に四例対六十例とさらに明確な差異が現れるという。『栄花物語』の「思ひやるべし」をいくつか示そう。

三月二十六日にこの左大臣殿に検非違使うち囲みて、宣命読みののしりて、「朝廷を傾けたてまつらんとかまふる罪によりて、大宰権帥になして流し遣はす」といふことを読みののしる。……北の方、御女、男君達、いへばおろかなる殿の内の有様なり、思ひやるべし。　（月の宴）

安和の変にまつわる混乱を描いた場面である。ここで委ねられたのは、「いへばおろかなる殿の内の有様」である。

もう一例、懐仁親王の袴着について記した天元五年師走の記事を引く。

この冬、若宮の御袴着は、東三条院にてあるべう思し掟てさせたまふを、内には、「などてか。内裏にてこそは」と思しのたまはせて、十二月ばかりにといそぎたたせたまふ。女御も参りたまひて三日さぶらはせたまふべし。さていみじういそぎたたせたまひて、その日になりて参らせたまひぬ。そのほ

どの儀式有様思ひやるべし。（花山たづぬる中納言）

委ねられたのは、「そのほどの儀式有様」である。これらの「思ひやるべし」について、大木氏は次のように述べる。

> 栄花物語は源氏物語における当該の表現を、積極的にと評してよいほどに使用しているのであるが、私はこのことを〈歴史物語の叙述の量を、読者との協力によって増大するためである〉と考えたい。「思ひやるべし」「推しはかるべし」の使用は、その文脈では具体的には叙述しなかったものを読者に補わせようとするものである。……栄花物語は源氏物語よりも積極的にこの表現を使用することによって物語の量を増大したことになると言えよう。栄花物語は言うまでもなく歴史を叙述することを旨としているから、読者に向かって「思ひやるべし」「推しはかるべし」と促すことは作り物語よりも容易であると思う。

『大鏡』『今鏡』にはなく、『増鏡』に十例とされる。そのうち、「思ひやるべし」は六例であった。「思ひやる」対象とされるのは、「大殿の心のうち」（三神山）、「上下たち騒ぎののしるさま」（あすか川）、「さまざまのあはれ」（浦千鳥）、「御母玄輝門院、永福門院などの御嘆き」（同）、「天下の騒ぎ」（春の別れ）、「京にも東にも驚き騒ぐ様」（月草の花）である。(3) 物語の後半に集中することと、いずれの例も巻頭か巻末の近くに見られる点を指摘しておく。

『栄花物語』には大木氏の指摘する「思ひやるべし」も含めて多くの省筆が見られ、中村康夫『栄花物語の基層』(4)に詳細に分析されている。

省筆には、同じ事を書かないということで、作品に簡潔性を保証すると同時に、恒例の行事であれば、

　読者の知識を動員して、読む側の想像力による、作品世界への主体的参加を実現している一面がありそうである。

という指摘は、「思ひやるべし」についての大木氏の見解にも通じよう。

『栄花物語』に「思ひやるべし」が集中するという現象は、事実としては重要である。特に儀式の次第を綴る際には、

　大嘗会のこと、書かずとも思ひやるべし。みな人知りたることなれば、こまかに書かず。

（『讃岐典侍日記』下）

などの例に見られるように、「みな人知りたることなれば」という意識が働いたであろうし、それを口実に省筆されることも想像に難くない。だが、今挙げた『讃岐典侍日記』もそうであるように、「思ひやるべし」は歴史物語以外の諸作品にも散見される。また、「思ひやる」ことを委ねる対象も儀式や歴史関係ばかりでないことは先の『源氏物語』の例などから知られる。「思ひやるべし」による物語の拡充が歴史物語は容易で作り物語は困難と言い切ってしまうのはやや図式的に過ぎるのではなかろうか。先述のように、同じ歴史物語でも『大鏡』や『今鏡』には例がないと大木氏自身によって述べられてもいる（氏はその理由を編年体・紀伝体の差に求める）。また、この表現が用いられるのは必ずしも歴史叙述の文脈に関わらないとすれば、歴史物語や作り物語といった作品のジャンルに加えて成立時期をも考え合わせる必要があろうし、読者に何を「思ひやる」よう促しているかについても一層注意を払わねばならないと思われる。

三

『源氏物語』以前にも「思ひやるべし」はわずかながら存在する。『うつほ物語』には冒頭、遣唐使として俊蔭が出立する場面に、

朝に見て夕のおそなはるほどだに、紅の涙を落とすに、遥かなるほどに、あひ見むことの難き道に出で立つ、父母俊蔭、悲しび思ひやるべし。（俊蔭）

の一例がある。また『落窪物語』には、

泣きたまふとは、世の常なりけり。あこぎが心地もただ思ひやるべし。（巻一）

人知れず思ひて、いみじくいとほし。北の方の心地ただ思ひやるべし。（巻二）

左の大臣殿、賀のことつかうまつりたまふ。事の作法いとめでたし。ただ思ひやるべし。（巻四）

など六例が見られ、作者に好まれた表現であることがうかがえる。「思ひやるべし」の対象のうち三例は「心地」で、作品ごとに表現と対象とが合わさって「思ひやるべし」の型が構成されているようにも思われる。形式面では六例中四例が「ただ思ひやるべし」と「ただ」を付し、残る二例はいずれも「書かず、思ひやるべし」という形である。これも表現の型の生成を思わせる。ちなみに、

年かへりては、姫君内裏に参りたまはんとて、限りなくかしづきたまふほどに、はかなくて年もかへりぬ。二月に参らせたまふ。書かずとも、儀式、有様思ひやれ。（巻四）

のように、命令形を用いたものも一例存する。この「儀式」は先の例の「作法」に近く、これらが「思ひやるべし」の対象になりやすい点は大木氏の指摘の通りである。

一方、『今昔物語集』には「儀式」、「心地」とは異なる性質の「思ひやるべし」が現れる。「……ヲ可二思遣一シ」のような形でおよそ三十例見出される。これまでに見てきた物語と異なり、「ヲ」を伴う場合が多いのは、「漢文脈に近付く程客語表示の格助詞ヲが多くなる」という事情によるものであろう(5)。そのうち、地の文に用いられたものをいくつか挙げる。

実ニ道ヲ飾リ、金ヲ地ニ敷ケリ。何況ヤ、余ノ事ヲ可思遣シ。（巻一）(6)

此ノ鳥ノ二羽ノ広サ、三百三十六万里也。然レバ大サ・勢、可思遣シ。（巻三）

何況ヤ、此ノ経ヲ受持・読誦・解説・書写セラム人ノ功徳可思遣シ。（巻六）

何況ヤ、誠ノ心ヲ法ノ如ク法花経ヲ書写シタラム功徳可思遣シ。（巻十二）

況ヤ、心ヲ発シテ造リ書テモ供養シ奉ラム功徳ヲ可思遣シ。（巻十七）

其ノ木ノ高サ、枝ヲ差タル程ヲ思ヒ可遣シ。（巻三十一）

「思ひやるべし」は「となむ語り伝へたるとや」などと同じく、一話の結びに用いられることが多い。特に仏の功徳を「思ひやるべし」と教条的に記す例が多く、「功徳」を「思ひや」らせる方向へと一話を収斂させている。先に見た物語の諸例に比して、かなり定式化された表現であることがうかがえ(7)、「功徳可思遣シ」で成句化していると考えてよいのではなかろうか。無論、語り手自身もその「功徳」を理解しているという前提での「思ひやるべし」であろう。また、その他の説話類では『宇治拾遺物語』に、ただその声の及ぶ限りのめぐりの下人の限り持て来るにだにさばかり多かり。まして立ち退きたる従者どもの多さを思ひやるべし。（利仁芋粥事）

の一例がある（「を」を伴う）。このように、必ずしも歴史物語のみに「思ひやるべし」が現れるわけではない。

では、『源氏物語』以降の物語においてはどうであろうか。

まず、作り物語に属する『狭衣物語』について考察する。この物語には二十四例の省筆が見られるが、そのうちの十例は「思ひやるべし」である。

二所して臥し沈みたまふを、見たてまつる人々、うち思ひやるべし。（巻一）
母宮の見たてまつりたまはん御けしき、思ひやるべし。（巻一）
さすがに心づよくなりたまひぬれば、作法のことどもなど思ひやるべし。（巻二）

巻一・二に右の三例。その他の省筆表現としては、「同じことにて止めつ」（巻二）、「忘れにけるぞ、口惜しきや」（巻二）などが見られる。続けて、巻三・四の「思ひやるべし」を掲げる。

その夜になりて、殿、母宮居立ちつつ、出だしたてまいらせたまふさま、思ひやるべし。（巻三）
三日の夜の事など、例の事なれば、思ひやるべし。（巻三）
同じさまにてぞもてなしたまひける。そのほどの事、思ひやるべし。（巻三）
御前のしつらひ、ありさまなどは、思ひやるべし。（巻三）
かく書きつけたるよりは、見るはめでたくこそありけめと、思ひやるべし。（巻三）
御湯殿の儀式ありさま、九日の夜までの御産養ひども、書き続けずとも思ひやるべし。（巻四）

その夜のありさま、書き続けずとも思ひやるべし。（巻四）

その他の省筆表現にも、「書き続けまほしけれど、なかなかなれば」（巻三）、「少々にまねびたらんは、なかなかそこなはるることもありなんかし」（巻四）など、興味深い例がある。[8]

この物語に見られる省筆の特徴は二つ。一つは物語の後半（特に巻三）に集中的に見られることである。筆を進めるにつれて省筆の手法に通じ、また実際、物語の前半ですでに一度記した儀式次第などにおいて、繰り返しを避ける必要が出てくるということであろう。これは『うつほ物語』『落窪物語』においても確認できる傾向であった。[9]

そしてもう一つ、今問題にしたいのは、省筆の言に当該の「思ひやるべし」を用いることが多い点である。二十四例のうち十例。『源氏物語』全体で六十四例の省筆が見られるうち、「思ひやるべし」はわずかに三例しかないことを思えば、割合として相当に大きいと考えてよかろう。『源氏物語』よりも「思ひやるべし」の比重が増している。「思ひやる」対象としては「ありさま」の語が三例に見られるが、「作法のことどもなど」「三日の夜の事など」の例もあり、儀式関係が比較的多い。

とはいえ、『狭衣物語』は歴史の叙述を内容とする物語ではない。だとすれば、この物語に「思ひやるべし」が多く見られることは時代的な傾向も加味する必要があるのではないか。同じく歴史叙述でない『今昔物語集』における多数の例もその傍証となろう。

四

さらに、「思ひやるべし」は、後続の中世の物語群にも現れる。概してこれらの作品には省筆を積極的に用いた例は少ない。たとえば、『源氏物語』の続編を目して書かれた『山路の露』には一例もなく、『雲隠六帖』においても、

山の座主を召して「かうかう」と語り聞こえさするに、（巣守）[10]

のように『うつほ物語』に見られる「かうかう」があるほか、

御心の内どもは知らずかし。（桜人）

という例が見られる程度である。[11]

省筆自体が少ない中で、中世の物語における「思ひやるべし」については、管見によれば、『海人の刈藻』『しら露』『兵部卿物語』『八重葎』に各一例、『恋路ゆかしき大将』に二例、『あきぎり』に三例、『在明の別』『石清水物語』に各四例、『我身にたどる姫君』六例が見られ、特に『小夜衣』に短編ながら十例が見られるのが注目される（「おぼしやるべし」の類を含めた）。その例のいくつかを以下に掲げる。

何事も、御心とどむばかり、とおぼさるれば、前栽なども、嵯峨野の花の露も残らず、鹿の音よりほかに、みな移しかへて、内のしつらひなども、言はずとも思ひやるべし。（巻上）[12]

御髪かき下しなどし聞こゆるも、涙いと拭ひやり給はずながら、御車に乗り給ふ。たがひの心のうち、

思ひやるべし。（巻中）

若きは先立ち老いたるはとどまる世の憂さにて、かなしみながらもとどまり給ふ心ちども、思ひやるべし。（巻下）

「夫もぞ帰り侍らん」とていそげば、「後にこまかには」とて、文のあはれさ、思ひやるべし。（巻下）

下巻に八例が集中しており、「思ひやる」対象が「心地」である例も二例あるが、この物語のみに見られる特徴として興味深いのは、結末近くに続けて現れる以下の三例である。

御息所も、またきしろふべき人なければ、中宮をば皇后宮と聞こえて、后に立ち給ひぬ。そのほどの儀式、いへばさらに、書き続けずとも、見給はん人々はおぼしやるべし。（巻下）

かかる御宿世どもの、めでたく思ふさまなる事ども、なかなか書き尽くすべくも侍らず。ただ、見給はん人々、おぼしやり給へ。（巻下）

人のめでたきためしには、山里の姫君にまさる人あらじ、と見えたり。見給はん人々も、思ひやり給ふべきなり。（巻下）

「思ひやる」主体、すなわち読者を「見給はん人々」と明示している点に注目したい。最後の例などは「見給はん人々も、思ひやり給ふべきなり」とあるので、作者は場面を把握した上で、読者に「見給はん人々」と直接呼びかけ、読者との共有を「書かないままで」求めるのである。この例は物語の大尾であり、読者に「思ひやり給ふ」ことを直接訴えかけて祝儀性を共有させる終わり方と言えよう。

少ない例からの考察ではあるが、これらの中世物語における「思ひやるべし」は手紙の内容に関して比較的多く見られる点が『源氏物語』と類似するし、歴史物語に比べて「心地」を「思ひやるべし」とする例が多い（全三十四例のうち十一例）ことも指摘できる。これまでの例の検討から、「思ひやるべし」の対象となるのは、凡そ「儀式」「手紙」「心地」「功徳」の四つの要素に大別できると思われるが、「手紙」や「心地」の用法は作り物語において多く用いられると言えそうである。

また、これらの「思ひやるべし」はたしかに用例の数としては『栄花物語』に遠く及ばない。ただし、『源氏物語』においてはあくまで「書かず」「漏らしつ」などを含むさまざまな省筆の一形態としての「思ひやるべし」であったのに対し、中世期の物語においては、多くの作品において省筆表現における「思ひやるべし」の比率が高くなることは注目してよい。たとえば、作品中に見られる省筆表現のうち『在明の別』では五例中四例、『我身にたどる姫君』では九例中六例、『あきぎり』や『小夜衣』に至ってはそのすべてが「思ひやるべし」なのである。数と用法はともかく、省筆表現に占める割合という観点から捉え直すと、『栄花物語』と中世物語の一群はむしろ同じ傾向を示すと言えるのである。

歴とした作り物語である中世物語も「思ひやるべし」を重視しているのであれば、それは歴史物語における「叙述の量を、読者との協力によって増大」させる性格というだけではやはり説明がつかないのではあるまいか。それに加え、省筆の定型表現として次第に「思ひやるべし」が認められつつあることを示唆するように思われる。『落窪物語』のような早い例もあるものの、「思ひやるべし」が特に平安後期以降に作品のジャンルを問わず好んで用いられたと考えれば、『栄花物語』や『今昔物語集』に頻出し、『狭衣物語』や中世物語にも散見されることは無理なく理解できよう。説話と歴史物語については、「説話は事実に基づいてゐるから、歴史物語の類と共通する性質をもってゐる」（池田亀鑑「説話の特性」）という指摘があり、[13] また中世物語については、『無名草子』の『海人の苅藻』の評に、

言葉遣ひなども、『世継』をいみじくまねびて、したたかなるさまなれ。

とあるように、その「歴史物語的な傾向」「歴史物語への近接」（市古貞次「中世物語の展開」[14]）が認められるという。「思ひやるべし」が共通して見られることにはそういった背景もあるのかもしれないが、表現自体は同じでも委ねる対象には相違もあり、用法についてはそれぞれ独自に展開したと考えた方がよいと思われる。『源氏物語』以降の物語については、『栄花物語』を含めてすでに『源氏物語』が「思ひやる」恰好の模範として存在していたという事情もあろう。これらの物語が儀式の盛大さや主人公の容姿を「思ひやるべし」と記すとき、想像の材料として『源氏物語』があったことは、この表現の使用に影響を与えたのではなかろうか。

五

物語という形式が次第に解体してゆくにつれ、省筆のレトリックも徐々に姿を消してゆく。荒木田麗女が遺した膨大な数の物語をはじめ、近世期の女流文学作品を検しても、省筆の例はわずかしか拾い得ないものが多い。[15] その中で、省筆の理由や語りの設定を一々説明せずにすむという点で重宝されたのがこの「思ひやるべし」であったのではないか。同時代では例外的に七十六例もの省筆が見える

『松蔭日記』は、柳沢吉保の室正親町町子の手に成り、そこにも数は多くはないものの、

其あいだの事、様ぐにゆゝしき事おほかれど、今更に何かは女のまねび出べきならねば、男がたのふみにぞゆづるべき。　（むさし野）[16]

といった例も先の章で触れた卑下の問題との関わりで興味深いが、それらの表現と併せて、

かしこきにも、おぼしわかぬまで、悦び聞え給て、かしこまり申させ給ふさま、おもひやるべし。　（こだかき松）

御所をはじめて、さるべき所々より、御をくり物など、れいにもこえて、めづらかなるみやび、おもひやるべし。　（深山木）

などの例が見られる。また、物語や日記以外の和文にも、『室町時代物語集成』所収の御伽草子や、『仮名草子集成』に収められる仮名草子の類に、若干ではあるが、

うへに塩竈をつくりて、くるまにのせて、引わたせし、そのほかの結構、おもひやるべし。　（『案内者』四）

かくて、初秋の比にも、なりてハ。うらすゝしき風まちかけて。信長、日ことの御あそひ。かきつゝけすとも、思ひやるへし。　（『浮雲物語』上）

かしらより、あしもとまての、けつかうさ。かきつけずとも、思ひやるべし。　（『浮雲物語』下）

年貢借物不足にして、妻子を売、生ながら別れ、遠国に赴く悲び想像《おもひやる》べし。　（『盲安杖』）

いまた産れざりけれバ、女ハくるしみ、あたりの心づかい、思ひやるべし。　（『年忘噺角力』二）

のような例が見られる。[17]上田秋成の用いた省筆については、飯倉洋一『秋成考』[18]に『春雨物語』など

の例が挙げられている。

そして、明治まで下っても、たとえば樋口一葉が「思ひやるべし」を用いている。

八月廿日は千束神社のまつりとて、山車屋台に町々の見得をはりて土手をのぼりて廓内《なか》までも入込まんづ勢ひ、若者が気組み思ひやるべし。(19)

『たけくらべ』の第二節冒頭である。また、『うつせみ』にも、

当主は養子にて此娘《これ》こそは家につきての一粒《つぶ》ものなれば父母が歎きおもひやるべし、病ひにふしたるは桜さく春の頃よりと聞くに、……

といった例がある。王朝文学の文体を好んだ一葉の手になる「思ひやるべし」は、平安朝以来続く省筆の系譜における残照とも言えようか。先に掲げた「儀式」「手紙」「心地」「功徳」のうち、二例とも が「心地」に関わる「思ひやるべし」であり、特に後の例の「父母が歎きおもひやるべし」は、先に見た『うつほ物語』冒頭を思わせる。登場人物の心は読者はもちろん、語り手すら想像するほかない領域である。今後近代の用例をさらに探すとき、それらは何を「思ひやるべし」としているのか、十分に注意したい。

最後に『栄花物語』の事例に戻るが、先に見たように安和の変について、

北の方、御女、男君達、いへばおろかなる殿の内の有様なり、思ひやるべし。　(月の宴)

と記しているが、ここでも語り手はこの事件について知っているということが前提になっており、「いへばおろかなる」が省筆の理由とされる。一方で、同じ事件に触れた『蜻蛉日記』の、

身の上をのみする日記には入るまじきことなれども、悲しと思ひ入りしも誰ならねば、記しおくなり。

という記事を見れば、見聞きはしていてもそれを記す事への躊躇が強く感じられる。『栄花物語』にも、

その日の儀式有様、女の記すことならねば記さず。（歌合）

御車の内思ひやられてめでたくいみじ。こまかには女などの心およばぬことにてとどめつ。（布引の滝）

などのように、『蜻蛉日記』の姿勢に近い例はあるものの、それらはいずれもいわゆる続編に属しており、語りの設定・ポーズの要素の多寡は物語の正続にも関わるのではないかと思われる。[20] その『栄花物語』に範を仰ぐ『松蔭日記』に、先に挙げた例のように要素が混じっているのは納得のいくことではあるが、『栄花物語』においては、作者の交代、というよりもむしろ語り手の交代を視野に、語りの変化の考察を進める必要があろう。

注

（1）岩波文庫による。

（2）『歴史物語の表現世界』新典社、一九九四年。『栄花物語』に加え、『増鏡』などの例が紹介される。

（3）講談社学術文庫による。

（4）風間書房、二〇〇二年。

（5）松尾拾「平安初期に於ける格助詞「を」」『国語と国文学』十五―十、一九三八年十月。他に岩淵悦太郎「説話文学の用語――主として今昔物語集について」（『今昔物語集』（『日本文学研究資料叢書』所収）有精堂、一九七〇年）など。

(6) 『新日本古典文学大系』による。
(7) 『今昔物語集』の「思ひやるべし」については大木氏がすでに用例を掲出している。また、説話における表現の類型性については山口仲美『平安文学文体の研究』(笠間書院、一九八四年)などに言及がある。
(8) 中野幸一「『うつほ物語』の草子地」『宇津保物語論集』古典文庫、一九七三年。
(9) 三谷栄一「狭衣物語の文学の方法――物語の享受から「心深し」の美意識まで」(『国文学 言語と文芸』五十二、一九六七年五月)は、これらの「思ひやるべし」を「享受者としては作品の中に融け込むことによって読むべき、自己投影の方法といふべきものである」と指摘する。
(10) 『日本古典偽書叢刊』(第二巻)による。
(11) 六条御息所との出逢いを描いた宣長の『手枕』などにも、省筆は見受けられない。『源氏物語玉の小櫛』の中にも省筆についての言及はない。
(12) 『中世王朝物語全集』による。
(13) 『今昔物語集』(『日本文学研究資料叢書』所収)有精堂、一九七〇年。
(14) 『中世小説とその周辺』東京大学出版会、一九八一年。
(15) 調査は『江戸時代女流文学全集』『荒木田麗女物語集成』所収の作品を対象とした。
(16) 上野洋三校注『松蔭日記』解説(岩波文庫、二〇〇四年)。引用も同書による。
(17) 『盲安杖』は、『日本古典文学大系』所収の『仮名法語集』、『年忘噺角力』は「噺本大系」第十巻による。また、『今昔物語集』に通じる教条的な例として、国字本『伊曽保物語』(十一行古活字版)にある、

悪人として、一たん、善人のふるまひをなせとも、終に、わか本しやうを、あらハす物也、これをおもへ。

(からすと、くしやくの事)

かいをやぶり、つみをつくり、身をほろぼす物也とそ、みえけり、これをおもへ。

（出家と、ゑのこの事）

のごとき「これをおもへ」なども、「思ひやるべし」の延長線上にあるものであろう。この表現はキリシタン版『エソポのハブラス』には見えず、ギリシア語版『イソップ寓話』を基にした現行の各種翻訳にもない。

（18）翰林書房、二〇〇五年。

（19）『明治文学全集』（筑摩書房、一九七二年）による。

（20）中村氏は「巻十六より後ろになると、〝書く〟〝書かない〟についての問題意識がはっきりと出てくる」（前掲書）と指摘する。

与謝野晶子訳『紫式部日記』私見

一

大正五(一九一六)年七月、東京市の金尾文淵堂より、『新訳紫式部日記　新訳和泉式部日記』が上梓された。与謝野晶子の手になる平安女流日記の口語訳である。のち昭和十三(一九三八)年には、以上二作品に『蜻蛉日記』を加え、『現代語訳国文学全集　第九巻　平安女流日記』(非凡閣)として集成がなされる。

晶子による『源氏物語』の訳業については谷崎源氏と並び与謝野源氏などと称されるごとく、すでに広く知られるところである。角川文庫にも収められているので比較的廉価で求めることもできる。しかし、併せてその日記も晶子の手で訳されている事実については、文学史上でとりあげられることは稀である。その事情は『和泉式部日記』『蜻蛉日記』でも同じである。今挙げた二つの叢書についても、現在ではともに入手が著しく困難で、一般の目に触れることはほとんどない。唯一、『蜻蛉日記』についてのみ、『与謝野晶子訳蜻蛉日記』(今西祐一郎補注)としてその訳文が「平凡社ライブラリー」の一冊に収められている（一九九六年）。

晶子の『紫式部日記』訳を評して、小室由三『紫式部日記全釈』（広文堂、昭和五年）では、
初めに紫式部と題して伝記を詳述し。次に年譜を掲げ、語釈は無いが本文は全部口訳したもので、日記全釈の魁をなした貴重な参考書である。

と述べ、また一方で宮田和一郎『紫式部日記講義』（日本文学社、昭和十年）には、
名の如く訳本であつて註釈書ではない。又別に取立てていふ程の事もない。

というそっけない紹介も見えるが、いまだこの訳業に対する詳しい言及はない。

そもそも晶子自身、『紫式部日記』について、文学作品としてはさして高い評価を与えていないようである。「紫式部考」（金尾文淵堂版口語訳の解説。大正五年）や「紫式部新考」（『源氏物語Ⅰ』有精堂、一九六九年。『日本文学研究資料叢書』所収。初出『太陽』昭和三年一・二月）として伝記を発表しているが、それらの資料としてしばしば『紫式部日記』を用いている。

紫式部日記に書かれて居る兄の式部丞は……。

紫式部日記に……の記事のあるので想像される。

紫式部みづから日記に述べて居る。

のごとくである。が、それは逆に言えば、主に伝記としてしか利用価値を認めていないとも言えよう。『紫式部日記』に対する、

「源氏物語」に比すれば天才の一鱗に過ぎない。

併し紫式部の偉大な実力を知らうとするには「源氏物語」を通読する外は無い。

という批評を目にするとき、やはりこの日記を二次的な作品としか考えていなかったように思えるのである。『源氏物語』理解に際して、伝記資料としての精読の要があったということなのであろう。池田亀鑑『紫式部日記』（至文堂、一九六七年）の序文を草した久松潜一氏は「紫式部日記は、古くは源氏物語の作者紫式部を知るためにとりあげられており、また故実を知る書としても重んじられたが、文学作品として認められるに至ったのは、明治の末から大正時代になってからではないかと思う」と述べる。晶子はまさにそのような時代に生きたのであった。この日記が一方で持つ自照的な側面などは、晶子の手で特に論じられることはなかった。

日記としてはむしろ彼女は『和泉式部日記』の方を評価していた節がある。その訳の自序で「三人称で客観的に描写した短篇小説です」「殊に和泉式部日記が遠く明治の小説に先だつて、自己の経験を書く小説の最初の作」と認め、訳中、式部のことを一貫して「和泉」と呼んでいる。現在では、平安朝の私小説と言えば『蜻蛉日記』を思い浮かべる向きが多いが、晶子にとってそれは『和泉式部日記』であったらしい。『和泉式部日記』の訳業については、松浦あゆみ「晶子の和泉式部――『新訳和泉式部日記』の恋」（『与謝野晶子を学ぶ人のために』世界思想社、一九九五年）に論考がある。

二

訳出にあたって、晶子が用いたテキストは何であったろう。『蜻蛉日記』については自身、『日本古典全集』の本文を用いたと明言しており（『現代語訳国文学全集』）、またそのことはすでに指摘されてもいる。[1]だが、そのような断り書きは、『紫式部日記』に関するかぎり、ない（『和泉式部日記』『栄花物語』についても同様である）。

そのうち、『栄花物語』については松村博司『栄花物語の研究』が、

この訳本の拠つた本文は何であらうか。明暦二年の板本の外には、この頃までに入手し易い活版本としては、日本文学全書本しかないが、対照して調べてみると、栄華物語詳解の本文に拠つてゐるらしいのである。

と指摘しており、「所々に詳解の説になづまず晶子独自の見解の見られる所もあるのである」と付け加えている。また、『和泉式部日記』については、前掲松浦氏が群書類従本を「訳への使用の明記はされていないものの、作中歌等の一致から晶子の口語訳の土台と目される」と推測している。これらを参考に、『紫式部日記』の場合を考えねばならない。

さて、『紫式部日記』をめぐる本文研究の状況には時間的に近接した二つの転機がある。その一つは池田亀鑑『紫式部日記』所収の「校異紫式部日記」によって、諸本の様子が一望できるようになったこと。これは先に記したように昭和四十二(一九六七)年に刊行された。もう一つは同じく昭和四十二年、そして四十六年と相次いで報告された松平文庫本・黒川本の出現である。だが、無論晶子が生きた時代はそれらよりはるかに遡る。

訳業がなされた頃の『紫式部日記』のテキストを年次順に一覧してみよう。叢書の一冊に収められているものは、叢書名のみを掲げる。刊行年の記載には元号を用いた。

・扶桑拾葉集（巻四）　元禄二(一六八九)年刊

・紫式部日記傍註　壺井義知　享保十四(一七二九)年（『国文学註釈叢書』（昭和五年）所収）
・群書類従（巻三百二十一日記部）　文政二(一八一九)年（明治二十七・八年に経済雑誌社より翻刻を刊行）
・紫式部日記解　足立稲直　文政二年成立（『国文註釈全書』（明治四十二年）所収）
・紫式部日記釈　清水宣昭　天保四(一八三三)年刊（『国文学註釈叢書』（昭和五年）所収）
・紫式部日記解　田中大秀　天保六年成立（『未刊国文古註釈大系』（昭和十三年）所収）
・日本文学全書（野口武次郎編）　博文館　明治二十三(一八九〇)年
・校正首書紫式部日記　鈴木弘恭　明治二十七年
・紫式部日記講義　長田政孝　明治二十八年
・評釈紫女手簡　木村架空　明治三十二年（いわゆる「消息文」の部分のみ）
・紫式部日記講義　三木五百枝　明治三十四年
・国文大観（丸岡桂・松下大三郎共編）　明文社　明治四十二年
・校註国文叢書（池邊義象編）　博文館　大正二(一九一三)年
・平安朝日記集　有朋堂文庫　大正五年六月十八日

ここで、与謝野晶子『新訳紫式部日記』（大正五年七月二十三日）が刊行される。ただし、最後に挙げた有朋堂文庫版が出てから晶子の訳が成るまでにはわずかに一月余りしかなく、実際にはこのテキストを利用することはかなわなかったはずである。『校註国文叢書』までが参照の候補となろう。

ちなみに、その後昭和十三（一九三八）年に『現代語訳国文学全集』版が刊行されるまでの状況も追っておこう。

・紫式部日記精解　関根正直　明治書院　大正十三年
・校注日本文学大系　国民図書　大正十四年
・日本古典全集（正宗敦夫編）昭和三（一九二八）年
・紫式部日記評釈　永野忠一　健文社　昭和四年
・紫式部日記全釈　小室由三　広文堂　昭和五年
・岩波文庫（旧版）池田亀鑑　昭和五年
・紫式部日記新釈　岡田稔　昭和八年
・紫式部日記講義　宮田和一郎　日本文学社　昭和十年

『蜻蛉日記』の口語訳に用いたという『日本古典全集』は、右のごとく昭和三年に世に出されており、それは『紫式部日記』の訳出よりもずっと後のことになる。その頃には、天和本を底本とする旧版の岩波文庫も刊行される（池田亀鑑校注）。しかし、『現代語訳国文学全集』版でも晶子は特に旧稿に手を加えていないことから（ルビが除かれているのみ）、今挙げた書物は訳に対する直接的な影響はない。

手がかりとなるのは、日記中の脱文の問題である。すでに池田亀鑑『紫式部日記』などに詳しく説かれたことではあるが、『紫式部日記』邦高親王自筆本系統の諸本には途中八箇所の脱文があって、流布本（正確には黒川本・松平文庫本を含む）ではそれらが全て補われているというのだ。[2] 晶子の訳はその脱文箇所の文言を八箇所全て備えており、脱文の補塡を経た流布本系統のテキストによっていることがここで確認できる。

とすれば、晶子が用いたのは『和泉式部日記』の場合と同じく群書類従本ではないかという可能性がまず考えられよう。しかし、実際にはどうもそうは思われない。本文に異同がある箇所について訳文と照らし合わせると、不一致が多く見られるためである。先に並べた諸書の中ではむしろ『紫式部日記釈』の本文に近い。

参考までに、本文に異同がある箇所の、『紫式部日記釈』・群書類従本の本文と晶子の訳をいくつか併せて掲げておく。

紫式部日記釈	群書類従	与謝野訳
・菊の露わくる	菊の露わかゆ	菊《きく》の露《つゆ》わくる
・加持まいる。	加持まゐり、	お加《か》持《ぢ》をした。
・いと〳〵ほしくみゆ	いと〳〵をかしくみゆ	可《お》笑《か》しかつた
・十六にあまればわる	十六にあまればいる	十六《じふろく》の甕《かめ》に汲《く》み分《わ》けた
・やり《遣》と《戸》よりと《外》に	やりどより北に	戸口《とぐち》の外《そと》に

顕著な異同が少なく、またそれさえも完全な符合でないので猶即断はしかねるが、私見では晶子が訳出の底本に用いたテキストは、この『紫式部日記釈』であったと推測される。この本文は後に『有朋堂文庫』、『日本古典全集』の底本にも採用されており、当時の『紫式部日記』本文として最も大きな影響を持ったと考えられる。『日本古典全集』の解題にも、

藤井高尚の門人で名古屋の人清水宣昭が著はした紫式部日記釈四巻は諸本を参考して校訂した本で一般に菩書《（ママ）》（引用者注・善書の誤りであろう）とせられてゐる。別によい本も発見せられなかつたから総

て此書に拠り、近く関根正直博士が著はされた「精解」を参考した。

とあるから、当時のテキスト選択の基準は大筋においてそのようであったのだろう。その状況は先に掲げた岩波文庫版で「なほ刊本としては、壺井義知の紫式部日記傍註があり、清水宣昭の紫式部日記釈がある。いづれも邦高親王本より古い本の系統のものではないのみならず、かなり本文が乱れてゐる」（解説）という立場のもとに『釈』の本文が斥けられるまで続く。

ただ、必ずしも無批判に『釈』に拠っているわけではない。それを示す一例を見よう。『紫式部日記』には先の八箇所のほか、さらに注目される脱文がある。それは日記も終わりに近い寛弘七（一〇一〇）年正月の記事である。日記本文は以下、『紫式部日記釈』を用いる。

うへに、四条ノ大納言、はうしとり《拍子》、頭ノ弁、びは・ことは、経孝ハ朝臣、左宰相中将、さうのふえ《笙》とぞ。

池田氏は傍点部を「群書類従本系統にしかない」と述べる。たしかに、多く黒川本を底本とする現行の諸注釈を見ても、傍線部を空欄のままにするものが多い。

先に挙げた同時代の注釈書は、そのほとんどは意味の通ずることを重んじ、群書類従本系統の本文を採用する。たとえば、明治二十七（一八九四）年に刊行された『校正首書紫式部日記』（鈴木弘恭）の本文にも、

四条大納言《公任》。はうしとり《拍子》。頭ノ弁《通方》。ひわ《琵琶》。ことは《箏》。経孝朝臣。左の宰相中将《経房》。さうのふえ《笙》とぞ。

と見え、頭注に「此の四字並本にはなし類本釈本にはありある方よろし」とある。本書の添言にも、

今おのれか校正に用ゐたる書は。類本（群書類従本のこと也）扶本（扶桑拾葉集本のことなり）鈔本（黒川氏蔵敷原彦麿自筆本の写の古鈔本のこと也）釈本（清水宣昭か釈のこと也）傍本（壺井義知か傍注のこと

也）等をむねとしたれと。また栄花物語初花巻をも参考に加へつ。

と類従本は最初に記されており、強い配慮がうかがえる。

　さて、ここを晶子はどう訳したか。

　殿上《でんじやう》では公任大納言《きんたふだいなごん》がその役《やく》を勤《つと》めて、頭《とう》の弁《べん》の琵琶《びは》、参議《さんぎ》左《さ》中将《ちゆうじやう》の琴《こと》その他《た》の合奏《がつそう》があつた。

すなわち、「経孝朝臣」の名は見えない。これは彼女が『釈』の注記、「類本によりてくはへつ」を重く見、純粋な本文――無論、晶子とその時代にとって、ということであるが――の維持という観点からこの人物の名をとばして訳したのではないかと思われる。とばすことで浮き上がった琴の奏者を次に見える「左宰相中将」とし、笛の吹き手の不在は「その他の合奏」として処理してしまっている。

　この処理についていては、その少し前にも同じく「類本によりてくはへつ」と注記ある「中宮大夫」の名を、やはり削除して訳しており、晶子のテキストに対する姿勢がかいま見られるのである。

　またその考察の過程で、当時唯一、晶子の訳に符合する本文を持った『紫式部日記傍註』を参照した可能性もある。その本文は、

　こと《箏》は左の宰相。中将さうのふえとそ。……いせ《伊勢》の海。右のおとゝ《大臣》わこん《和琴》。

とあって、「経孝朝臣」の名は見えない。他の箇所での不一致が多すぎるため、底本にしたとは認め難い本であるが、参照用の一本としてこの『傍註』を挙げることはできよう(3)。

三

ここで、具体的に訳文を細かに検討してみよう。以下の引用は初出の金尾文淵堂版による。「全集」版の凡例に、『紫式部日記』『和泉式部日記』は旧訳をそのまま用いていることを記す通り、この二種類のテキストは、本文の字句は全て一致するが、金尾文淵堂版には総ルビが付されていたのが「全集」版では落とされている点が異なっている。後にも触れるが、「母様《かあさん》」など、近世以来の小説類のごとくルビの効用もあるので、初版の方が読んでいて面白い。本章ではルビはそのままにしたが、旧字については適宜、現行の字体に改めた。

訳が分かれる箇所を検討する。有名な冒頭の場面。原文、訳文の順に掲げる。

秋のけはひのたつまゝに、土御門殿の有さまいはんかたなくをかし。池のわたりのこずゑども、やり水のほとりの草むら、おのがしゝいろづきわたりつゝ、おほかたの空もえんなるにもてはやされて、ふだんの御どきやうの声々、あはれまさりけり。やう〳〵すゞしき風のけしきにも、れいの、たえせぬ水のおとなひ、よもすがら、きゝまがはさる。

夏《なつ》から初秋《はつあき》に移《うつ》つたこの世界《せかい》に最《もつと》も趣《おもむき》の多《おほ》い所《ところ》があつた。それは土御門殿《つちみかどどの》である。池《いけ》を中心《ちゆうしん》として立《た》ち繞《めぐ》つて居《ゐ》る大木《たいぼく》の梢《こずゑ》にも、小流《こながれ》を挟《はさ》んだ草原《くさはら》にも、いろいろの紅葉《もみぢ》が出来《でき》て、上《うへ》にはすべての色《いろ》を引《ひ》き立《た》てるやうな美《うつ》くしい空《そら》があり、下《した》には不断経《ふだんぎやう》の声《こゑ》が響《ひゞ》き、白金《はくきん》のやうな快《こゝろよ》い風《かぜ》に涼《すゞ》しい水《みづ》の音《おと》が夜通《よどほ》し混《まじ》つて聞《きこ》えた。

適度に説明を加えたり文を縮めたりしているので、全体としてはほぼ同じ分量に仕上がっている。この箇所を秋山虔「晶子古典現代語訳私見[4]」は、

紫式部日記の冒頭は、土御門第の初秋の優艶な風情を享受しつつ中宮彰子の許に仕える身の至福の思いを語りつづけるが、じつはその思いが却てその思いを合点しえない別の思いを喚起している、この重くえもいわれぬ呼吸が私の胸にこたえるのだが、『新訳紫式部日記』の文体は原作とは別にいかにもさわやかに軽快である。

と批評している。日記からうかがえる「この重くえもいわれぬ呼吸」こそ、『和泉式部日記』などには見られないものであり、またそれが晶子がこの日記を好まなかった理由であるようにも思える。

また、「下《した》には不断経《ふだんぎやう》の声《こゑ》が響《ひゞ》き、白金《はくきん》のやうな快《こゝろよ》い風《かぜ》に涼《すゞ》しい水《みづ》の音《おと》が夜通《よどほ》し混《まじ》つて聞《きこ》えた」の一文について、ここの原文は、

ふだんの御どきやうの声々、あはれまさりけり。やう〳〵、すゞしき風のけしきにも、れいの、たえせぬ水のおとなひ、よもすがら、きゝまがはさる。

であるが、「混《まじ》つて聞《きこ》えた」のは何と何の音か、従来説が分かれてきた。

彼の五月よりの不断の御読経の声に池水の音の響合て聞混ふとなり。　（『紫式部日記解』）

やう〳〵すずしと思ふばかりふく風は、音もおのづから耳にたつべくなりぬれば、夜もすがら、いつもききなれたるやり水の音に、きゝまがはさるとなり。　（『紫式部日記釈』）

これに代表される二説である。晶子の訳は「白金《はくきん》のやうな快《こゝろよ》い風《かぜ》に涼《すゞ》しい水《みづ》の音《おと》が夜通《よどほ》し混《まじ》つて聞《きこ》えた」であるから、「聞きまがはさる」のは風と水の音ということになる。後者『紫式部日記釈』

の説である。これは前節で提案したテキストの問題にも合致する。

四

ところで、晶子は『源氏物語』のほかに、もう一篇、長編物語を訳している。それは『栄花物語』である。なにゆえ『枕草子』などでなく『栄花物語』なのか、という疑問も抱きたくなるが、その理由は晶子自身の説明によれば、「猶、源氏物語を読むには、その背景となつた平安朝の宮廷及び貴人の生活を知ることが必要である。それで自分はこの書に次いで、当時の歴史を題材とした写実小説である栄華物語の新訳に筆を著けて居る」（「新訳源氏物語の後に」大正二（一九一三）年）ということであるから、これも『紫式部日記』に対する関心と相似たものがあったようである。また、明治四十（一九〇七）年五月一日号の『明星』にも「源氏、栄華、大鏡と云へば、平安朝文学の花なり」と見える。

さて、文学史の事実として周知のごとく、『栄花物語』巻八「はつはな」は、そのかなりの部分を『紫式部日記』に負っている。ほとんど同文とおぼしい箇所すらある。この両作品をともに一人が訳出することは、現行の諸注釈書を眺めても類がないように思われるが、晶子は現実にそれを試みている。本節ではその訳文を比較することで、各々の文体にどのように配慮したか、考察を加えたい。

この問題については前掲松村博司氏の論考に、「此処には「栄華」の作者が紫式部の日記の文章を借りてゐるので、観察も精緻、文章も巧妙一段の生彩を加へてゐる」という晶子の言が紹介されている（「誕生日」『光る雲』所収、大正十四年十二月）。『紫式部日記』と『栄花物語』の二書の関係について十分意識していたことが見て取れる。

晶子の『新訳栄華物語』については、その出来映えは評判がよい。松村氏は「即ち現代語訳乃至は口語訳とはいつても逐語訳ではなく、多分に創作的で、総ルビを施し、センテンスの短いきびびした平易な文体で書かれてゐて、明快であり、恐らく何人も興味を持つて読むことができるであらう」と記している。また、尾崎左永子「晶子と古典」(5)も、「『新訳源氏物語』よりもむしろ出来がいいというか、筆にのびがある」と述べる。たしかに、この訳にはたとえば道長の言を「隆家君《たかいへくん》は無邪気《むじやき》ないい人物《じんぶつ》なんだが、兄《にい》さんのために、禍《わざはひ》されて居《ゐ》るのだ」「母様《かあさん》もまた幸者《しはわせもの》だ、いい良人《おつと》を持《も》つたものだ」（はつはな）と訳すなど、読みやすさを求めて雰囲気の訳出にも努めている節があり、他にも晶子の工夫が随所に散見される。氏はその後に付言して、「大正五年七月に刊行された「新訳紫式部日記」「新訳和泉式部日記」も同じやうな行き方をしてゐる」と述べるが、前節でも引いた日記冒頭を題材に、二作品の文章を比べて確認してみよう。

秋のけしきにいり立つまゝに、土御門殿の有様いはん方なくいとおかし。池の辺りの梢・遣水のほとりの草むら各色づき渡り、大方の空のけしきのおかしきに、不断の御読経の声〴〵あはれ勝り、やう〳〵涼しき風のけはひに、例の絶えせぬ水の音なひ、夜もすがらきゝかはさる。

初秋《はつあき》の土御門殿《つちみかどどの》は趣《おもむき》に富《と》んで居《ゐ》た。池《いけ》の辺《ほと》りの大木《たいぼく》の梢《こずゑ》や小流《こながれ》の傍《そば》の草《くさ》むらが日《ひ》に日《ひ》に色附《いろづ》いて行《ゆ》く。上《うへ》には瑠璃《るり》のやうな空《そら》があり、下《した》には不断経《ふだんぎやう》の声《こゑ》が響《ひび》き、白銀《しろがね》のやうな快《こゝろよ》い風《かぜ》に、冷《ひや》ゝかな水《みづ》の音《おと》が夜通《よどほ》し混《まじ》つて聞《きこ》えた。

以上が『栄花物語』の一節である。これを『紫式部日記』と比べてみよう。次に再掲する。

夏《なつ》から初秋《はつあき》に移《うつ》つたこの世界《せかい》に最《もつと》も趣《おもむき》の多《おほ》い所《ところ》があつた。それは土御門殿《つちみかどどの》である。池《いけ》を中心《ちゆうしん》として立《た》ち繞《めぐ》つて居《い》る大木《たいぼく》の梢《こずゑ》にも、小流《こながれ》を挟《はさ》んだ草原《くさはら》にも、いろいろの紅葉《もみぢ》が出来《でき》て、上《うへ》にはすべての色《いろ》を引《ひ》き立《た》てるやうな美《うつ》くしい空《そら》があり、下《した》には不断経《ふだんぎやう》の声《こゑ》が響《ひゞ》き、白金《はくきん》のやうな快《こゝろよ》い風《かぜ》に涼《すゞ》しい水《みづ》の音《おと》が夜通《よどほ》し混《まじ》つて聞《きこ》えた。

本文の違いもあるので、その分は差し引いて考えねばならないのは勿論であるが、それにしても重なる表現が多いことに気づかされる。特に傍線を施した部分は完全な一致を見、『栄花物語』の自らの訳文が、『紫式部日記』の折に十分生かされていることが見て取れる。ただ、部分的には「白銀《しろがね》」を「白金《はくきん》」に、「小流《こながれ》の傍《そば》の草《くさ》むら」を「小流《こながれ》を挟《はさ》んだ草原《くさはら》」に、「冷《ひや》ゝかな」を「涼《すゞ》しい」に改めるなどの工夫が見える。また、全体の分量も五十六文字ほど増えている。『新訳栄華物語』の刊行は大正三年で『新訳紫式部日記』に二年先行することから、『紫式部日記』を訳すにあたって新たに若干の推敲がなされたということであろう。座右には『新訳栄華物語』という、格好の材料があった。

五

最後に、省筆の訳出という観点に少しく触れておきたい。「よろこび聞こえたまふさま、書きつづけむもうるさし」（『源氏物語』須磨）のごとく、文章を途中で略すときに用いるこの叙法を、興味深いことに晶子はそのまま訳そうとはしない。『紫式部日記』の省筆は管見では十一例を数えるが、その訳出に工夫が見られるのである。これは近代小説にはあまり省筆が好まれないことと関係しようか。

そのことは見ず。

これは人《ひと》から聞《き》いたことを書《か》いて置《お》くのである。　（九月十一日）

少し言葉を加えて訳していることに気づくであろう。これは一般に省筆というものが、「見ず」「聞かず」など、単調な印象を与えがちなため――それゆえに近代小説では用いたがらないのであろう――、それを避けるための処理と思われる。


あるまじきことにさへ、おもひかゝりて、ゆゝしくおぼゆれば、めとまることも、れいのなかりけり。

深酷《しんこく》な悲《かな》しみが自分《じぶん》を窺《うかゞ》つて居《い》るのを知《し》ると、目《め》に見《み》て、居《ゐ》るものの何物《なにもの》にも興味《きようみ》が持てなくなるのである。　（十一月二十二日）

「悲しみ」の色合いが強く映し出され、「れいのなかりけり」、すなわちいつものように興味を引かなかった、という原文のニュアンスとはやや異なって訳されている。


みづから、え見侍らぬことなれば、えしらずかし。

併《しか》し時《とき》と場合《ばあひ》に合《あは》せて、ああもしなければならぬ事《こと》と、かうもしなければならぬことがあるから、むづかしいのである。　（消息文）

この場合も、訳出の段階で「えしらずかし」とはっきり述べることは避けている。


柱がくれにて、まほにも見えず。

自分《じぶん》の席《せき》からは柱《はしら》が邪魔《じやま》になつてこの人《ひと》だけがよく見《み》えなかつた。　（十月十六日）

にしによりて、おほ宮のおものれいの、ぢんのをしきなにくれのだいなりけんかし。そなたのことは見ず。

沈《ちん》の敷膳《しきぜん》、銀《ぎん》の高膳《たかぜん》などは例《れい》のやうであつたのであらうが、遠《とほ》くてよく拝見《はいけん》することが出来《でき》なかった。　（十一月一日）

それぞれ「この人だけが」「遠くて」など、少しずつ言葉を足している。そこには、なるべく「見ず」「聞かず」の理由付けをなしておこうとする晶子の意図がかいま見られる。これは、省筆をそのまま訳したときに受けがちな、無関心・無感動の印象を注意深く避けようとしているとは考えられないだろうか。

また、意訳の幅が特に大きいものに、次の例がある。敦成親王の七日夜の産養の記事である。

かけまくもいとさらなれば、えぞかきつゞけ侍らぬ。

晶子の訳はかくである。

美《うつ》くしい人《ひと》を写《うつ》すために中宮様《ちゆうぐうさま》をお引《ひ》き合《あひ》にお出《だ》しすることは申《まを》し訳《わけ》のないことであるから、もう書《か》きません。　（九月十七日）

本文としては「こんなことを口にするのもいまさらめいているので」（新大系）として叙述の煩雑を避けようという意であって、「中宮様をお引き合に」云々という句は行き過ぎにも思えるが、これはおそらく『釈』に見える「〝かけまくも〟は、言にかけて申さんも恐れおほくといふ意」の注に拠ったのであろう。また実際、その解の方が、もっともらしい弁明の辞を求める晶子の意にかなうものであったに違いない。

このように、晶子は『紫式部日記』に見える省筆に対し、その理由を補ったり、あるいは意識的にニュアンスを異にして訳している。そして、これは『源氏物語』を訳した折にも配慮された事柄であった。(6) 物語における省筆をいくつか見てみよう。

惟光、いささかのことも御心に違はじと思ふに、おのれも隈なきすき心にて、いみじくたばかりまどひ歩きつつ、しひておはしまさせそめてけり。このほどのこと、くだくだしければ、例のもらしつ。

源氏の機嫌を取ろうと一所懸命《しよけんめい》の惟光であつたし、彼自身も好色者《かうしよくしや》で他《た》の恋愛にさへも興味を持つ方であつたから、いろいろと苦心をした末に源氏を隣の女の所へ通はせるやうにした。(7)

夕顔巻、『源氏物語』における最初の省筆である。ここで注目すべきは、訳文では傍点を施した一文が削除されている点である。「くだくだしければ」というのは語り手の主観的な意志を示すが、それが注意深く取り除かれているのである。『源氏物語』にかぎらず平安朝の古典においては「くだくだし」「うるさし」という姿勢がポーズとしてしばしば表明されるが、『紫式部日記』の折と同じく、晶子はこの修辞を受け入れなかったようである。

これは決して一例のみの偶然ではない。同じ夕顔巻から。

何の響きとも聞き入れたまはず、いとあやしうめざましき音なひとのみ聞きたまふ。くだくだしきことのみ多かり。

けれどこの貴公子も何から起る音とは知らないのである。大きな溜《たま》らぬ音響のする何かだと思つて居た。その外《ほか》にもまだ多くの騒がしい雑音が聞えた。

ここには「くだくだしき」の意味を叙述すべき事柄の煩雑さでなく「雑音」と解した点で、やや誤解があるようである。あるいは故意にであろうか。

こまかなることどもあれど、うるさければ書かず。

細細《こまごま》しい手紙《てがみ》の内容《ないよう》は省略《せうりやく》する。

かやうのくだくだしきことは、あながちに隠ろへ忍びたまひしもいとほしくてみなもらしとどめたるを、……

かうした空蟬とか夕顔《ゆふがほ》とか云ふやうな華やかでない女と源氏のした恋の話は、源氏自身が非常に隠して居たことであるからと思つて、最初は書かなかつたのであるが、……

この二例でも「うるさければ」「くだくだしき」にあたる部分の訳語がない。
この傾向は他の巻にもあてはまる。また少し例を掲げれば、

この御仲どものいどみこそ、あやしかりしか。されどうるさくてなむ。

つまらぬ事までも二人は競争して人の話題になることも多いのである。（紅葉賀）

やはり、「うるさくてなむ」が削除されてしまっている。他にも、

あはれなる御遺言ども多かりけれど、女のまねぶべきことにしあらねば、この片はしだにかたはらいたし。

前《さき》の帝、今の君主の御父《おんちち》として御希望を述べられた御遺言も多かつたが、女である筆者は気が引けて書き写すことが出来ない。（賢木）

よろこび聞こえたまふさま、書きつづけむもうるさし。

こんなことを云つて喜んだ女御《によご》のことなどは少し省略して置く。

心々にあまたあめれど、うるさくてなむ。（須磨）

猶《なほ》いろいろな人の作もあつたが省略する。（松風）

の如く、「うるさければ」の類は可能なかぎり注意深く除かれているのである。

この物語に心酔した晶子は訳者という自らの立場を半ば忘れ、ほとんど物語の語り手に見立てていたことであろう。そんな彼女からすれば、記述の行為を「うるさし」「くだくだし」と書きとめることは、華やかな平安朝文学の描写態度として馴染まないと考えたのではあるまいか。それは『源氏物語』に限らず、『紫式部日記』やその他の古典に対しても同じであった。「徒らに煩瑣を厭はしめるやうな細個条を省略し」「必ずしも原著者の表現法を襲はず」（前掲「新訳源氏物語の後に」）と表明する晶子の姿勢は、省筆という修辞法に向かってもたしかに発揮されていた。

注

（1）前掲、平凡社ライブラリー版の解説による。

（2）具体的に挙げれば、

一、すはま鶴をたてたるしさまめつらし（新編全集一四五頁）

二、左近命婦筑前の命婦近江の命婦（同一四七頁）

三、七日夜はおほやけの御うふやしなひ（同一四七頁）

四、弁の内侍はしるしの御はこ紅（同一五四頁）

五、さへもて参り給へれはとらせ給へるを（同一六八頁）

六、御使御とのより左京の（同一八一頁）

七、かしつくと聞えしか絵にかいたる顔して（同一九二頁）

八、みなものし給ふ下らうのいてあふを（同一九九頁）

の八箇所である（池田亀鑑『紫式部日記』により、『新編日本古典文学全集』の頁数を付した）。

（3）池田亀鑑氏も『傍註』について「世に流布印本というのが即ちこれである」としてその流布を認め、また事実、このテキストは明治に入ってからも刷られており、晶子の目に触れた可能性はかなり高いと思われる。先に紹介した『校正首書紫式部日記』を上梓した書肆、青山堂からも『傍註』は出版されており、その広告には「且此旁注は有識家なる壺井義智のものせし所なれば礼儀故実服装などつばらに注釈せられたりされはたゞ文章のみにはあらて古学ひする人の為にはこよなき宝典とも云べし」と見える。

（4）『国文学』四十四―四、一九九九年三月。

（5）前掲『与謝野晶子を学ぶ人のために』。

（6）『源氏物語』の口語訳については、市川千尋『与謝野晶子と源氏物語』（国研出版、一九九八年）などに詳しい。

（7）『鉄幹晶子全集』第二十八―三十巻（勉誠出版、二〇〇九・二〇一〇年）による。

省筆の訳出

一

現代の口語に訳した源氏物語がほしいかと、わたくしが問はれることになりますと、わたくしは躊躇《ちゅうちょ》せずに、ほしいと申します。わたくしは此物語の訳本を切に要求いたしてをります。

これは、与謝野晶子『新訳源氏物語』(1)に記された森鷗外の序である。鷗外は晶子の訳業に際し、その校正を担当したのであった。明治四十五(一九一二)年五月二日の日記にこう記している(2)。

二日(木)。雨。与謝野晶子のために訳本源氏物語の校正に着手す。

この年、金尾文淵堂から第一冊が上梓された『新訳源氏物語』は、五十四帖通しての『源氏物語』口語訳としては嚆矢となるものであった。以降、『源氏物語』の口語訳は種々試みられることになる。それらは、『国文学　解釈と鑑賞』の四十八巻十号(一九八三年七月)所収の「口語訳(付・外国語訳)一覧」や『源氏物語講座』(勉誠社版)第十巻の「現代語訳」の項、あるいは吉海直人「作家の訳と研究者の訳」(3)などで一望できるが、そのうち今、作家の訳したものを中心に主な口語訳を並べてみると、

与謝野晶子『新訳源氏物語』四冊（金尾文淵堂、明治四十五―大正二年）
与謝野晶子『新々訳源氏物語』六冊（金尾文淵堂、昭和十三（一九三八）・十四年）
谷崎潤一郎『潤一郎訳源氏物語』二十六冊（中央公論社、昭和十四―十八年）
窪田空穂『現代語訳源氏物語』八冊（改造文庫、昭和十四―十八年）
谷崎潤一郎『潤一郎新訳源氏物語』十二冊（中央公論社、昭和二十六年）
舟橋聖一『源氏物語』二冊（『世界名作全集』三十七・三十八、平凡社、昭和三十五・三十六年）
谷崎潤一郎『潤一郎新々訳源氏物語』十冊別巻一冊（中央公論社、昭和三十九・四十年）
円地文子『源氏物語』十冊（新潮社、昭和四十七・四十八年）
田辺聖子『新源氏物語』五冊（新潮社、昭和五十四・五十五年）
中井和子『京ことば源氏物語』三冊（大修館書店、平成三（一九九一）年）
橋本治『窯変源氏物語』十四冊（中央公論社、平成三―五年）
瀬戸内寂聴『源氏物語』十冊（講談社、平成八―十年）
尾崎左永子『新訳源氏物語』四冊（小学館、平成九・十年）
上野榮子『源氏物語　口語訳』八冊（日本経済新聞出版社、平成二十年）
林望『謹訳源氏物語』十冊（祥伝社、平成二十二―二十五年）

などが挙げられる。

作家の訳については、吉海氏が「訳は決して原作と同一ではなく、むしろ積極的に創作（作家の解釈）として認識すべきであろう」と述べるように、訳出の過程で作家の自由な個性が発揮され、様々なバリエーションが発生する。

たとえば、『源氏物語』には読者に物語内容を想像させる省筆の辞として、「思ひやるべし」という表現があるが[4]、晶子は物語中に三例ある「思ひやるべし」を、

猶言葉《なほことば》は多《おほ》かつた。（須磨）
想像《さうざう》されないこともない。（須磨）
内容《ないよう》が想像《さうざう》されないでもない。（少女）

と訳す（『新々訳源氏物語』[5]）。「べし」の解釈において、「想像してほしい」などとする現行の諸注釈とは異なっている。一方、谷崎の訳は、

いろいろとお書きつくしになるお言葉は、お察しすることができます。（須磨）
そのお言葉は思いやられます。（須磨）
おん文の中が思いやられるではありませんか。（少女）

のごとく、語り手の立場から述べた感想と解しており（『潤一郎新々訳源氏物語』[6]）、こちらの訳も個性的である。このように、一つの表現をめぐっても、訳文の意味合いはそれぞれに異なるのである。

二

物語中、最初に現れる省筆は、前章にも述べたように夕顔巻の、

惟光、いささかのことも御心に違はじと思ふに、おのれも隈なきすき心にて、いみじくたばかりまどひ歩きつつ、しひておはしまさせそめてけり。このほどのことくだくだしければ、例のもらしつ。

というものであるが、「このほどのことくだくだしければ、例のもらしつ」という省筆がどのように訳されているか、諸訳をいくつか並べてみよう。

その辺《へん》のいきさつはくだく〱しいから、例の如く、こゝには省略することにしよう。（谷崎訳）

その辺のいきさつはくだくだしいので、例の如く省略しましょう。（谷崎新々訳）

この辺りのことは、一々書いていると、くだくだしいので、筆を省くことにする。（円地訳）

この辺のいきさつは、もう、くどうおっさかい、例によって省きます。（京ことば訳）

このあたりの話はくだくだしくなりますので、いつものように省かせていただきましょう。（寂聴訳）

ここに与謝野晶子の訳がないのは、『新訳源氏物語』（以下『新訳』）と『新々訳源氏物語』（以下『新々訳』）ではともに省筆の部分が削られているためである。『新訳』は晶子自身、「必ずしも原著者の表現法を襲はず、必ずしも逐語訳《ちくごやく》の法に由らず、原著の精神を我物として訳者の自由訳を敢てしたのである」（「新訳源氏物語の後に」大正二（一九一三）年十月）と述べているように、抄訳である。そのため該当の箇所を逐語的に抽出することができない。後年訳された『新々訳』は全訳ではあるが、それでもこの箇所については、「いろいろと苦心《くしん》をした末《すゑ》に源氏《げんじ》を隣《となり》の女《をんな》の所《ところ》へ通《かよ》はせるやうにした」以降の省筆の表現を削り、改行して「女《をんな》の誰《たれ》であるかを是非《ぜひ》知らうともしないと共《とも》に」と次の話題を続けている。この点において、他の諸訳とは異なる性格を持つ。晶子の訳は、全訳の『新々訳』でさえ、省筆の部分を削ってしまう例が散見される。他に紅葉賀巻の例でも、

この御仲どものいどみこそ、あやしかりしか。されどうるさくてなむ。

という箇所を、

つまらぬ事《こと》までも二人《ふたり》は競争《きやうさう》して人《ひと》の話題《わだい》になることも多《おほ》いのである。

というように、省筆の一文を削っているのである。

もちろん、抄訳の『新訳』では削除され、全訳の『新々訳』では残されるといった省筆も見られる。蜻蛉巻冒頭の例を掲げておく。

かしこには、人々、おはせぬを求め騒げどかひなし。物語の姫君の人に盗まれたらむ朝のやうなれば、くはしくも言ひつづけず。

山荘の人人は朝になつて浮舟の君の居ないのに驚いたが、もう何処を捜して見ても其人の影は見出すことが出来なかつた。京の母親からは昨日の使が行つたきり帰らないのを気にして追使《おひづかひ》を寄越《よこ》した。（新訳）

宇治《うぢ》の山荘《さんさう》では浮舟《うきふね》の姫君《ひめぎみ》の姿《すがた》の無《な》くなつたことに驚《おどろ》き、いろいろと捜《さが》し求《もと》めるのに努《つと》めたが、何《なん》のかひもなかつた。小説《せうせつ》の中《なか》の姫君《ひめぎみ》が人《ひと》に盗《ぬす》まれた翌朝《よくてう》のやうであつて、この傷《いた》ましい騒《さわ》ぎは委《くは》しく書《か》くことが出来《でき》ない。（新々訳）

『新訳』は抄訳の過程で省筆が削り取られ、一方の『新々訳』ではほぼ原文に即して訳しているのである。このような例は他にも多い。ただし、この『新々訳』における省筆の訳し方にも、実は次に見るようないくつかの特徴がある。

三

省筆の口語訳について、前章「与謝野晶子訳『紫式部日記』私見」では「晶子は『紫式部日記』に見える省筆に対し、その理由を補ったり、あるいは意識的にニュアンスを異にして訳している」と述べた。その折にも多少触れたが、『源氏物語』についても同じ事情はうかがえる。以下の考察では、比較のため原文に次いで与謝野訳と谷崎訳を並べて掲げるが、与謝野訳は全訳である『新々訳』を用いる。また、谷崎訳については、敬語体に改められ、語りの要素が強まったとされる『潤一郎新々訳』を用いることとする。

さて、具体例を挙げよう。前章でも掲出したが、まずは夕顔巻の、

こまかなることどもあれど、うるさければ書かず。

という省筆について、谷崎は、

いろいろこまやかなお言葉などもありますけれども、うるさくなるから書きません。

とそのまま訳すところを、『新々訳』では、

細細《こまごま》しい手紙《てがみ》の内容《ないよう》は省略《せうりやく》する。

として、「うるさければ」の部分を落としてしまう。つまり省筆の存在自体は活かしつつも、主観的なコメントを排する形で一部訳文を修正しているのである。

このような例は他にも挙げることができる。

よろこび聞こえたまふさま、書きつづけむもうるさし。（須磨）

という一文について谷崎は、

女御のお喜びなされた様子は、くだくだしく書くまでもありません。

と訳すのに対して、与謝野訳には、

こんなことを云《い》つて喜《よろこ》んだ女御《にょご》のことなどは少《すこ》し省略《しやうりやく》して置《お》く。

のように、やはり「うるさし」の部分がないのである。もう一例、蛍巻の例を引いておく。

ほととぎすなど必ずうち鳴きけむかし、うるさければこそ聞きもとどめね。

時鳥なども必ず啼いたことでしょう。そういう細かいことまでは、うるさいので聞き漏らしましたけれども。（谷崎訳）

杜鵑《ほととぎす》などは屹度《きつと》鳴《な》いたであらうと思《おも》はれる。筆者《ひつしや》は其処《そこ》まで穿鑿《せんさく》はしなかつた。（与謝野訳）

ここでもまた、「うるさければ」にあたる訳がない。晶子は省筆の訳出にあたって、多くの箇所で、このような処理を施している。なお、右の三例についても、『新訳』では省筆そのものがないが、それは先に述べた抄訳の事情によるものである。

以上の考察から、省筆の口語訳に際しての態度は訳者によって三つに分かれていることがわかる。一はそのまま逐語的に訳すことである。各種の古典文学全集に付されたいわゆる「研究者の訳」は当然ながらこの立場をとり、作家の訳でも谷崎訳・円地訳・寂聴訳などはこれに近い[7]。

二に、省筆を即物的に不要とする立場である。省筆部分のほとんどを削り取ってしまう。晶子の『新訳源氏物語』をはじめ、抄訳にはこの傾向が認められ、田辺訳や尾崎訳などにも共通する。『新々訳』にも一部見られた。省筆の辞そのものは無論あらすじに直接変更をきたすものではないから、このような態度も当然あり得よう。また、『窯変源氏物語』は語りが一人称に改められた口語訳であるが、この訳でも省筆は現れない。

三に、省筆のニュアンスを異にして訳す方法である。本節で述べたように、『新々訳』が採用したのは主としてこの方法であった。それは、「うるさければ」の類のコメントを処理するのみにとどまらない。

四

物語の中の省筆は、語り手が顔をのぞかせる草子地としての役割を担う。[8] 省筆の訳出箇所は、晶子が草子地の構造をどのように解釈しているかを考える糸口となる。

与謝野訳の特色について、北村結花「『源氏物語』の再生――現代語訳論」[9] は次のように述べる。

與謝野訳は、原文の「物語」という語に「小説」という語を対応させ、「いひつづけず」を「書くことができない」としている。単に言葉を置き換えたという問題ではない。「小説」の読者は物語の享受者とは異なり、人格を特定できない。與謝野晶子は『源氏物語』を、「筆者―作品―読者」という近代の小説に通ずる享受形態の中に投げ込んだのである。

また、同「いまどきの『源氏物語』――円地文子訳から瀬戸内寂聴訳へ」[10] においても、與謝野訳には①原文の「物語」という語彙の「小説」への置換、②草子地や敬語の大幅削除による語り手の存在感の希釈、③「た」止め主体の文末辞や長い連体修飾節、「彼」、「彼女」といった人称代名詞など、明治以降の外国文学の翻訳作品にみられる文体、明治以降に作られた（あるいは使用頻度の増した）語彙が醸し出す近代色、西洋色といった特色が挙げられる。

と指摘する。

北村氏は、「「筆者―作品―読者」という近代の小説に通ずる享受形態」の枠組に基づく「草子地や敬語の大幅削除による語り手の存在感の稀釈」を指摘する。氏はさらに、「物語的要素を徹底的に削除」しているとも述べるが、このことについてはいくばくか再考の余地も残されているように思われる。

例えば、「原文の「物語」という語彙の「小説」への置換」であるが、たしかに晶子の訳には、蛍巻の物語論周辺をはじめ、六十例余りの「小説」の語があるのに対し、「物語」は数例にとどまり、それすらも『赫耶姫物語』『竹取物語』『伊勢物語』などの固有名詞に限られる。

しかし、そこで用いられた「小説」は、近代小説、いわゆるnovelとして意味上も置換されたと把握してよいのであろうか。野口武彦『一語の辞典　小説』[11]に「小説の約定」として紹介されるような「物語の非・人格化」(impersonalization of narrations)、すなわち「語り手と聴衆とが同座する現場性」の消去を明確に意識したものであったのかどうか。

晶子自身、前掲「新訳源氏物語の後に」において、

> 源氏物語は我国の古典の中で自分が最も愛読した書である。正直に云へば、この小説を味解する点に就いて自分は一家の抜き難い自信を有《も》つて居る。

の如く『源氏物語』自体に対しても「小説」の語を用い、他にも、「小説の紫式部」「紫式部が小説を書くに到ったのは」「源氏物語以前の小説は」(「紫式部の事ども」)[12]、「『源氏』のような写実小説」(「紫式部新考」)[13] など様々な文章で「小説」の語は散見され、それほど意識して「物語」と「小説」を区別していたとも思われない。加えて、当時の「小説」の説明にも、

しょうせつ（小説）［(伊) novella (英) novel］時代ノ世態、人心ノ観察ヲ背景トシ、想像的ナ人物或ハ出来事ヲ中心トシ、現実ノ世界ニ於テ起リ得ルヤウナ幻想ヲ起サシメル散文ノ物語。……我国ノ〝源氏物語〟ハ小説トシテ世界最古ノモノデアラウ。（土居）

（『国民百科大辞典』冨山房、昭和十（一九三五）年）

とあり、『源氏物語』を「小説」の括りの中に置く。「物語」の項を見ても、「物語ハ古代小説・中世小説ノ中心ヲナスモノデ、殊ニ源氏物語ヲ中心トスル小説物語ハ古典文学ノ重要ナ方面ヲ占メルノミナラズ、近世小説モ物語カラ直接的モシクハ間接的ニ影響ヲウケテヰル」（久松）のような記述がある。『源氏物語』は早くから「小説」と呼ばれてきた。坪内逍遙は『小説神髄』の中で、「譬《たとへ》ば式部《しきぶ》がものしたりし源氏《げんじ》の君《きみ》の物語《ものがたり》ハ全《まつた》く世話《せわ》の小説《せうせつ》なれども」のように用い、晶子が『明星』巳年第十一号（明治三十八（一九〇五）年十一月）の「出版月評」で「さるにてもこゝにいたく打驚かされつるは、国文の学士藤岡作太郎先生の新著『国文学全史』なりけり。われは今をさなきものに乳ふくませ、針もつ手のいとまぬすみて読み耽りぬ」と評した藤岡作太郎『国文学全史　平安朝篇』（東京開成館、明治三十八年）においても、「小説」の語は頻出する。[14]

平安朝第一の小説はと問わば、誰か直ちに源氏物語を以て答えざらん。

藤原氏の栄華は道長に窮まりぬ、平安朝小説の発達は源氏物語に窮まりぬ。

そして、「小説」の語を『源氏物語』口語訳で使うということならば、複数の国文学者によって訳された『全訳王朝文学叢書』（大正十四（一九二五）―昭和二（一九二七）年）でも、数は少ないながら、

嘸や、あの古《こ》小説中の主人公なる交野《かたの》少将の冷笑《わらひ》を受けられることでがなあらう――全く、つまらない物語なのである。　（帚木）

このやうな住居などは、古い小説中にも哀れな場面に写されてゐる。　（末摘花）

のごとく、すでに「小説」の語を用いている。また、芥川龍之介の『芋粥』（大正五年八月）にも、

一体旧記の著者などと云ふ者は、平凡な人間や話に、余り興味を持たなかつたらしい。この点で、彼等と、日本の自然派の作家《さくか》とは、大分ちがふ。王朝時代の小説家《せうせつか》は、存外、閑人でない。

と「王朝時代の小説家《せうせつか》」の語が見える。[15]

これらもまた、「物語」と「小説」が同義として用いられている例であり、特に二つを峻別する意識があったとは言えないのではないか。「小説」の語の使用は、晶子独自の志向というよりは、当時の用語意識に基づいた単純な置き換えと考えた方が自然ではあるまいか。ちなみに、『広辞苑』で『源氏物語』を引くと、昭和三十（一九五五）年の初版には「平安時代の長篇小説」とあり、「小説」が「物語」に置き換わるのは昭和五十八年の第三版以降である（最新の第六版では「平安中期の長編物語」）。

また、「筆者」の用語においても、

其《そ》の時分《じぶん》に筆者《ひつしや》はこの傷《いた》ましい出来事《できごと》に頭《あたま》を混乱《こんらん》させて居《ゐ》て、其等のことを注意して聞いて置かなかつたのが残念である。　（須磨）

その外《ほか》の人人《ひとびと》からも多《おほ》くの歌《うた》は詠《よ》まれたが、書《か》いて置《お》く必要《ひつえう》がないと思《おも》つて筆者《ひつしや》は省《はぶ》いた。
（若菜下）

この夜《よ》出来《でき》た詩歌《しいか》は皆《みな》非常《ひじやう》に面白《おもしろ》かつたが、片端《かたはし》だけを例《れい》の至《いた》らぬ筆者《ひつしや》が写《うつ》して置《お》くのも疚《やま》しい気《き》がして総《すべ》てを省《はぶ》くことにした。
（鈴虫）

というようにたしかに使用例は散見されるものの、元々『源氏物語』には「書かず」を用いた省筆が十三例見られるように、「書く」という側面は特に避けられてはいない[16]。藤井貞和氏も、「いわば語ることと書くこととの、古代作家の内部における、どこかあいまいな関係」を指摘している[17]。語り手の言葉は「語る」のみでなく「書く」という行為でも示され、語り手と読者の距離は場面ごとに自在に伸縮する[18]。晶子による「筆者」の語の使用は、北村氏の述べるように「語り」の要素が減殺されている面があるのはたしかだが、「語る」から「書く」への移行よりも、この可変的で「あいまいな」語り手を整理し、「筆者」の呼び名でなるべく一人に収斂させるという点に晶子の意図はあったのではないか。物語の構造に対する晶子の意識がうかがえる箇所と言え、これらの問題に留意した上で、もう一度、与謝野訳の草子地を眺めてみたい。

五

草子地の訳出について島内景二『文豪の古典力――漱石・鷗外は源氏を読んだか』[19]は、

晶子は、この「草子地」の部分の口語訳にほとんどすべて失敗している。「登場人物たち」が会話を交わしたり心の中で思っている世界とは別次元に、物語の構造を決定している「語り手」がおり、さらにその外側に「作者」の次元と「読者」の次元があるという多層構造が、晶子には頭でわかっていたとしても、訳文にほとんど活かされていない。

と述べている。「失敗」の具体的な事例が挙がっていないのでどういった草子地を指すのか判然としないが、これまで見てきたように、少なくとも省筆の訳出に関しては、晶子は一定の注意を払っていたと考えてよいであろう。「多層構造」を織りなす草子地の中でも「高度の技法と考えられる」[20]と中野幸一氏によって述べられるこの省筆について、晶子はどのような態度をとったのか。

玉上琢彌「源氏物語の読者」[21]は作者と読者について、

『源氏物語』は、「いづれの御時にか」おわした、その光る源氏らを実際に知っている人(「夕顔」の巻結文にいわゆる「見む人」)、古御達が思い出話をする。それを筆記し編集して、この書にした、というたてまえである。

と述べ、その関係を、

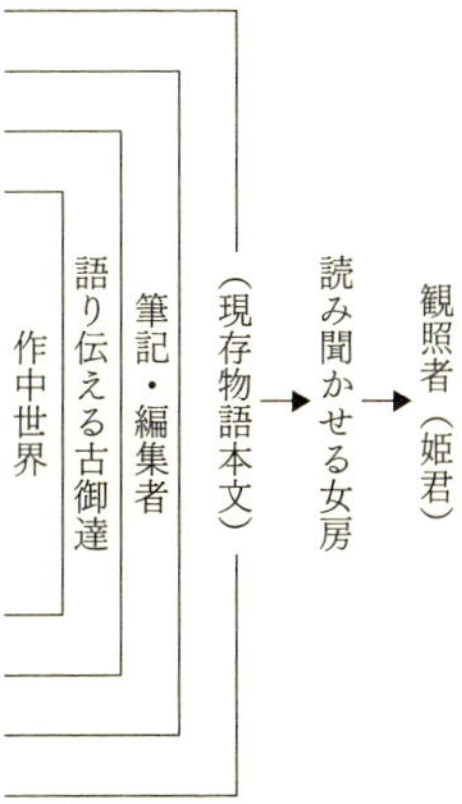

と図示する。また、阿部秋生『源氏物語の物語論――作り話と史実』[22]も、「筆録者といっても、聞いたままに記録するだけではなく、書くべきことを選び、文章表現として体をなすように言葉を選んで形を整える作者であろう」「文章の背後に、この筆録者に話を提供している人物が想定されている」と説明している。

そして、この観点に立つとき、以下の省筆に際して晶子が試みた訳出は大変興味深い。まずは椎本巻の例を掲げる。

中納言殿よりも宮よりも、をり過ぐさずとぶらひきこえたまふ。うるさく何となきこと多かるやうなれば、例の、書き漏らしたるなめり。

この省筆部分を谷崎は、

が、煩わしい、何でもないことが多いようですから、例によって書き漏らしたのでしょう。

と訳す。一般の古典文学全集の類もほぼこれに近い訳文である。ところが、一方の晶子は、

例《れい》のやうに大《たい》したことも書《か》かれてないのであるから、話《はなし》を伝《つた》へた人《ひと》も、其等《それら》の内容《ないよう》は省《はぶ》いて語《かた》らなかつた。

と訳している。原文では明示されていない、玉上氏の言う「語り伝える古御達」が、晶子の訳には「話《はなし》を伝《つた》へた人《ひと》」という実に明瞭な形で登場するのである。次に宿木巻から。

げに、かくにぎははしく華やかなることは見るかひあれば、物語などにも、まづ言ひたてたるにやあらむ、されど、くはしくは、えぞ数へたてざりけるとや。

ほんに、こういう賑やかな花々しいことは、いかにも見栄えがしますので、昔の物語などでもまず

そのことを言い立ててあるのでしょう。ですがこのたびの儀は、まだこれだけでも詳しく数え尽くしてはいないのですとやら。（谷崎訳）

かうした派手《はで》な式事《しきごと》は目《め》にも眩《まばゆ》いものであるから、小説《せうせつ》などにも先《ま》づ書《か》かれるのはそれであるが、自分《じぶん》に語《かた》つた人《ひと》は一一数《かぞ》へて置《お》くことが出来《でき》なかつたさうであつた。（与謝野訳）

晶子の訳は「さうであつた」というような表現を用いて、「話《はなし》を伝《つた》へた人《ひと》」「自分《じぶん》に語《かた》つた人《ひと》」から直接聞いたかのように説明しているのが注目される。原文にない主語、すなわち「古御達」を明示する点において、草子地が印象づけられるのである。それに対して、谷崎訳では原文にほぼ忠実である。そして、ここにも「小説《せうせつ》」の語が見えるが、「かうした派手《はで》な式事《しきごと》」の縷述はやはり「近代小説」よりも「物語」の本領であろう。

このような例もある。

かやうの筋は、こまかにも、えなんまねびつづけざりける。（宿木）

まあそういったいきさつについては、あまり詳しいことまでは書き記すわけにも行きません。（谷崎訳）

かうしたことを細述《さいじゆつ》することはむつかしいと見《み》えて筆者《ひつしや》へ話《はな》した人《ひと》はよくも云《い》つてくれなかつた。（与謝野訳）

これも同じ処理である。「筆者《ひつしや》へ話《はな》した人《ひと》」という言葉を補うことで、作者・登場人物とは異なる第三者の存在を明確に印象づける。また、「むつかしいと見《み》えて」といった文言も、語り手ないし筆録者が推し量ろうとする感情を思わせる。このような「語り伝える古御達」の介在にあえて筆を費やしていることは、北村氏の述べる「語り手の存在感を稀釈し、小説としての『源氏物語』を目指す」という方向とはなじまないように思われる。

なお、こういった古御達への言及は物語の後半に多い。先に述べた「うるさければ」の類を削除するといった処理が物語前半に特に目立つのと対照をなす。口語訳を進めるにつれ、草子地に対する晶子の認識が次第に深まっていると考えてよいのではあるまいか。たとえば、物語前半の須磨巻に、

そのをりの心地のまぎれに、はかばかしうも聞きおかずなりにけり。

其《そ》の時分《じぶん》に筆者《ひつしや》はこの傷ましい出来事《できごと》に頭《あたま》を混乱《こんらん》させて居《ゐ》て、其等のことを注意して聞いて置かなかつたのが残念である。

という例があるのをすでに見たが、「この傷《いた》ましい出来事《できごと》に頭《あたま》を混乱《こんらん》させ」たのは筆者とされ、筆者自身がその場に居合わせたかに見える。逐語的な訳である分、筆者の役割が物語後半の椎本巻や宿木巻と異なっているのが確認される。これは、原文の語り手自体が変幻自在な性質を持ち、一元的には把握しがたいことも影響していよう。

さらに、古御達とともに、源氏達を間近に見た人の記録資料をも叙述の材料に用いていることを晶子は明確に示している。

詳しう言ひつづけんにことごとしきさまなれば、漏らしてけるなめり。さるは、かうやうのをりこそ、をかしき歌など出でくるやうもあれ、さうざうしや。（賢木）

あまり詳しく語りつづけますのもことごとしいようなので、書き漏らしたこともあるでしょう。本来ならばこういう折にこそ、おもしろい歌などもできるものですが、それらが落ちたのは物足りな

いことです。（谷崎訳）

こんな場合《ばあひ》に立派《りつぱ》な詩歌《しいか》が出来《でき》てよいわけであるから、宮《みや》の女房《にようぼう》の歌《うた》などが当時《たうじ》のくはしい記事《きじ》と共《とも》に見出《みいだ》せないのを筆者《ひつしや》は残念《ざんねん》に思《おも》ふ。（与謝野訳）

これは、阿部氏が「見聞者からの伝承のしかた」を「見聞者が語るのを聞いている場合」と「見聞者が書きとめたものを読んでいる場合」とに分類するところの後者にあたる。もう一例見よう。

これは御私ざまに、内々のことなれば、あまたにも流れずやなりにけん、また書き落としてけるにやあらん。（少女）

これは表向きならぬ内々のおんことですから、多くの方々にはお流れが廻らなかったのでしょうか、それとも書き漏らしたのでしょうか。（谷崎訳）

この行幸《ぎやうかう》は御家庭的《ごかていてき》なお催《もよほ》しで、儀式《ぎしき》ばつたことでなかつたせいなのか、官人《くわんじん》一同《どう》が詩歌《しいか》を詠進《えいしん》したのではなかつたのか其日《そのひ》の歌《うた》は是《こ》れだけより書《か》き置《お》かれて居《ゐ》ない。（与謝野訳）

これらは「古御達」の語りのみならず、参照すべきメモないし記録をも利用していると表明するものである。私家集などの編纂において、詠草が断片的に記し留められた覚書が種々存在したと思しい、そういった文化史的な背景にも負うところのある記述と考えられるであろう。宿木巻の、

こんな場合《ばあひ》の歌《うた》は型《かた》にはまつた古臭《ふるくさ》いものが多《おほ》いに違《ちが》ひないのであるから、態態調《わざわざしら》べて書《か》かうと筆者《ひつしや》はしなかつた。上流《じやうりう》の人《ひと》とても佳作《かさく》が成《な》るわけではないが、標《しるし》だけに一二を聞《き》いて書《か》いて置《お》く。（宿木）

に見える「態態調《わざわざしら》べて」云々にも、やはり何らかの依るべき資料を晶子が読者に意識させていること

がうかがえる。

以上のような例では、玉上氏の言う「筆記・編集者」と「語り伝える古御達」とは、明らかに二者として存在する訳し方がなされている。原文にはあくまでもそういった明示がないことに注意したい。「書き漏らした」主体があいまいな場合にも、先ほどと同様に「話《はなし》を伝《つた》へた人《ひと》」などを置いて明確化が図られている。

これらを見る限り、むしろ晶子は原文が持つ語りの構図を際立たせるような形で訳出しているのであり、そのことは他の訳と比べてみても明らかである。晶子は草子地の機能を的確に捉えていたと考えるべきであろう。それは早く昭和十三・十四年の試みであった。晶子の訳す草子地には、北村氏の述べるように「物語的要素を徹底的に削除」したとも、あるいは島内氏の評するように「失敗」とも、一概には言えない側面が確実に存在するのである。その訳出方法は決して平板化を目したものではなかった。語りの構造は、むしろ立体的な色彩を強めて現れ、そういった意味において、晶子の訳は「物語」としての面影を留めるのである。(23)

注

（1）本文の引用は、『鉄幹晶子全集』第七・八巻（勉誠出版、二〇〇二年）により、『与謝野晶子の新訳源氏物語』（角川書店、二〇〇一年）を適宜参照した。
（2）『鷗外全集』著作篇、第二十一巻（岩波書店、一九三八年）による。
（3）『源氏物語の鑑賞と基礎知識　帚木』至文堂、一九九九年。

（4）「思ひやるべし」については、本書所収「「思ひやるべし」考」を参照されたい。
（5）一九三八・一九三九年刊行の金尾文淵堂版による。
（6）『谷崎潤一郎全集』第二十五―二十八巻（中央公論社、一九六六年）による。
（7）ちなみに、英訳などもこの訳し方である。前述、夕顔巻の例について、アーサー・ウェイリー訳は The details of the plan by which he brought this about would make a tedious story,and as is my rule in such cases I have thought it better to omit them. とし、サイデンステッカー訳は But the details are tiresome,and I shall not go into them. と簡潔である。
（8）草子地については、榎本正純『源氏物語の草子地――諸注と研究』（笠間叢書、一九八二年）など参照。
（9）『文学』三―一、一九九二年一月。この問題に触れた論考として、他に川勝麻里『明治から昭和における『源氏物語』の受容――近代日本の文化創造と古典』（和泉書院、二〇〇八年）などがある。
（10）『国際文化学』創刊号、一九九九年九月。
（11）三省堂、一九九六年。
（12）大正五(一九一六)年十一月。『定本與謝野晶子全集』第十五巻（講談社、一九八〇年）所収。
（13）昭和三(一九二八)年一月。『晶子古典鑑賞』（『与謝野晶子選集』第四巻、春秋社、一九六七年）所収。
（14）引用は、平凡社東洋文庫版（一九七一―一九七四年）による。
（15）『芥川龍之介全集』第一巻（岩波書店、一九七七年）による。
（16）本書所収「省筆論」。「筆者」の語は『湖月抄』など古注以来用いられ、『一葉抄』や『湖月抄』のほか、「日本文学全書」（博文館、一八九〇・一八九一年）には、「記者」の語が見える。
（17）「「草子地」論の諸問題――物語世界の語り手」『国文学』二十二―一、一九七七年一月。
（18）中野幸一「『源氏物語』の草子地と物語音読論」『物語文学論攷』（教育出版センター、一九七一年。初出は『学術研究』十三、一九六四年十二月）など。

(19) 文春新書、二〇〇二年。
(20) 「『うつほ物語』の草子地」『宇津保物語論集』古典文庫、一九七三年。
(21) 『源氏物語研究』角川書店、一九六六年。初出は『女子大文学』一九五五年三月。
(22) 岩波書店、一九八五年。
(23) 神野藤昭夫「与謝野晶子の読んだ『源氏物語』」(永井和子編『源氏物語へ　源氏物語から——中古文学研究24の証言』笠間書院、二〇〇七年)において、現在は鞍馬寺が所蔵する与謝野晶子旧蔵本『絵入源氏』が詳細に検討されている。ちなみに、与謝野寛・正宗敦夫・与謝野晶子によって編纂・校訂された『日本古典全集』の『源氏物語』五冊(大正十五(一九二六)—昭和三(一九二八)年)の底本は、寛永古活字版第二種と見られる。解題に「元和木活字本」とあるので元和九(一六二三)年刊本を想像しがちだが、同じく解題のいう「奥附は無い」本にはあたらない。第一巻の口絵に掲げられた須磨巻の図版一葉は紛れもなく寛永版第二種である。

「御返りなし」考

一

返ごとせざりける女のふみをからうしてえて　よみ人しらず
跡見れば心なぐさのはまちどり今は声こそきかまほしけれ
（『後撰和歌集』恋二、六三五）

あなたの筆の跡を見て心が慰みました。でも今は声を聞きたくなりました。――「慰む」と紀伊国の歌枕「名草の浜」とが掛けられた一首である。「からうして」返事を得た折の気持ちがよく言い表されている。恋文の返事をめぐっては、本院侍従からの返事を待つ平中こと平定文の逸話も名高い。

「只、「見ツ」ト許ノ二文字ヲダニ見セ給ヘ」ト、「絡返シ泣々ク」ト云フ許ニ書テ遣タリケル使ノ、返事ヲ持テ返来タリケレバ、平中物ニ当テ出会テ、其ノ返事ヲ急ギ取テ見ケレバ、我ガ消息ニ、「「見ツ」ト云フ二文字ヲダニ見セ給へ」ト書テ遣タリツル、其ノ「見ツ」ト云フ二文字ヲ破テ、薄様ニ押付テ遣タル也ケリ。平中此レヲ見ルニ、弥ヨ妬ク侘キ事無限シ。

（『今昔物語集』巻第三十、平定文仮借本院侍従語第一）

せめて「見ツ」の二文字なりともと訴えた平中に対し、女は、平中から送られた手紙にあった「見ツ」の二文字を破り、薄様に貼り付けて返した。あえて恋文に用いる「薄様ニ押付」たところも周到で皮肉が効いている。『十訓抄』にも短いがこの話が載り、『宇治拾遺物語』にも本院侍従のことが触れられてはいるが、こちらは「文《ふみ》やるに、憎からず返事はしながら、逢ふ事はなかりけり」と記され、本院侍従の印象は随分と異なる。

平中にとってのみならず、恋文の返事がないことは送り手を大いに悩ませた。手紙において文面や修辞が大事なのは言うまでもないが、それ以前に紙、折枝、筆跡、速さ、そしてまずは返事を出すか否かということ自体も重要な問題となる。本章は文のやりとりの形式自体、就中返事の有無に焦点を当て、往信と返信の数はそもそも釣り合わないものであるという基本的事実から出発したい。

二

久曾神昇『平安時代仮名書状の研究　増補改訂版』(1)には平安時代の文学作品における文の授受の統計が示されており興味深い。『源氏物語』の例を挙げれば、総数二百七十一通のうち異性間の文のやりとりが百七十二通見られる中で(2)、男性から女性に宛てたものは百六通、女性から男性に宛てたものは六十六通であるという。無論必ずしも往信・返信の関係にあるものばかりではないが、これらの文を仮に男性から女性に宛てた文とその返事とごく大雑把に考えれば、その返信率は約六十二・三％という計算になる。あくまでも目安に過ぎないが、やはり「返事がない」という事態が相当数存在することはわかる。その現実は物語や日記の中でどのように描かれているのであろうか。返事がないことの書かれ方とはどのようなものであったのか。

『蜻蛉日記』には作者道綱母と藤原兼家の文のやりとりが記録される。兼家から届いた最初の文に対して道綱母は、

「いかに。返りごとはすべくやある」など、さだむるほどに、古代なる人ありて、「なほ」とかしこまりて書かすれば、

語らはむ人なき里にほととぎすかひなかるべき声なふるしそ

と返事を出している。「紙なども例のやうにもあらず」「あらじとおぼゆるまで悪しければ」と感じられるほどの文であったが、道綱母はそれでも「古代なる人」、すなわち母の勧めで返事を出した。だが、続けて届いた文に対しては、

これをはじめにて、またまたもおこすれど、返りごともせざりければ、

のごとく返事をしない。その後は代筆による返事の期間を経て、二人の直接のやりとりが始まってからは、程なくして「いかなるあしたにかありけむ」で始まる結婚の記事が続く。文面よりもむしろ、文のやりとりの形態が二人の距離が縮まっていることを示唆している。

『和泉式部日記』に描かれた敦道親王との恋も文への返事から始まる。

ことばにて聞こえさせむもかたはらいたくて、「なにかは、あだあだしくもまだ聞こえたまはぬを、は

かなきことをも」と思ひて、

　薫る香によそふるよりはほととぎす聞かばやおなじ声やしたると

と聞こえさせたり。

これに親王が寄越した返事に対して式部は、

　もて来たれば、をかしと見れど、つねはとて御返り聞こえさせず。

として駆け引きを演じる。そして、「はかなきことも目とどまりて、御返り」「かくて、しばしばのたまはする、御返りもときどき聞こえさす」「昼も御返り聞こえさせつれば」と「御返り」に言及する記述が続いた後、二人は恋仲に至る。

文の返事は清少納言も推奨しているようである。

　よろしうよみたると思ふ歌を、人のもとにやりたるに、返しせぬ。懸想人はいかがせむ。それだにをりをかしうなどある、返事せぬは心おとりす。

（『枕草子』すさまじきもの）

「懸想人」は能因本では「懸想文」となっており、文意はより通じやすい。懸想文であれ、時宜にかなった文への返事がないのは失望するというのである。特に最初の文に返事を出すことは、後に『堤中納言物語』の中で、ある女房が冗談交じりに勧められている。

　「はかなの御懸想かな」と言ひて、持て行きて、取らすれば、「あやしのことや」と言ひて、持てのぼりて、「しかじかの人」とて見す。手も清げなり。柳につけて、

　「したにのみ思ひみだるる青柳のかたよる風はほのめかさずや

知らずは、いかに」とある。「御返事なからむは、いと古めかしからむ。今やう様は、なかなかはじめ

のをぞしたまふなる」などぞ笑ひて、もどかす。　（ほどほどの懸想）

冷やかしとはいえ、文の返事への態度が示されており、興味深い。先に見た『蜻蛉日記』と『和泉式部日記』の例でも第一信に返事を出していたが、周囲の勧めによるものであることも『蜻蛉日記』と共通している（「古代なる人」が「今やう様」を勧めることになってはいるが）。この点、「貴族の女性が求愛された時に最初の贈歌に自ら返歌をすることはあり得ず、身内や身近に仕える女房が代作するのが常だから」（高木和子「手紙から読む源氏物語」[3]）という理解は、あてはまる場合も多いにせよ、個別の事例に即してなお慎重に検討すべきであろう。

一方、『竹取物語』においてかぐや姫への懸想文に言及されるのは次の記述が最初である。

文を書きて、やれども、返りごともせず。

「返りごと」がないことから始まっている点は先の「いと古めかしからむ」という評に通ずることになるが、[4]ただしその後のかぐや姫は、難題を解決できない求婚者達に次々と辛辣な返事を送って翻弄している。

かぐや姫の心ゆきはてて、ありつる歌の返し、
　まことかと聞きて見つれば言の葉をかざれる玉の枝にぞありける
といひて、玉の枝も返しつ。　（蓬萊の玉の枝）
かのよみたまひける歌の返し、箱に入れて、返す。
　名残りなく燃ゆと知りせば皮衣思ひのほかにおきて見ましを　（火鼠の皮衣）

また、帝からの文に対して「御返り、さすがに憎からず聞えかはしたまひて、おもしろく、木草に

つけても御歌をよみてつかはす」などと穏やかな返事を出す様子も描かれる。「結婚拒否」といった言葉で語られがちなかぐや姫であるが、文面は別として返事自体を拒む例はさほど多くはない。

三

次に掲げるのは『落窪物語』巻一の一節である。

かくて少将言ひ初めたまひてければ、また御文、薄にさしてあり。
　穂に出でていふかひあらば花すすきそよとも風にうちなびかなむ
御返りなし。時雨いたくする日、
「さも聞きたてまつりしほどよりは、物思し知らざりける」
とて、
　雲間なき時雨の秋は人恋ふる心のうちもかきくらしけり
御返りもなし。また、
　天の川雲のかけはしいかにしてふみみるばかりわたしつづけむ
日々にあらねど、絶えず言ひわたりたまへど、絶えて御返りなし。

姫君は継母の意向を憚り返事を出すべくもない状況であるが、この場面において「御返りなし」という表現が近くで繰り返し用いられていることに気づく。類する表現は同じ巻に他にも見られる。

中の君の御夫の右中弁、とみにて出でたまふ表の衣縫ひたまふほどにて、御返りなし。

「いと心地あし」とて、御返事なし。あこぎ返事書く。

代筆も手がける侍女の阿漕は、「なほこたみは」などと返事をせき立てる役割を演じる。『竹取物語』では「返りごともせず」「返しもせずなりぬ」のように、かぐや姫を主語としてその行為を記していたのに対し、『落窪物語』は返事がなかったという事実を述べる表現となっている。そして、同じ表現の連続使用は一つの型としての意識を感じさせる。この型の存在は別の物語によっても確認され、そこにはあらゆる物語の中でおそらくは語り手に最も多く「御返りなし」と言わしめた女君が登場する。『うつほ物語』のあて宮である。

あて宮は、送られてきた文に対して、

あて宮見たまひて、「あなむくつけ。見るまじきものかな」とて、引き結びて捨てたまひつ。（春日詣）

といった態度を平然ととる女君である。冒頭の俊蔭巻に続く「藤原の君」において、早くも「御返りなし」は繰り返し登場する。

また、兵部卿の宮より、「久しく思ひたまへわびつる心地も、ほのかなりし御返りになむ思ひたまへ慰めつる」とて、

夏の野にあるかなきかに置くつゆをわびたる虫は頼みぬるかな

と聞こえたまへり。御返りなし。右大将殿よりも、「かひなければ、聞こえにくけれども、えさも思ひはてぬものになむありける。

かくばかりふみみまほしき山路には許さぬ関もあらじとぞ思ふ

深き心は頼もしくなむ」と聞こえたまへり。御返りなし。平中納言殿より、「聞こえそめては久しくなりぬれど、おぼつかなきは、いかなるにか」とて、
　「いく度かふみ惑ふらむ三輪の山杉ある門は見ゆるものから
度々のはいかがなりけむ」とあれど、御返りなし。
『落窪物語』と異なり、この「御返りなし」はいずれもあて宮自身の意志による。ここでも連続使用が見られ、以降の巻でも「御返りなし」、および「御返しなし」「御返事なし」などの表現は頻出する。(5)

御返りなしと嘆くこと限りなくて、さいひてあらむやはとて、かく聞こえたまふ。
　帆をあげて岩より船は通ふともわが水茎は道もなきかな
御返りなし。　　　　　　　　　　　　　　　　　　　　　　　（菊の宴）

の例では、送る側の言葉にも「御返りなし」が現れている。

連続が最も甚だしいのは菊の宴巻で、兵部卿宮・平中納言・藤中将・源中将・蔵人の源少将の五人に対する「御返りなし」が五度繰り返された後、さらに続けて侍従・兵衛佐・藤英の大内記・忠こその歌四首が記され、それらに対して「たれたれも、御返りなし」と結ばれる。その直後に記される春宮ほかの便りには返事を出しており、返事のない側の悲哀が際立つ。

　このような羅列は「御返りなし」にかぎらず『うつほ物語』の特徴であり、これらの「御返りなし」などを清水好子「源氏物語における場面表現」(6)は、「あて宮が求婚者から恋文を貰うたびに「うち笑ひ」「御返りなし」と繰返し書いてあると、どんな笑み様をしたのか、人形の口が動いたようで

うす気味悪い」と評する。ただ、あて宮の一顧だにしない姿勢と、送り手が一層思いを募らせる様子に、ある種の道化性、滑稽さが生じているという効果は認めてよいであろう。

そして、この表現の使用には偏りがある点にも注意しておきたい。索引によると、「御返りもなし」なども含め、藤原君巻に十一例、春日詣巻に三例、嵯峨院巻に六例、祭の使巻に六例、菊の宴巻に十五例、あて宮巻に二例、蔵開中巻に一例、国譲上巻に二例の計四十六例が見出される。これはすなわち、「御返りなし」が専らあて宮に用いられているということであり、あて宮の求婚譚が幕を下ろす、あて宮巻末の「しばしありて、東宮に参りたまひぬ。かくて、時めきたまふこと限りなし」を境に「御返りなし」は激減する。次の内侍督巻には一例も見られず、以降の巻にも蔵開中巻と国譲上巻にわずかに見られるのみ。逆に、

御返り聞こえたまひつ。（蔵開上）

尚侍の殿より御返りあり。（同）

などのように返事がある例が目立ち、藤壺と呼ばれるようになったあて宮自身も分量を備えた返事を出すこともあった。物語後半の文については室城秀之「『うつほ物語』の手紙文――特に、「蔵開」「国譲」の巻について」(7)に詳しい。物語前半で繰り返される「御返りなし」は、あて宮をめぐる求婚譚に付与された表現であったと考えてよいであろう。

四

小松茂美『手紙の歴史』[8]にも「和歌が生活会話として必須であった当時は、和歌を申し送ることで、消息の役目を果たすに十分であった」とある通り、『うつほ物語』の「御返りなし」も多くの場合、文の返事がないことを示すと同時に、歌の贈答としての返歌がないことも意味している。日記や家集にも歌の贈答で以下のような例が散見され、和歌の文脈によって生まれた表現であることが考えられよう。

十二月になりにたり。また、
　かたしきし年はふれどもさごろもの涙にしむる時はなかりき
「ものへなむ」とて、返りごとなし。　　（『蜻蛉日記』天延二年十二月）
ふる年に節分するを、「こなたに」など言はせて、
　いとせめて思ふ心を年のうちにはるくることも知らせてしがな
返りごとなし。　　（同）
　おほんとの、北の方聞こえたまけるに御返りなしとて
つくまえのそこひもしらぬみくりをばあさきすぢにやおもひなすらん　　（『一条摂政御集』六五）
　とのゐ所など物さわがしきを、こよひせちにきこゆべき事なむ、御くるまの在明の月のいとまばゆきほどすぐしてとて、ひごろおともしたまはで、

ゆふづくよまばゆきほどもすぎぬるをまつ人さへやいでがてにする
　御返しとてなし。　　　　　　　　　　　　　（『定頼集』一四七）

また、『大和物語』には、「御返りあれど、本になしとあり」（九十五段）、「御返し、斎宮よりありけり。忘れにけり」（百二十段）、あるいは『増鏡』にも「御返しを忘れたるこそ、老のつもりもうたて口惜しけれ」[9]（北野の雪）のような、文の当事者以外の事情を交えた表現が見られる。

『うつほ物語』で多く用いられた「御返りなし」を後続の『源氏物語』はどのように受け止めたのであろうか。結論から言えば、『源氏物語』はこの「御返りなし」をほとんど用いない。管見のかぎりではわずか三例にとどまり、『うつほ物語』があれほど用いた「御返りなし」を積極的には採用していない。

確認される三例のうち、二例は玉鬘の「御返りなし」であった。

「心さへ空にみだれし雲もよにひとり冴えつるかたしきの袖
たへがたくこそ」と白き薄様に、づしやかに書いたまへれど、ことにをかしきところもなし。手はいときよげなり。才賢くなどぞものしたまひける。尚侍の君、夜離れを何とも思されぬに、かく心ときめきしたまへるを見も入れたまはねば、御返りなし。男胸つぶれて、思ひ暮らしたまふ。　　　　　（真木柱）

宿直所にゐたまひて、日一日聞こえ暮らしたまふことは、「夜さりまかでさせたてまつりてん。かかるついでにと思し移るらん御宮仕なむやすからぬ」とのみ、同じことを責めきこえたまへど、御返りなし。　　　　　（同）

文を送ったのはいずれも玉鬘の夫となった髭黒大将である。最初の例は北の方に火取の灰を浴びせかけられた後のこと、次の例は玉鬘に宮中からの退出を勧める場面である。

返事のない事態を語り手も肯定するかのように突き放した響きは、『うつほ物語』と同様にどこか滑稽さを伴う。その滑稽さは髭黒という脇役にこそ担わされる役割であった。これらは『うつほ物語』のあて宮における使用をふまえた「御返りなし」と言えるのではなかろうか。滑稽さに加え、そこには玉鬘の不機嫌さも十分に察せられる。夕霧巻に「御返りなし」の間に「だに」を挟んだ表現として、

消息たびたび聞こえて、迎へに奉れたまへど御返りだになし。

という類例があるが、この「御返りだになし」も夕霧に対する雲井雁の不機嫌さが露わになっている場面である。

三例のうちもう一例は、宇治十帖に入ってからで、匂宮から中君への文において見られる。

かしこには御文をぞ奉れたまふ。をかしやかなることもなく、いとまめだちて、思しけることどもをこまごまと書きつづけたまへれど、人目しげく騒がしからぬにとて、御返りなし。（総角）

これは中君が「人目しげく騒がしからぬにとて」と慮った「御返りなし」であり、玉鬘の場合とはかなり色調を異にしていることがわかる。

特に先の二例において「御返りなし」の表現を紫上や藤壺でなく玉鬘に託したのは、『うつほ物語』のあて宮をめぐって繰り返し用いられた「御返りなし」が当該場面に効果的と判断されたということであろう。玉鬘にあて宮の投影がある可能性は従来指摘されているが、「御返りなし」もその痕跡と

して位置づけられるのではなかろうか。

ここで、『源氏物語』に「御返りなし」が少ないという問題に立ち返りたい。中でも源氏の出す文には返事がないこと自体が少なく、今紹介した「御返りなし」の文の差出人にも源氏は含まれない。その点、「御返りなし」をあれほど執拗に繰り返した『うつほ物語』でも春宮はその対象にならなかったことは示唆的である。源氏の場合には、

いと騒がしきほどなれど、御返りあり。（賢木）

をりのあはれなれば、御返りあり。（少女）

のごとく、逆に「御返りあり」と記されることもある。しかしそれでも、文の返事がないこと自体は源氏も例外ではない。それならば『うつほ物語』と比べたときの「御返りなし」の極端な少なさは何を意味しているのであろうか。そこでは返事がないことはどのように語られているのだろうか。

五

たとえば、藤壺との密通の後の、次の一節である。

いとどしくいみじき言の葉尽くし聞こえたまへど、命婦も思ふに、いとむくつけうわづらはしさまさりて、さらにたばかるべき方なし。はかなき一行の御返りのたまさかなりしも絶えはてにけり。（若紫）

ここでは『うつほ物語』に多く見られたような「御返りなし」という型は用いられない。返事がな

いという同じ事態が別の表現で記されている。返事が途絶えた事実に「はかなき一行の御返りのたまさかなりしも」という言葉が添えられることで、逆にそれまでは文のやりとりがあったことを示唆する。それまで書かずにいたことを遡って浮き上がらせる作者の手法と言えよう。[10] 一方で返事を得た折にはその喜びが「持経のやうにひきひろげて見ゐたまへり」（紅葉賀）、「胸うちさわぎていみじくうれしきにも涙落ちぬ」（同）のごとくに語られた。

また、以下は朝顔の姫君との文のやりとりについてである。

> かかることを聞きたまふにも、朝顔の姫君は、いかで人に似じと深う思せば、はかなきさまなりし御返りなどもをさをさなし。さりとて、人憎くはしたなくはもてなしたまはぬ御気色を、君も、なほことなりと思しわたる。（葵）

「いかで人に似じ」とは六条御息所のようにはなるまいという朝顔の姫君の思いを記したものである。ここでも「はかなきさまなりし御返り」はあったこと、また返事がないこともあくまで「をさをさ」ないのであることが説明される。賢木巻の「たまさかなる御返りなどは、えしもて離れきこえたまふまじかめり。すこしあいなきことなりかし」という語り手の評などは作者紫式部の弁明にも聞こえてくる。『無名草子』に「さばかり心強き人なめり。世にさしも思ひ染められながら、心強くてやみたまへるほど、いみじくこそおぼゆれ」と評された姫君であるが、ただ一言「御返りなし」とのみ記される対象ではなかった。また、一方の源氏もそう記される対象ではなかったのである。

このように、源氏をめぐっての文の返事には、返事がないにせよ何らかの説明なり理由なりが付されることが多いように思われる。次の例もそうであろう。

軽々しき名さへとり添へむ身のおぼえを、いとつきなかるべく思へば、めでたきこともわが身からこそと思ひて、うちとけたる御答へも聞こえず。（帚木）

御返りいと久し。内に入りてそそのかせど、むすめはさらに聞かず。いと恥づかしげなる御文のさまに、さし出でむ手つきも恥づかしうつつましう、人の御ほどわが身のほど思ふにこよなくて、心地あしとて寄り臥しぬ。（明石）

このような叙述のあり方が「御返りなし」という直截的表現を避け得ており、それは物語の全体に漂う、語り手の源氏贔屓の現れでもあろう。

また、女君が文を受け取った場面に見られる「さすがに」の語も、このような心の揺れ動きを示す例であろう。

左右に苦しく思へど、かの御手習とり出でたり。さすがに取りて見たまふ。（空蟬）

さすがに、絶えて思ほし忘れなんことも、いと言ふかひなくうかるべきことに思ひて、さるべきをりをりの御答へなどなつかしく聞こえつつ、……（夕顔）

あやしく心おくれても進み出でつる涙かな、いかに思しつらん、などよろづに思ひゐたまへるほどに、御文あり、さすがにぞ見たまふ。（梅枝）

「さすがに」は空蟬の属性として多く用いられることが玉上琢彌氏や田中政幸氏によって述べられ(11)、田中氏は『岷江入楚』の注、「うつせみの心をかける所いく度も此心也」を引く。『湖月抄』も同様の傍注を付す。加えて、それらが文をめぐる場面でしばしば現れることに今は注意したい。返事はない場合すらも、「さすがに」で示される心情を注意深く描き加えることによって「御返りなし」の単調さを脱している。

そのような描き方の中で、折口信夫によって「しゞまの姫」と呼ばれた末摘花は例外であったと言えよう。末摘花巻に見られる、

その後、こなたかなたより文などやりたまふべし。いづれも返り事見えず、……

および、対面してからの、

年ごろ思ひわたるさまなど、いとよくのたまひつづくれど、まして近き御答へは絶えてなし。何やかやとはかなきことなれど、をかしきさまにも、まめやかにものたまへど、何のかひなし。

などは、返事・返答がない理由も記されず、状況はまさしく「御返りなし」が繰り返される物語に近い。この巻の冒頭近くに「さてもやと思しよるばかりのけはひあるあたりにこそ、一行をもほのめかしたまふめるに、なびききこえずもて離れたるはをさをさあるまじきぞいと目馴れたるや」とあるのもそのための布石と言えよう。末摘花の返事を得たかをめぐる頭中将との駆け引きまで描かれ、読者に「御返りなし」の物語と途中まで思わせて、実はそのような筋書きではないことが次第に明かされる。そこに「御返りなし」のパロディーが成立している。パロディーゆえに、返事のない理由など描かれてはならなかった。

『源氏物語』に「御返りなし」は少なく、特に源氏に対しては、「御返りなし」の例はない。源氏への返事がない事態が描かれるとしても、「御返りなし」の一言で直截に返事が否定されるのではなく、たまには返事があることがさりげなく語られたり、あるときは「さすがに」に見られるような心の揺れを伴うものとして描かれた。返事がなかったこと以外の情報が付加されているということである。

このように、源氏の場合は返事はなくともそれは『うつほ物語』の「御返りなし」ではなかった。『うつほ物語』が実録風な事実の記述にとどまり、人間の心の中にはあまりふみこまないという姿勢を見せるのに対し、『源氏物語』においては返事の拒絶に際してもいかなる理由でなされた拒絶かといった、拒絶の内実に立ち入ろうとする姿勢が見られ、それが重層的な表現となって現れている。考えてみれば『源氏物語』の結末にせよそうではなかったか。浮舟の返事が届かない薫の姿を描いて物語は閉じられる。浮舟が「所違へにもあらむに、いとかたはらいたかるべし」(夢浮橋)と語る姿には、帚木巻の「「かかる御文見るべき人もなしと聞こえよ」とのたまへば」という場面が思い起こされるが、文を読む浮舟も「さすがにうち泣きてひれ臥したまへれば」と「さすがに」を伴って語られた。文を受け取った際のこの動揺と煩悶こそ、『うつほ物語』の「御返りなし」に『源氏物語』が付け加えた重い現実であったと言えるだろう。

注

(1) 風間書房、一九九二年。

(2) 総数については六百七十二通以上とする見方もある。手紙に関する論考には、田中仁「源氏物語の手紙――数と形と」(『親和女子大学研究論叢』二十一、一九八八年二月)、大門公子氏による「源氏物語の手紙文――手紙文に見る藤壺」(『愛媛国文研究』四十、一九九〇年十二月)他の一連の論考、福田孝「手紙の機能」(『源氏物語のディスクール』書肆風の薔薇、一九九〇年)、陣野英則「『源氏物語』の言葉と手紙」(『文学』七―五、二〇〇六年九・十月)、川村裕子『王朝の恋の手紙たち』(角川選書、二〇〇九年)などがある。

(3)『古代中世文学論考』第十一集、新典社、二〇〇四年五月。

(4) 四人目と五人目の求婚者には対応が異なる点は、成立の問題から注目される。大伴大納言にはかぐや姫の返事がなく、石上中納言には先に姫から「とぶらひに」文を送っている。

(5) 本文に「御返」とある際の訓み、すなわち「御かへり」か「御かへし」かという問題については、野村精一「異文と異訓――源氏物語の表現空間（三）」（『源氏物語とその影響　研究と資料』武蔵野書院、一九七八年三月）に詳しい。

(6)『源氏物語講座』第一巻、有精堂、一九七一年五月。

(7)『源氏物語とその前後　研究と資料』武蔵野書院、一九九七年七月。

(8) 岩波新書、一九七六年。

(9) 講談社学術文庫による。

(10) こういった手法は森一郎「源氏物語の方法――回顧の話型」（『源氏物語の方法』桜楓社、一九六九年六月）の指摘する「回顧の話型」として考えてよいであろう。

(11) 玉上琢彌『源氏物語評釈』角川書店、一九六四―一九六九年、および田中政幸「空蟬と藤壺宮との連関性――「さすがに」を視点として」『鈴峯女子短期大学人文社会科学研究集報』二十九、一九八二年十二月。

第Ⅱ部

施錠考

一

催馬楽の「東屋」に次のようなやりとりがある。

東屋の　真屋《まや》のあまりの　その雨そそぎ　我立ち濡れぬ　殿戸《とのど》開かせ
鎹《かすがひ》も　錠《とざし》もあらばこそ　その殿戸　我鎖さめ　おし開いて来ませ　我や人妻

軒先で雨に濡れた男が殿戸を開けよと促すのに対し、女は掛け金も鍵も掛けてはいない、「おし開いて来ませ」と応酬するのである。『源氏物語』東屋巻の巻名に関わる歌で、紅葉賀巻にも引かれる。このような、戸を開ける開けないのやりとりは、平安朝の生活において珍しいことではなかった。たとえば、『紫式部日記』寛弘五(一〇〇八)年五月頃の記事に紫式部自身の体験が記されている。

渡殿に寝たる夜、戸をたたく人ありと聞けど、おそろしさに、音もせで明かしたるつとめて、

夜もすがら水鶏よりけになくなくぞまきの戸ぐちにたたきわびつるかへし、
ただならじとばかりたたく水鶏ゆゑあけてはいかにくやしからまし

そして、「東屋」のように施錠をめぐる事柄が扱われることもあった。同じく日記中に、

宰相は中の間に寄りて、まださささぬ格子の上押し上げて、「おはすや」などあれど、出でぬに、大夫の「ここにや」とのたまふにさへ、聞きしのばむもことごとしきやうなれば、はかなきいらへなどす。いと思ふことなげなる御けしきどもなり。（寛弘五年十月）

のごとく、「ささぬ格子」といった表現が見られる。また、有名な『蜻蛉日記』の、

なげきつつひとり寝る夜のあくるまはいかに久しきものとかは知る
げにやげに冬の夜ならぬ真木の戸もおそくあくるはわびしかりけり　（天暦九（九五五）年十月）

の贈答においても、これは門についての記述であるが、やはり施錠の問題が横たわる。(1)

二

平安朝の物語において、施錠に関する言葉としては、「鎖す」「固む」「掛金す」などがある。安原盛彦『源氏物語空間読解』(2)には、これらの語を用いて表される施錠の問題が要領よく整理されている。戸締り、「かけがね」は、各棟ごと、各殿ごとに、内側から行われる。夜、蔀戸、格子を下ろした後は、妻戸から入るしかない。各棟に渡って行くには、内側から開けてくれる人がいないと室内に入れない。源氏物語には、男がそこを開けて、また開けさせて、簀子から庇を越え、母屋にまで入って行く手練手管が、詳細に描かれている。

実際に施錠がなされるいくつかの例を見よう。

また、雪の降る夜来たりけるを、ものはいひて、「夜ふけぬ。かへりたまひね」といひければ、かへりけるほどに、雪のいみじき降りければ、えいかでかへりけるほどに、戸をさしてあけざりければ、

われはさは雪降る空に消えねとやたちかへれどもあけぬ板戸は

となむいひてゐたりける。（『大和物語』六十五段）

家の門はめぐりさして、帝・東宮の御文持たる御使、なべての人の使は、あけたてば立ちなみたれど、出で入りもせず。ただ琴を習はしてありふるほどに、「おほやけにかなふまじきものなり」とて、治部卿かけたる宰相になされぬ。（『うつほ物語』俊蔭）

次に、『落窪物語』巻一、落窪姫が北の方に閉じ込められる場面である。

女の心にもあらずものしたまひけるかな。おそろしかりけむけしきに、なからは死にけむ。枢戸の廂二間ある部屋の酢、酒、魚など、まさなくしたる部屋の、ただ畳一枚、口のもとにうち敷きて、「わが心を心とする者は、かかる目見るぞよ」とて、いと荒らかに押し入れて、手づからつい鎖して、錠強くさして往ぬ。

これは恋にまつわる話ではないが、「錠強くさして」とあることで、閉じ込められた状況が強調される。顛末は以下の通りである。

北の方、鍵を典薬に取らせて、「人の寝静まりたらむ時に入りたまへ」とて、寝たまひぬ。皆人々静まりぬる折に、典薬、鍵を取りて来て、さしたる戸あく。いかならむと胸つぶる。錠あけて遣戸あくるに、いとかたければ、立ち居ひろろぐほどに、あこぎ聞きて、少し遠隠れて見たるに、上下さぐれど、さしたるほどをさぐりあてず。「あやすあやし。戸内にさしたるか。翁をかく苦しめたまふにこそあり

けれ。人も皆許したまへる身なれば、え逃れたまはじものを」と言へど、誰かはいらへむ。打ち叩き、押し引けど、内外につめてければ、揺ぎだにせず。（巻二）

典薬助は北の方に渡された鍵を用いて錠を開けたものの、遣戸は固くて開かない。「戸内にさしたるか」と恨みつつ戸を押し引くが「揺ぎだにせず」、冬の夜に立ちつくすほかない。そのために典薬助は、「板の冷えのぼりて、腹こぼこぼと鳴れば」「あなさがな。冷えこそ過ぎにけれ」という事態に陥るのである。その他、『枕草子』や『今昔物語集』にも施錠に関する興味深い逸話がある。(3)

『源氏物語』においても鍵が鎖されてしまったケースが散見される。関連する語の用例として、「鎖す」は十七例、「掛金す」が一例見られる。そのうちの少女巻の例を挙げる。

いとど文なども通はんことのかたきなめりと思ふにいとなげかし。物まゐりなどしたまへど、さらにまゐらで、寝たまひぬるやうなれど、心もそらにて、人しづまるほどに、中障子を引けど、例はことに鎖し固めなどもせぬを、つと鎖して、人の音もせず。

夕霧と雲居雁が仲を裂かれる場面である。雲居雁の父内大臣は、あくまでも娘の入内を考えていた。夕霧と雲居雁の当事者同士による施錠でないことには注意しておかねばならないが、ともかくもここで施錠の事実と夕霧の嘆きとが語られている。(4) そしてしばらく物語が進んで、次の場面もまた、夕霧にまつわる施錠である。

かく心強けれど、今はせかれたまふべきならねば、やがてこの人をひき立てて、推しはかりに入りたまふ。宮はいと心憂く、情なくあはつけき人の心なりけりとねたくつらければ、若々しきやうには言ひ騒ぐともと思して、塗籠に御座一つ敷かせたまて、内より鎖して大殿籠りにけり。これもいつまでにかは。かばかりに乱れたちにたる人の心どもは、いと悲しう口惜しう思す。男君は、めざましうつらしと思ひきこえたまへど、かばかりにては何のもて離るることかはとのどかに思して、よろづに思ひ明かしたまふ。山鳥の心地ぞしたまうける。からうじて明け方になりぬ。かくてのみ、事といへば、直面《ひたおもて》なべければ、出でたまふとて、「ただいささかの隙をだに」と、いみじう聞こえたまへど、いとつれなし。

「うらみわび胸あきがたき冬の夜にまた鎖しまさる関の岩門

聞こえん方なき御心なりけり」と泣く泣く出でたまふ。（夕霧）

柏木の未亡人落葉宮に逢えない夕霧は、苦しい胸の内を歌に詠んで心を慰めた。塗籠に掛けられた鍵が宮の意思を示している。(5) 明け方になって夕霧は小少将に導かれて女房達が出入りする北口から忍び入ることになるが（「人通はしたまふ塗籠の北の口より入れたてまつりてけり」）、普段夕霧が訪れる南側のこの戸は施錠によって閉ざされていた。ちなみに、この二人には、『源氏物語』中で最も多く、施錠をめぐる描写が費やされている。「障子はあなたより鎖すべき方なかりければ」「こなたよりこそ鎖す掛金などもあれ」「障子をおさへたまへるは、いとものはかなき固めなれど」「障子は鎖してなむ」「御障子の固めばかりをなむすこし事添へて」のごとくである。

ここまでの例を見るかぎり、一般に戸の施錠は概ね正常に機能していると言ってよい。戸は鎖せば開かないのである。これは当然のことである。

三

ところが、『源氏物語』を読み進めると、さまざまな事情から戸が開いてしまうという展開に随所で遭遇する。以下、その例を掲げてみよう。

最初に現れるのは帚木巻において源氏が空蟬の寝所をうかがう場面である。

みな静まりたるけはひなれば、掛金をこころみに引きあけたまへれば、あなたよりは鎖さざりけり。（帚木）

この状況は源氏が忍び入るという結果を招く。玉上琢彌『源氏物語評釈』に「おや、あいた。錠はおろしてなかったな。不用心な」とあるように、ここで施錠がなされなかったことは空蟬側の不用心には相違ない。『湖月抄』の傍注は、「女のふし所の用心をいましめにかける也」と記して教訓的な意味合いを込めた解釈を採るが、玉上氏は急に源氏が来ることになったので錠をおろす暇もなかったのだと述べる。

その一方で、『新日本古典文学大系』は次のような解釈を示す。

この不用心には解しがたいものがある。空蟬の深層心理において源氏を迎える素地があるのかもしれない。(6)

それならば、「鎖さざりけり」というような状況は空蟬の場合に限定されねばならないことになろう(7)が、物語中には空蟬に限らず、他にもこの類の「不用心」は散見される。だとすれば、この例のみを取り上げて「深層心理」と解するのはやはりためらわれる。

もしさりぬべき隙もやあると、藤壺わたりをわりなう忍びてうかがひ歩けど、語らふべき戸口も鎖してければ、うち嘆きて、なほあらじに、弘徽殿の細殿に立ち寄りたまへれば、三の口開きたり。（花宴）

今参りの口惜しからぬなめりと思して、この廂に通ふ障子をいとみそかに押し開けたまひて、やをら歩み寄りたまふも人知らず、……（東屋）

遣戸といふもの鎖して、いささか開けたれば、「飛騨の工匠も恨めしき隔てかな。かかる物の外には、まだゐならはず」と愁へたまひて、いかがしたまひけん、入りたまひぬ。（東屋）

最初の例は源氏と朧月夜の、後の二例は薫と大君の場面である。これらは「鎖さざりけり」というほど明瞭ではないが、有効に施錠されていないという点では同じ「不用心」の類として数えてよい例であろう。以上の四例の「不用心」のうち、花宴巻の例を除く三例がいわゆる「中の品」の女君達に関するものであることは、そこに作者の姿勢をうかがい知ることもできそうである。花宴巻における朧月夜については「上の品」に属する女君であるが、物語の構想上彼女に与えられた役割による例外と解すべきであろう。野分巻において夕霧が紫上を垣間見る場面もやはり不用心によるものだが、それがいかに稀なことであるかをことさらに記すのは、本来不用心とは無縁に造形された紫上をめぐる場面であるからだろう。

作者の側から舞台裏を見れば、これら「三の口開きたり」「いさゝかあけたれば」などの表現は、物語を前に進める仕掛けと言える。「戸口も鎖してければ、うち嘆きて」という状況と「三の口開きたり」という発見を対照的に記すことで、源氏の喜びをも描き出している。戸が開いていたという偶然が、物語の進行という必然として働いているのである。不用心、油断が次の場面を必然的に用意する。不用心の極みとも言うべき、柏木の女三宮の垣間見が持つ決定的な意味を考えれば、その重要さが認められよう。

この「不用心」の形式は、後続の物語にも継承されてゆく。『狭衣物語』の例を見よう。

この人のおはする宵、暁のことをも心安からず、鍵失ひがちに、つぶやくけはひを、御供の人聞きて、あさましうめざましき折々ありけり。（巻一）

「弁の君といふ人に、対面せんと言ふ人なんあると物せよと言へ」とのたまへば、「姫君の御乳母のおとどこそおはすなれ」とて、たちぬる間に、僧の出でつる妻戸に寄りて引きたまへば、掛けざりけるにや、開きぬ。（巻四）

このうち、前者の鍵の紛失は方便に過ぎないが、後者の例は不用心が直接に作用して物語が展開する。そして、特に興味深いのは、狭衣が入道の身となった女二宮に迫る、次の例である。

おぼつかなく恨めしきに思ひわびたまひて、障子を探りたまへば、掛けられざりけり。少し開けたまひて、「ここら聞こえさすることどもは、聞かせたまはぬか。いかにも御けはひを……」。（巻三）

引用に用いた『新編日本古典文学全集』の底本は深川本である。だが、元和九（一六二三）年古活字版本を底本とする『日本古典全書』では、

うちみじろき給ふけしきだに無きは、あさましうおぼつかなきに思ひわび給ひて、障子を探り給へば、繋けられにけり。いとど恨めしう心憂きに思ひわびて、畳紙をさし入れて障子の繋金を探り給ふに、

離れぬるやうなれば、只少し開けて、「聞えさする事どもは聞かせ給はぬにや。いかにもいかにも、……」。（同）

のごとく、記述が大きく異なる。いずれも狭衣は中へ入るのであるから結果としては同じとも言えようが、そこに横たわっていた状況は「掛けられざりけり」と「繋けられにけり」であるから正反対なのである。中田剛直『校本狭衣物語』および吉田幸一『狭衣物語諸本集成』に拠れば、深川本のような形をとるものは他になく、「繋けられにけり」の本文が圧倒的に優勢である。流布本は不用心の不自然さのない、ある種の合理性を備えた本文を立てるが、これまでの例に照らせば「掛けられざりけり」という事態はさほど異質なものではない。むしろ、掛け金を外す所作を「畳紙をさし入れて」云々と詳細に描く方が、主人公の滑稽さが際立ち、かえって物語の記述として不自然とも言えるのである。一見不自然とさえ思われる「不用心」の要素を含むこと、これは物語中に周辺の経緯がほとんど記されないためにあいまいに映りがちだが、前述のように物語を前へと進める仕掛けとして機能しているのである。ディテールを書くことは必要ないのである。

四

そして、次の末摘花巻の施錠例は、前節に掲げた「不用心」とはいささか事情が異なる。

さすがに、人の言ふことは強うもいなびぬ御心にて、「答へきこえで、ただ聞けとあらば、格子など鎖してはありなむ」とのたまふ。「簀子などは便なうはべりなむ。おしたちてあはあはしき御心などは、よも」などいとよく言ひなして、二間の際なる障子手づからいと強く鎖して、御褥うち置き引きつくろふ。

いとかかるも、さま変り思ふ方ことにものしたまふ人にやとねたくて、やをら押し開けて入りたまひにけり。

（『新日本古典文学大系』）

「いと強く鎖して」とあり、固く施錠されたことがわかる。(8) 然るに、顛末はどうであったかと言えば、

前の、それを「強く鎖し」たとある叙述とは矛盾。

前に、命婦が「二間の際なる障子」を強く鎖したとあったのと矛盾する。（『新編日本古典文学全集』）

「いと強く鎖して」はやはり錠を鎖したので、それは姫に与へる安心と、自身の責任とからである。が源氏がそれをどうやら旨く開けて内へ入ったのが、後段の「やをら押開けて」といふので示される。

（『対訳源氏物語講話』）

とあるように、源氏は施錠されたはずの障子戸の中へ入った。(9)

ここに状況が説明されるように、問題は「いと強く鎖して」という言葉にある。「強く鎖し」たはずの障子がなぜやすやすと開いたのか。その折の細かいいきさつは決して語られない。先に見たように、安原氏は「手練手管が、詳細に描かれている」と述べるが、このように必ずしも常に「詳細」とは限らないのである。むしろ、その実際をうかがい得ないような記述の場合も多い。これは先に見た「不用心」の文脈においても同様であった。

この個所を矛盾とする指摘が諸注にも見られる。

この事態について、前述の安原氏は次のように述べる。

ここで疑問に思うのは、上述したように「鎖す」とあるのだから、「障子」は鎖されていたはずである。それを結局、源氏が開けてしまう。錠をかけていなかったのだろうか。いや、命婦は「二間の際なる障子、手づからいと強く鎖して、御茵うち置き、ひきつくろう」と自分で強く施錠して室礼したのである。……「障子」の構造は「鎖」してあっても、強度的には弱く、男が押し入れるほどのものであったと考えられる。そう考えるとこの「末摘花」の場面がはじめて理解できる。光源氏は「障子」の施錠を破り、末摘花のいる場に押し入ったのである。

また、障子の強度についても、「母屋と庇を区画する「障子」は、庇と簀子を区画する格子、蔀戸、妻戸と比べて強度がはるかに弱く、閉鎖性も弱い。このことは、内部空間である母屋と庇とを区画することの意味は、簀子と庇を区画する格子、蔀戸、妻戸と違って、戦いや盗賊からの防御や防犯に対するものではないことを示している」との指摘がある。すなわち、「人出でたまひなば、とくさせ。このごろ盗人いとおほかなり。火あやふし」（『枕草子』「宮仕へ人の里なども」）と言われるような安全上・防犯上の施錠と、内側の形式的戸締りとを区別する興味深い指摘である。これは和辻哲郎『風土——人間学的考察』[10]の「錠前と鍵との発達の程度はヨーロッパと日本において恐ろしく異なっている。ヨーロッパ中世といえども、その錠前と鍵の精巧さにおいて、現代日本よりははるかにすぐれている。それに比すれば日本のかんぬきや土蔵の鍵などはほとんど原始的と言ってよい」といった記述にも通じようか。

ただ、強度上たとえ障子を開けることが可能であったにせよ、いずれ開くのならば、なぜわざわざ不自然さを押してまで「いと強く」など記されているのであろうか。

ここは逆に、伏線として前もって「いと強く」と記されることで「開く」ことの意味が生まれるとは考えられないであろうか。つまり、「開く」からこそ前もって暗示する形で記されるのである。浦島太郎の玉手箱にせよ、鶴の恩返しの障子戸にせよ、「決して開けてはなりませぬ」という言葉は、開けてしまう結末を誘発し、またその結末があってこその表現と言える。[11] 読者にとっては期待ですらあると言えよう。この例に見える障子もまた、開けられねばならなかったのである。なぜ障子が開いたかについては語り手も把握しないままであるし、『落窪物語』の典薬助のごとく源氏が強引に障子をこじ開けようとする姿などはわざわざ書かれる必要もなかった。

このように考えるのは、源氏の場合にはもう二例、似たような場面が見られるからである。一例目は明石君の元へ忍び入る個所である。

ほのかなるけはひ、伊勢の御息所にいとようおぼえたり。何心もなくうちとけてゐたりけるを、かうものおぼえぬに、いとわりなくて、近かりける曹司の内に入りて、いかで固めけるにかいと強きを、しひてもおし立ちたまはぬさまなり。されど、さのみもいかでかあらむ。人ざまいとあてにそびえて、心恥づかしきけはひぞしたる。かうあながちなりける契りを思すにも、浅からずあはれなり。（明石）

末摘花巻との共通点は「いと強き」に求められるのではあるまいか。「いと強」く「固め」たという説明は、「さのみもいかでかあらむ」という形でここでもあっさりと反古にされている。鍵の無力を強く印象づける。これらのように強調が時にある種の不自然さを生じさせることは現代の語感でも

あてはまるであろう。たとえば、

「月たたば」とある定めを、いとよく聞きたまふなめり。（藤袴）

の例にあるように、玉鬘出仕の予定を「いとよく」把握する様の髭黒が、直後の真木柱巻で玉鬘との結婚を果たしたような、強調が時に微かな不自然さを生む場合である。そのように考えれば、末摘花巻での「やをら押し開けて」という行為は、ここでの「されど、さのみもいかでかあらむ」と、物語の構成上ほとんど同義であったということになろう。ここでも開いた理由は一々詮索されない。やはり、どういうわけか開いたのである。『細流抄』が、「しゐてもをしたち給はぬさま也といきて此語をかきいたしたるおもしろし」と記すのが示唆的である。これらは、若紫巻における源氏と藤壺との密通の経緯をも「いかがたばかりけむ」とのみ記され、やはり具体的な道筋は示されないのに通じよう。

また、もう一例は源氏が朧月夜と久々の再会を果たす場面である。

されぱよ、なほけ近さは、とかつ思さる。かたみにおぼろけならぬ御みじろきなれば、あはれも少なからず。東の対なりけり。辰巳の方の廂に据ゑたてまつりて、御障子のしりは固めたれば、「いと若やかなる心地もするかな。年月の積もりをも、まぎれなく数へらるる心ならひに、かくおぼめかしきは、いみじうつらくこそ」と恨みきこえたまふ。（若菜上）

この障子戸も結局は開いてしまい、二人の対面の様子が語られる。ここは「いと」とまでは記されていないが、朧月夜は「え心強くももてなしたまはず」、やはり「固めた」はずの戸が開いてしまうのである。そして、三例とはいえ、これらが源氏の場合のみに起こる現象ということは注目すべきである。これらに見える「いと強く」「固め」といった言葉は「強く鎖しておいたはずなのに」という思いを示唆するものであり、何より、その戸は開けられるということを無意識裡に予期させる仕掛けであったと言うべきであろう。このような、強調された閉ざしを破る行為は、『竹取物語』の結末近くの、

この守る人々も、弓矢を帯してをり。屋の内には、嫗どもを番に下りて守らす。嫗、塗籠の内に、かぐや姫を抱かへてをり。翁も、塗籠の戸を鎖して、戸口にをり。

屋の上に飛ぶ車を寄せて、「いざ、かぐや姫、穢き所に、いかでか久しくおはせむ」といふ。立て籠めたる所の戸、すなはちただあきにあきぬ。

といった場面を想像させよう。あるいは遠くギリシア神話に見られる、黄金の雨に身を化してダナエの元へ忍び入ったゼウスの逸話などが思い起こされる。

五

物語が宇治十帖に進むと状況はやや異なってくる。

さなむと聞こゆれば、さればよ、思ひ移りにけり、とうれしくて心落ちゐて、かの入りたまふべき道にはあらぬ廂の障子をいとよく鎖して、対面したまへり。「……この障子の固めばかりいと強きも、まことにもの清く推しはかりきこゆる人もはべらじ。しるべと誘ひたまへる人の御心にも、まさにかく胸ふたがりて明かすらむとは思しなむや」とて、障子をも引き破りつべき気色なれば、いはむ方なく心づきなけれど、こしらへむと思ひしづめて……

（総角）

例よりは心うつくしく語らひて、「なほかくもの思ひ加ふるほど過ごし、心地もしづまりて聞こえむ」とのたまふ。人憎く、け遠くはもて離れぬものから、障子の固めもいと強し、しひて破らむをば、つらくいみじからむと思したれば、思さるるやうこそはあらめ、軽々しく異ざまになびきたまふこと、はた、世にあらじと、心のどかなる人は、さいへど、いとよく思ひしづめたまふ。　（総角）

薫が大君に想いを訴える場面である。「固め」が「いと強」い障子を薫は「引き破りつべき気色」であったという。ここでも「いとよく鎖して」「固め」の記述はそれが破られることを示唆はするが、所詮それは意思の表示だけで、実際には「思ひしづめて」「いとよく思ひしづめたまふ」のである。雌雄が別々に休む山鳥のごとく、「夜半の嵐に、山鳥の心地して明かしかねたまふ」と記される。先に見た東屋巻にも、「遣戸といふもの鎖して」と「いかがしたまひけん、入りたまひぬ」という記述はあったが、薫には併せて「いささか開けたれば」（少し開けてあるので）という手引きを示唆する言葉が添えられていることを重く見たい。高橋康夫『物語　ものの建築史――建具のはなし』は、「鎖して、しかも少し開けてあるという記述から、遣戸の戸締りは、尻刺し、つまり心張棒によるものであったとみてよい」と指摘する。[12] 明石巻で語り手がおぼめかした「されど、さのみもいかでかあらむ」という言葉の示す事態こそ、光源氏の本領であった。

戸締りが厳重という局面において、二人の差は顕著であった。薫の場合には、源氏のように記述に矛盾を孕んだまま戸が開くことはないのである。その点、夕霧も薫と同じ属性を持つと言える。先に紹介した夕霧巻の例について、「障子をおさへたまへるは、いとものはかなき固めなれど、引きも開けず」との記述が見えるが、ここでもあくまで、戸を開けられない側の嘆きが記述されているのである。明け方の忍び入りに際しても、先に見たように女房の手引きの事実が明確に記されており、源氏と末摘花の場合などとは異なる。これはやはり彼らの限界とも言えるであろう。施錠という共通の状況設定が、一段と源氏の例を際立たせているように思われる。

施錠について記述されるとき、源氏の場合には常にその戸が開くことを暗示する。「いと強く」の表現がさらに強く示唆する。たとえ描写に不自然な形を伴ってでも最終的には必ず開いていた。だが、その戸が少女巻における夕霧の話では閉ざされる。すなわち、初めて鍵が有効となるのである。これは男と女の当事者同士の話ではなかった。物語の筋として開くことが要求されていないのである。そして、続く夕霧巻や、宇治十帖においても、やはり閉ざされたままなのである。同じ開いたという場面においても、源氏の場合と夕霧や薫の場合とでは、微妙な差異が生まれる。すなわち、開いてしまった事情（女房の手引き、あるいはわずかに開いていた、など）が書かれているか書かれていないかの差異である。当時の読者達はこの違いを目にするたびに、源氏の傑出性を改めて感じ取ったのではあるまいか。

閉ざされた戸がなぜか開くというモチーフ自体は、世界の文学作品に照らしてみてもさして珍しいことではなかろう。むしろ神秘性・超越性という観点からは先に掲げたゼウスの例や『竹取物語』の場合よりも余程後退したものと言うべきで、その分、写実に近い側面を持つ。だが、いずれは開く戸の閉ざされ具合において、「いとよく」といった細やかな表現が実は「それでも開いてしまう」状況を一層誘発する鍵語になっているという構造に注意しておきたいのである。

注

（1）無論、近代以降も小説中に見られる門・扉・戸が問題となることは多い。たとえば前田愛「子どもたちの時間」（『樋口一葉の世界』平凡社ライブラリー、一九九三年）には、樋口一葉『たけくらべ』において美登利と信如をへだてる格子戸の意味について言及がある。三島由紀夫『金閣寺』における扉にも象徴的な意味が付与されている。また、ヨーロッパにおける鍵をめぐる事情については浜本隆志『鍵穴から見たヨーロッパ――個人主義を支えた技術』（中公新書、一九九六年）があり、その中で日本の鍵についても触れられている。

（2）鹿島出版会、二〇〇〇年。

（3）高橋康夫「日本の建築と錠」『鍵のかたち・錠のふしぎ』ＩＮＡＸ出版、一九九〇年。

（4）後には、夕霧が雲居雁に「こは、など。かく鎖し固めたる。あな埋もれや。今宵の月を見ぬ里もありけり」（横笛）と厳重な戸締りをとがめる場面もある。

（5）密室空間としての塗籠および障子の役割について、保立道久「塗籠と女の領域――『松崎天神縁起』の後妻と「まま子」」（『中世の愛と従属――絵巻の中の肉体』イメージ・リーディング叢書、平凡社、一九八六年）、倉田実「『源氏物語』の障子――寝殿造の屏障具」（『源氏物語の展望』第三輯、三弥井書店、二〇〇八年三月）に言及がある。

（6）同じく藤井貞和氏による『源氏物語事典』（秋山虔編、学燈社、一九八九年）所収の「生活事典」にも、「空蟬がもし源氏の君を最初から拒むつもりなら鎖しておけばいい。彼女の深層心理は男君を受け入れるつもりであったことを知る」との記述がある。

（7）前述の夕霧巻の例には「障子はあなたより鎖すべき方なかりければ」とあり、この箇所の「あなたよりは鎖さざりけり」を合理的に説明したものと見なし得るかもしれない。

（8）この箇所、池田亀鑑『源氏物語大成』校異篇（中央公論社、一九五三年）に拠れば、河内本系統の諸本には「手づからいと」がない。

（9）「やをら押し開けて」については、「君は、塗籠の戸の細めに開きたるを、やをら押し開けて、御屏風のはさまに伝ひ入りたまひぬ」（賢木）といった例があるが、これは鎖された戸についてのものではない。

（10）引用は岩波文庫による。また、日本の「家」は「たとい襖や障子で仕切られているとしても、それはただ相互の信頼において仕切られるのみであって、それをあけることを拒む意志は現わされておらぬ」とも述べる。

（11）いわゆる「チェーホフの銃」の考え方で、村上春樹『1Q84』（BOOK2、新潮社、二〇〇九年）にも「物語の中に拳銃が出てきたら、それは発射されなくてはならない」と紹介されている。

（12）鹿島出版会、一九八五年。

村雨の軒端

一

『去来抄』先師評に次のような一節がある。

兄弟の顔見る闇や時鳥　去来

去来曰く「この句は、五月二十八日夜、曾我兄弟の互ひに顔見合はせけるころ、時鳥などもうち鳴きけんかしと、源氏の村雨の軒端にたたずみ給ひしを、紫式部が思ひやりたる趣をかりて、一句を作す」。先師曰く「曾我殿ばらの事とは聞きながら、一句いまだいひおほせず。其角が評も同前なり」と、深川より評あり。許六曰く「この句は心余りて詞たらず」。去来曰く「心余りて詞たらずといはんは、はばかりあり。ただいひおほせざるなり」。丈草曰く「今の作者はさかしくかけ廻りぬれば、是等は合点の内なるべし」と、共に笑ひけり。

ここで言う、「曾我兄弟の互ひに顔見合はせけるころ」とは、『曾我物語』の討ち入り直前の緊迫した場面を指している。正保三(一六四六)年版の本文を掲げる。

五月雨《さみだれ》の雲《くも》まもしらぬ夕ぐれに。いづくをそこともしらねども。そなたばかりをかへりみて。なみだとゝもにあゆみけり。こゝろのうちぞむざんなる。……十郎たいまつふりあげて。こなたへむき給へやときむね。あかぬかほばせみんといふ。五郎きゝて。かたきにあひせつなのひまもあるまじければ。これこそさいごのげんざんのためなるべし。まことにすけなりを。あにとみたてまつらんも。今ばかりと思ひければ。あにがゝほをつくぐ\とまぼりけり。十郎も又おとゝをみんもこれをかぎりと思ひければ。たいまつさしあげつくぐ\見。なみだぐみけり。たがひの心のうち。をしはかられてあはれなり。（巻九）

十郎祐成《すけなり》と五郎時致《ときむね》の兄弟は、敵工藤祐経《すけつね》邸への出立を前に、互いの顔を「つくぐ\とまぼ」るのであった。しかし、『去来抄』の一句に見える肝心の「時鳥」は物語には登場しない。去来はここに『源氏物語』の趣向を借りたのだと言う。それが、「時鳥などもうち鳴きけんかしと、源氏の村雨の軒端にたたずみ給ひしを」という記述である。すなわち、源氏が時鳥の鳴き声を聞いたであろうと紫式部が想像したように、きっとこの場面でも時鳥が鳴いたに違いない、というのである。

この箇所は、従来、花散里巻の一場面を指すものと解釈されてきた。

『源氏物語』の「花散里」による。時鳥を詠んだ歌の応酬がある。『曾我物語』には時鳥は出ないので、『源氏物語』の時鳥を『曾我物語』に転用したことになる。（『日本古典文学全集』）

『源氏物語』には、源氏が「五月雨の空、珍しう晴れたる雲間」に、花散里を訪問される途次、中川の昔の女の宿に車をとめて、惟光に案内を乞わせ、「をち返りえぞ忍ばれぬ郭公ほの語らひし宿の垣根に」と詠み、女が「郭公語らふ声はそれながらあなおぼつかな五月雨の空」と答える条などを思い合わせたものか。

（『校本芭蕉全集』補注）

『源氏物語』花散里巻で、光源氏が五月雨のころの晴間に、三の君（花散里）を訪れる途中、中川に住む昔の女の家の軒端に立ち寄った折に、郭公が鳴いたので、郭公に寄せて歌を贈答する場面をさす。

（『新編日本古典文学全集』）

その他、小室善弘『俳句入門　芭蕉に聴く――『去来抄』に学ぶ作句法』（本阿弥書店、二〇〇〇年）、品川鈴子『「去来抄」とともに――俳句と連句を知る』（ウェップ、二〇〇四年）などでも、同じく花散里巻を挙げている。

これらの見解は、次に掲げる昭和十（一九三五）年刊の宇田久『去来抄新講』（俳書堂）あたりに端を発するものと思われる。

この「兄弟の」の句が『源氏物語』の中の如何なる趣を借りたかといふことを確かにすることは容易でないが、或は次の如き「花散る里」の趣を指すのかも知れぬと思ふ。……

ここでは「指すのかも知れぬと思ふ」と控え目に記されているが、それが継承されるうちに次第に通説化したものとおぼしい。

源氏物語のどの部分をさしてゐるのか未勘。村雨の黄昏、思ふ人をひそかに訪れる源氏の君の姿を漠然と言つてゐるのであらうか。

（岡本明『去来抄評釈』三省堂、一九四九年）

のごとく未勘とするものや、

「幻」の、紫上の一周忌も近づいたころ、源氏が五月雨の晴れ間に夕霧と話しあつていると、村雨が降りかかり、時鳥が鳴くので、「なき人をしのぶるよひの村雨にぬれてや来つる山ほととぎす」などと詠む部分のほうが適当であるとも考えられる。

（武田元治「去来抄解釈異見」『解釈』第四巻、第九・十号、一九五八年九月）

とする説も一部に見受けられるものの、概ねにおいて、上述のように花散里巻を指すという解釈が通行しているようである。

二

前節宇田稿の引用末尾の下略部分に紹介され、諸注も指摘する花散里巻の該当本文をここで引用しよう。テキストは『湖月抄』（延宝元（一六七三）年跋刊）による。

さみだれの空、めづらしうはれたる雲まに、わたり給ふ。なにばかりの御よそひなくうちやつして、御前などもことになくしのびたまへり。……ほどへにけるを、おぼめかしくやとつつましけれど、すぎがてにやすらひ給ふ。をりしもほととぎすなきてわたる。もよほしきこえがほなれば、御車おしかへさせ給ひて、例のこれみつをいれ給ふ。

をちかへりえぞ忍ばれぬ時鳥ほのかたらひし宿のかきねに

また、この帖において時鳥は次の一節にも現れるので掲げておく。

ほととぎす、ありつるかきねのにや、おなじこゑにうちなく。したひきにけるよとおぼさるる程もえんなりかし。「いかにしりてか」など、しのびやかにうちずし給ふ。

たち花のかをなつかしみほととぎすはなちる里をたづねてぞとふ

しかしながら、この花散里巻説には、いくつかの率直な疑問が思い浮かぶ。まず第一に、『曾我物語』では「村雨」の描写があるのに対し、花散里巻の場面では、「めづらしうはれたる雲ま」とあって、雨天ではないのである。その状況をはたして去来は「源氏の村雨の軒端にたたずみ給ひしを」などと記すだろうか。二に、場所も「軒端」ではない。源氏は車に残ったままである。三に、ここでの贈答の相手はヒロイン花散里ではなく、あくまで途中に立ち寄った女性に過ぎない。物語上重要でないこの出来事を去来は『曾我物語』と対にして引き合わせるだろうか。「討ち入りと男女の歌の応答ではだいぶ様子がちがいますが、闇のなかで機を窺っているとき時鳥が鳴いて過ぎる、という状況に似たところがなくはありません」（前述『俳句入門　芭蕉に聴く』）といった指摘もあるものの、やはり討ち入りという真剣な状況と不似合いの感は否めず、それを承知の上で選びとられるほどの印象的な場面とは思えない。同様に、先に触れた幻巻の場面も、軒端に佇むという場面ではなく、「出立」にも関わらない点で難がある。

このように、これらを典拠とするには不自然な点が多い。では、その他にふさわしい場面があるだろうか。

三

私は以下に掲げる蛍巻の場面をこの箇所の典拠として考えたい。

こゑはせでみをのみこがす蛍こそいふよりまさる思ひなるらめ

などはかなくきこえなして、御身づからはひきいり給ひにければ、いとはるかにもてなし給ふうれはしさを、いみじくうらみきこえたまふ。すきずきしきやうなれば、ゐたまひもあかさで、のきの雫もくるしさに、ぬれぬれ夜ふかく出で給ひぬ。時鳥などかならずうちなきけんかし。

細　草子ノ地也。「五月雨に物おもひをれば時鳥、夜深くなきていづち行らん」の心にて書けり。

玉鬘をめぐるやりとりが語られる。源氏の弟、蛍兵部卿宮は玉鬘のよそよそしい様子に、夜明けを待たず、邸を後にするのであった。時鳥などもきっと鳴いたであろうよ、という草子地は、右『細流抄』が説くように「五月雨に……」の歌（『古今和歌集』夏、紀友則）を引歌とする。ここで、「時鳥などもうち鳴きけんかし」という『去来抄』の表現が、この蛍巻本文とほぼ符合していることをまず第一に重視したい。ちなみに、この箇所を『源氏物語大成』校異篇によって確認すると、肖柏本以外の青表紙本系統諸本は『湖月抄』本と一致し、肖柏本と河内本系統の諸本には「など」がない。また、近世期に流布した各種の板本を紙焼き写真等によって一覧すると、『絵入源氏』（三種）や『首書源氏物語』（寛文十三（一六七三）年刊）をはじめ伝嵯峨本、無跋無刊記整版本など主要な伝本は『湖月抄』同様、「などかならず」の本文を採り、「など」がないのはいずれも古活字版の九州大学文学部蔵本・久邇宮家旧蔵本・寛永中刊本（二種）の四本に留まる。去来は「など」を持つ本のうちのいずれかによって記憶していたのであろう。ただし、『去来抄』が「時鳥なども」とする箇所は諸本すべて「時鳥など」であり、「も」を持つテキストは全く見当たらない。同様に「かならず」を持たないテキストも全くない（ただし、九州大学本の「かならす」には墨筆で傍らに見消が存する）ので、その点では微妙な差異を残している。

また、季節（五月雨の頃の深更）と場所（軒端）も両者は合致するのである。「のきの雫もくるしさに」であるから、この夜は雨も降っていた。さらに、源氏と弟兵部卿宮といういわば「源氏兄弟」の場面であり、曾我兄弟と対でもある。これらの点において、少なくとも通説の花散里巻よりは、不似合いの中にも一定の類似が認められるように思われる。

ただし、一つ不自然な点がある。この蛍巻で軒端に佇むのは源氏でなく、弟の蛍兵部卿宮なのである。とすれば、「源氏の村雨の軒端にたたずみ給ひしを」としてはっきり「源氏」とあるのをどう説明すればよいのか。あるいはこの点によって、これまで典拠の可能性が排除されてきたのかもしれない。

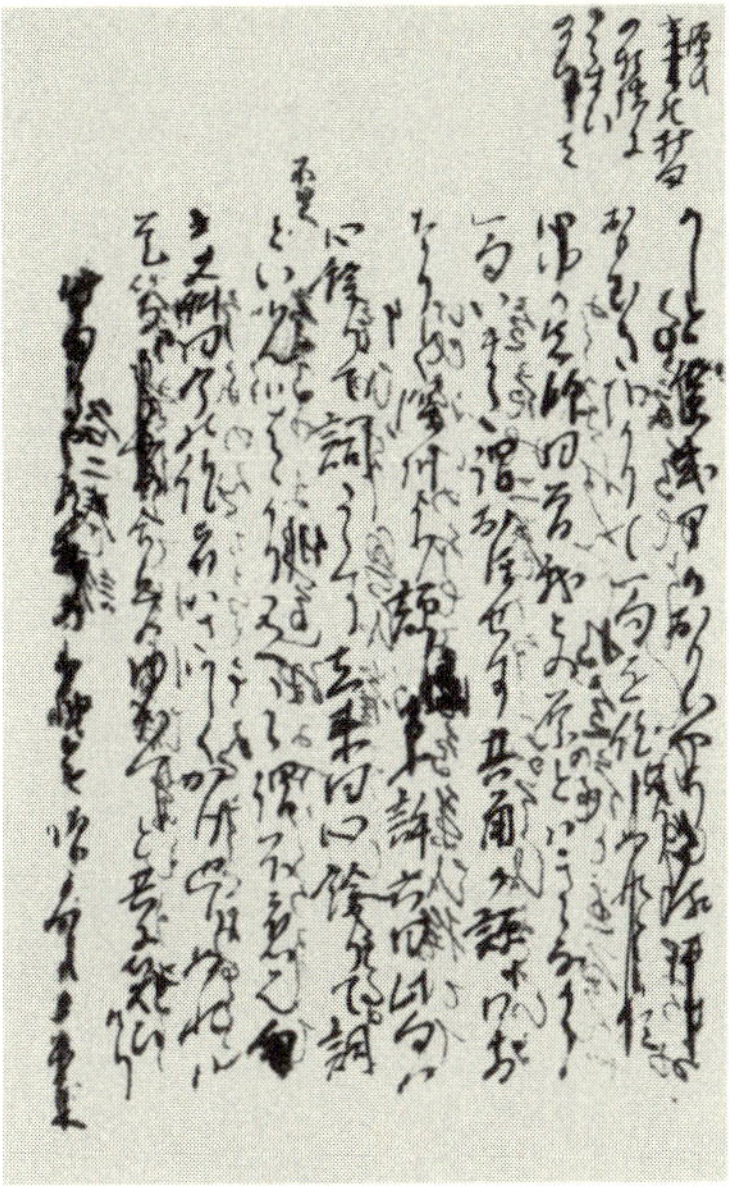

図1　『去来抄覆製附解説並釈文』による

単純な人物の取り違えと考えることもできようが、ここで一つの推定も成り立つ。この箇所を大東急記念文庫所蔵の去来自筆稿本によって確認すると、本文の上部に「光君の村雨の軒端にたゝすひ給ひしを」と挿入があって、「光君」を墨線で消して「源氏」に書き改めている（図1）。そして興味深いことに、去来が他に文中で「源氏」と記すとき、それは作品としての『源氏物語』を指すのである。

たとえば、『校本芭蕉全集』によって「源氏」関連の語を検すると、

たとへば、『源氏』『栄花物語』等のためしいだし候間、……（浪化宛去来書簡）
『さるみの集』に、『源氏』を下心にふくみたる句（御）ざ候よし、……（浪化宛去来書簡）
『源氏』などの事下心にふくみ被㆑遊候事、……（浪化宛去来書簡）
此も『源氏』の内よりおもひよられ候。……（浪化宛去来書簡）
『源氏』若菜巻に、「友まつ雪の……（宇陀の法師）
紅葉賀に、源氏、源内侍が方へ忍び玉ふ時、……（宇陀の法師）
『うつぼ』『竹取』『源氏』『狭衣』の類、皆々連哥の文法也。……（宇陀の法師）
源氏のまきくに心をとゞめねばさも有べし。……（葛の松原）
光る君（天理本「光君」）も五月雨のつれぐ侘給ふ事、……（十八番発句合）
ひかる。お源の物語にも。小野に鹿のけしきを。……（貝おほひ）

といった例が得られ、去来書簡四例はいずれも作品としての『源氏物語』を示している。だとすれば、去来はここを一旦源氏の所作としたものの、後で蛍兵部卿宮のそれと気づき、書名としての『源氏物語』の意味で「源氏」と改めるという操作を施したのではなかったか。仮に改変後の「源氏」を『源氏物語』と解したとしても、文章として整わず、問題が解消されたとは言い難いけれども、少なくともこの訂正には人物として「光源氏」とはっきり指し示す意味合いを薄める意図があったのではなかろうか。そもそも去来自筆稿本から明らかなように、本来この部分は余白に書き込ま

れた挿入句なのであって、あくまで「うち鳴きけんかし」の表現を重くみるべきであろう。誰かと特定することはこの際取り立てて問題にされなかったのではないか。そう考えるとき、宇田氏前掲書等が底本とした板本『去来抄』(安永四(一七七五)年刊)に、本文に組み込まれた形で「むかし光源氏の……」(傍点筆者)とあることは、それが蛍兵部卿宮の所作を指す可能性を遠ざけ、間接的にであれ、花散里巻説を擁護していたことになる。

以上の考察から、私見によれば、去来は句作りに際し、この蛍巻の場面を念頭においたものと考えられる。先に見たように、「全集」の頭注は、『源氏物語』に現れる時鳥を、時鳥の現れない『曾我物語』に転用したと説くが、去来の説明を丁寧に読めば、ここはむしろどちらにも時鳥が現れないことに意味があるのではないか。「思ひやる」については『増補下学集』(寛文九年刊)、『書言字考節用集』(享保二(一七一七)年刊)などに「想像」という字が充てられるように、『曾我物語』には鳴いたとの明示がない時鳥が、きっと「うち鳴きけんかし」、と「思ひや」る構造なのである。一句の解は「ちょうど『源氏物語』の同じ村雨の場面で紫式部が「うち鳴きけんかし」という言葉で想像したように、きっとこの時も、緊張の中をまるで討ち入りの合図であるかのように時鳥が一声鋭く鳴いたのではあるまいか、と私も想像する」といった文脈でなければならない。それでこそ「思ひやりたる趣」云々の説明が初めて生きてくるのであって、それが去来が一句に込めた面白さでもあるように思われるのである。

硯瓶の水

一

昭和二十四(一九四九)年から『毎日新聞』に連載された谷崎潤一郎の『少将滋幹の母』は、

此の物語はあの名高い色好みの平中《へいぢゆう》のことから始まる。源氏物語末摘花の巻の終りの方に、「いといとほしと思して、寄りて御硯の瓶の水に陸奥紙《みちのくにがみ》をぬらしてのごひ給へば、平中がやうに色どり添へ給ふな、赤からんはあへなんと戯れ給ふ云々」とある。

という説明で始まる。(1) 源氏が戯れに自らの鼻に塗った紅色を、紫上が必死に拭い取ろうとする場面である。「平中がやうに」とは、いわゆる「平中墨塗譚」と呼ばれるもので、女の前で泣く平中の涙について妻は、それが硯瓶に入れた水を眼にこっそり差した偽りの涙だと見破った。

この平中、さしも心に入らぬ女の許にても、泣かれぬ音を、空泣きをし、涙に濡らさむ料に、硯瓶に水を入れて、緒をつけて、肘に懸けてし歩きつ、顔袖を濡らしけり。出居の方を妻、のぞきて見れば、間木に物をさし置きけるを、出でてのち、取り下して見れば硯瓶也。また、畳紙に丁子入りたり。瓶の水をいう《（沃棄）》てて、墨を濃くすりて入れつ。

（『古本説話集』上十九「平中事」[2]）

そうとは知らぬ平中は、「鏡を見れば、顔も真黒に、目のみきらめきて、我ながらいと恐ろしげなり」という有様となった。このエピソードをふまえ、紅色だけでなく平中のような墨の黒色まで「添へ給ふな」と源氏が懇願する場面である。平中はこの後若菜上巻でもう一度、「平中がまねならねど、まことに涙もろになん」として引き合いに出されている。

しかし、現在読まれている『源氏物語』の末摘花巻は、谷崎が紹介したそれとはいささか異なる。たとえば、『新編日本古典文学全集』には、

そら拭ひをして、「さらにこそ白まね。用なきすさびわざなりや。内裏にいかにのたまはむとすらむ」と、いとまめやかにのたまふを、いといとほしと思して、寄りて拭ひたまへば、「平中がやうに色どり添へたまふな。赤からむはあへなむ」と戯れたまふさま、いとをかしき妹背と見えたまへり。

とあるのみで、硯瓶も水も陸奥紙も出てはこない。

谷崎は『源氏物語』の現代語訳に三度挑んだことでも知られるが、昭和十四年の『潤一郎訳源氏物語』（旧訳）では、

お側へお寄りになりながら、おん硯の水指《みづさし》の水に、陸奥紙をお濡らしになつて拭《ふ》いてお上げになるのであつたが、

と訳され、小説に引用された内容とほぼ対応するものの、[3]昭和二十六年九月刊行の『潤一郎新訳源氏物語』の段階では、

側へ寄つてお拭きになりますと、

と短くなっている。「おん硯の水指《みづさし》の水に、陸奥紙をお濡らしになつて」という紫上の所作が消えているのである。昭和二十六年九月といえば、『少将滋幹の母』の連載開始から二年足らずであるが、これは一体どのような事情によるものであろうか。

この場面を扱った作品は他にもある。少し遡るが、堀辰雄が昭和五年に「末摘花」という小品を発表している。末摘花巻を題材に舞台を現代に設定した小説である。今取り上げている箇所を引用しよう。(4)

私はわざと紙でもって、それを空拭《からぬぐ》ひした。
「どうしても落ちないいよ。困つたな。」
「おばかさんね。」
さう言ひながら、女は自分のハンカチを盃洗の水に濡らして、それで彼の鼻のさきを綺麗に拭いてくれた。彼はまだ田舎の女への贈物のことを考へながら、こんなにいい女友達が自分のすぐそばにあるのに、どうしてあんな女になぞラヴ・レタアを書いたのかしらと、いまはむしろそれを不思議さうに彼は思ふのだつた。

「陸奥紙」の役割を果たす「ハンカチ」を「盃洗の水に濡ら」す仕草が描かれている。また、新劇場上演「源氏物語」第三幕の台本（番匠谷英一、昭和八年）にも、

源氏　（頷いて拭く真似をする）これはいけない。どうしても消えなくなつてしまつた。人が見たら何と言つて笑ふだらう。（と真顔にたはむれる）

紫上　（心配さうに硯の水注の水を陸奥紙にしめして）じつとして。……私がとつて上げますから。
……（と源氏の鼻を拭く）
源氏　（微笑して紫上のするがまゝにまかせてゐる）

という場面がある。(5)ここでも、「硯の水注の水を陸奥紙にしめ」す所作が織り込まれている。

二

もう一つの事例を紹介したい。「サクラ読本」の愛称で知られる第四期国定国語読本『小学国語読本　尋常科用』は昭和十三（一九三八）年に刊行された。「サクラ読本」の名は、巻頭の教材が「サイタ　サイタ　サクラ　ガ　サイタ」という文章であることに由来し、巻十一の「第四　源氏物語」は小学生向けの『源氏物語』教材としてもしばしば言及される。教材化にあたっては時局に鑑みてさまざまな「教育的配慮」がなされたこと、それでもなお一部から痛烈な批判を浴びたことなど、有働裕『「源氏物語」と戦争――戦時下の教育と古典文学』(6)に詳しい。たとえば現行の教科書には「小柴垣の垣間見」といった見出しで掲載されることの多い若紫巻においても、サクラ読本には小柴垣も垣間見も登場しない。ただ、雀の子をめぐる紫上達の様子が描かれるだけである。(7)

末摘花巻のエピソードについても同様の姿勢で編纂されたと思われるが、以下に本文の一部を掲げよう（図1）。

今日も源氏は紫の君に画を書いて見せた。いろ〳〵の画を書いてやつた。最後に女の画を書いて、其の鼻を赤くぬつて見せた。紫の君は思はず笑ひ出した。源氏は筆の先に赤い絵の具をつけて、鏡を見ながら、自分の鼻をいたづらに赤くぬつて見せた。紫の君は、とう〱笑ひこけてしまつた。「わたしの鼻が、ほんたうにかう赤かつたら、どうだらうね。」

「まあ、いやなことをおつしやる。」

紫の君は、絵の具がほんたうにしみ込んだら、にいさんがお気の毒だと思つた。源氏はわざと拭いたまねをして、

「ほら、すつかりしみ込んでしまつた。落ちないよ。」

と言つて、まじめな顔をしてゐる。

紫の君はさも心配さうに、水入の水を紙にひたして、源氏の鼻を拭きにかゝつた。

「いや〱、赤い方がまだ増しだ。此の上、墨でも附いて黒くなつたら、大変ぢやないか。」

「すつかり落ちましたよ。」

「落ちた。それは有難い。」

さつきまで泣いてゐた紫の君は、すつかり晴れやかになつてゐた。外はうらゝかな春の日である。木々の梢がぼうつとかすんでゐる中に、とりわけ紅梅が美しくほゝゑんでゐる。

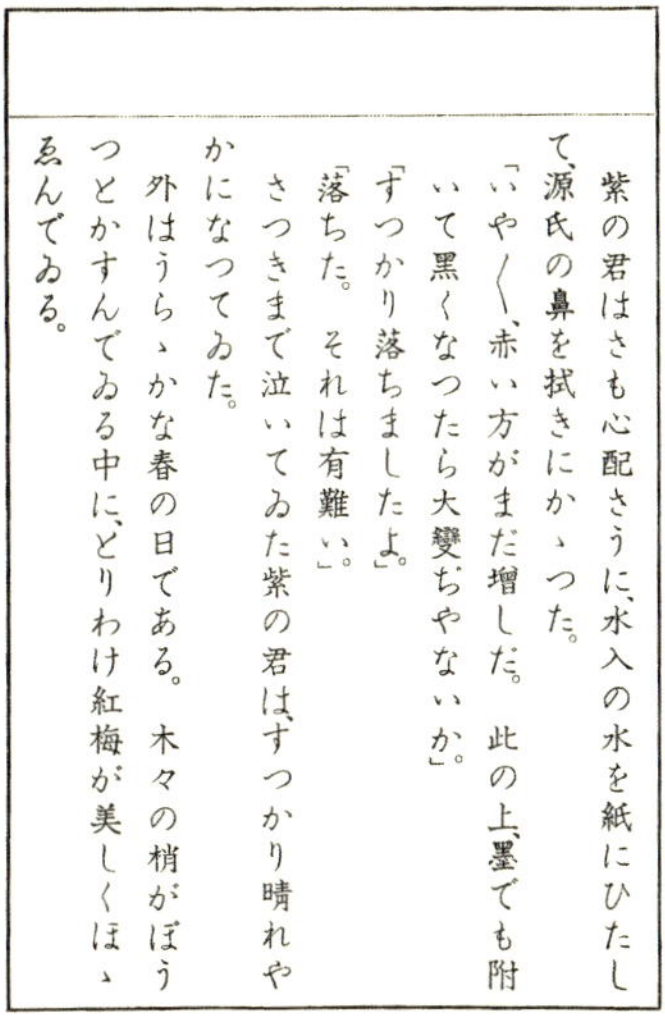
第四　源氏物語　二十四

紫の君はさも心配さうに、水入の水を紙にひたして、源氏の鼻を拭きにかゝつた。

「いや〱、赤い方がまだ増しだ。此の上、墨でも附いて黒くなつたら大變ぢやないか。」

「すつかり落ちましたよ。」

「落ちた。それは有難い。」

さつきまで泣いてゐた紫の君は、すつかり晴れやかになつてゐた。

外はうらゝかな春の日である。木々の梢がぼうつとかすんでゐる中に、とりわけ紅梅が美しくほゝゑんでゐる。

尋國十一

図1　サクラ読本

この文章では末摘花の滑稽という側面を全く扱っていない。[8] 平中の失敗についても言及がない。若紫巻で源氏や惟光や小柴垣を描かなかったのと同じ手法と言えるが、傍点を付した箇所に「水入の水を紙にひたして」とあるように、サクラ読本においてもこのくだりは存在することに今は注目しておきたい。[9]

では、読本の執筆に用いられた『源氏物語』のテキストはどのようなものだったのか。私見によれば、最も可能性が高いのは、島津久基校注の旧版岩波文庫（昭和三年。四六判の教科書版は昭和七年[10]）であると思われる。本書の本文は、サクラ読本の指導書といえる国語教育学会編『小学国語読本綜合研究　巻十一』（岩波書店、昭和十三年）にも教材の「原拠」として紹介されている。

源「更にこそ白まね。用無きすさび業なりや、内裏にいかに宣はむとすらむ」と、いと真実に宣ふを、いといとほしと思して、寄りて御硯の瓶の水に、陸奥紙を濡らして拭ひ給へば、源「平仲がやうに色どり添へ給ふな。赤からむはあへなむ」と戯れ給ふ様、いとをかしき妹背と見え給へり。

島津は、読本の執筆者井上赳にとって東京大学の一つ違いの後輩であり、学生時代から親交があったことが指摘されている。[11] 島津の『対訳源氏物語講話』は若紫巻が昭和十五年、末摘花巻は昭和十七年の刊行であるからサクラ読本の編纂に参照することはできなかったが、同じく島津が抄訳を試みた『物語日本文学』（至文堂、昭和十年）はあるいは参考にしたかもしれない。旧版岩波文庫の凡例には、

本書も、此の系統で湖月抄本よりは善いとせられてゐる首書源氏物語を底本とした。……校訂の方針としては、明らかに誤脱と目せられ、若しくは改めるを至当と信じた部分のみを、玉の小櫛、評釈、湖月抄を初め新旧諸註諸本に照らして補正した他、成るべく忠実に底本に依拠して濫に改めぬことと

し、……

とあり、『首書源氏物語』を底本に用いたことが述べられている。この時期、『首書源氏物語』を利用したテキストは有朋堂文庫や日本古典全集など他にも多く見られ、この箇所については旧版岩波文庫と同様の本文を有する。

ところが、『首書源氏物語』の本文は、

いといとおしとおぼして、よりてのごひ給へば、へいぢうかやうに色どりそへ給ふな、

である。旧版岩波文庫のいう「校訂の方針」によって、本文が改められていることになる。

三

現行の『源氏物語』テキストにこの箇所がないことは先に述べた。『源氏物語大成』校異篇によれば、青表紙本系の本文には一切ないのに対し、河内本には、

御硯のかめの水にみちのくにかみをぬらしてのこひ給

とあり、また別本のたとえば陽明文庫本には、

すゝりかめの水にかみをぬらしてのこひたまふ

とあって、これらは旧版岩波文庫の本文に近い。その他、『源氏物語』の板本は、古活字版・無跋無刊記整版本・『絵入源氏物語』・『首書源氏物語』・『湖月抄』が代表的なものであろうが、そのいずれを見ても硯瓶のくだりは出て来ない。堀辰雄は昭和十五(一九四〇)年に発表された随筆「若菜の巻な

ど」[12]において、『源氏物語』について次のように述べている。
それは一昨年の夏でしたか、これから「ほとゝぎす」を書かうとしてゐたところでしたので、丁度手許にあつた湖月抄本とウエイレイの英訳とをちやんぽんに見ながら忽いで走り読みをしましたが、そんな怪しげな読み方でも随分面白かつた。

とある。『湖月抄』にこの場面がない一方で、アーサー・ウェイリーの訳を佐復秀樹氏の日本語訳で示すと、[13]

とても真面目にこう言ったものだから、紫はひどく悲しくなり、これを治したいと願って、厚く柔らかい紙を源氏の筆記用具のそばに置いてあった水差しに浸すと、鼻をこすりはじめた。

のごとく、対応する記述を備えている。小説「末摘花」に見られるハンカチの描写はウェイリー訳の影響もあったかもしれない。

ここで、旧版岩波文庫と同じ本文を持っている代表的なテキストを文庫刊行年の昭和三年から遡ってみよう。

日本古典全集（日本古典全集刊行会、大正十五(一九二六)年）
校註日本文学大系（国民図書、大正十五年）
定本源氏物語新解（明治書院、大正十四年）
有朋堂文庫（有朋堂書店、大正六年）
校註国文叢書（博文館、大正元年）
国民文庫（国民文庫刊行会、明治四十二(一九〇九)年）

日本文学全書（博文館、明治二十三年）

このように、明治から大正にかけて刊行されたテキストの多くが、硯瓶のくだりを有している。[14]その影響は当然各種の現代語訳にも及んだ。冒頭に谷崎訳を紹介したが、二度目以降の訳で硯瓶のくだりが削除されたのも、戦後の新しいテキストを参照されたためと想像される。与謝野晶子訳も明治四十五年の『新訳源氏物語』において、

そのまま捨てておくと中までしまないかと心配して紙に水を含ませて拭《ふ》きに来た。

と訳し、昭和十三・十四年の『新々訳源氏物語』でも、

そばへ寄つて硯の水入れの水を檀紙にしませて、若紫が鼻の紅をふく。

となっている。湯浅光雄氏が日本古典全集の『源氏物語』を手に訳業をすすめる晶子の姿を目撃したというエピソードは、このテキストが硯瓶のくだりを備えている点からも首肯できるものである。[15]一方で、鞍馬寺に晶子所持本が残る小本『絵入源氏物語』には先述したようにこの部分がない。

しかし、この時期に刊行されたテキストが揃って河内本や別本の本文を直接参照したとは考えにくい。それに、若干ではあるが本文も異なる。国民文庫の凡例にも、「本書は、板本中の善本たる首書本を底本として、万水一露湖月抄等の諸本をもて校訂し、本居宣長の玉の小櫛、鈴木朖の玉の小櫛補遺、萩原広道の評釈等も亦参照せり」とあるように、稀覯の写本を参照した形跡はない。

ここに挙がっている諸書のうち、日本文学全書や有朋堂文庫などの本文校訂に直接影響を与えたと思われるのは、萩原広道の『源氏物語評釈』（嘉永七（一八五四）年刊）である。花宴巻までの注釈書ではあるが、この箇所の『評釈』本文には、

よりて《タチヨリテ》。御硯のかめ《瓶》の水に。みちの国がみ《紙》をぬら《沾》して。のごひ《拭》給へば。(16)

とあり、冒頭から見てきた本文に完全に一致する。さらに「釈」として、

　此句落たる本あり今河海に引れたる本又一本によりて補ひつ硯の瓶《カメ》は今水いれといふもの〻事也此句より平仲を出し来れり味はふべし

とある。「硯瓶」に入っていた墨が平中に悲劇をもたらしたことをふまえれば、ここに説かれるように末摘花巻にも「硯瓶」という共通項が存在した方が二つのエピソードが響き合うのは疑いない。ただし、それは逆に言えば、同様に考えて後人が書き加えた可能性も考えられることを意味する。

この本文は広く知られていたようで、神宮文庫所蔵の宝永三（一七〇六）年版『首書源氏物語』にも、「いとおしとおぼして、よりて」と「のごひ給へば」との間に補入記号があり、

　御硯のかめの水にみちの国紙をぬらしてィ

と補われている。表記に至るまで『評釈』と一致している。そして明治以降の活字本もまた、『評釈』を大いに利用していると考えてよさそうである。この時期のテキストが必ずしも『首書源氏物語』に忠実でないことは注意すべきであろう。

四

明治・大正期に流布したテキストと『評釈』の関連性は、同じ末摘花巻をいくつかのテキストを並べて通覧してみても、

有朋堂文庫	旧版岩波文庫	首書源氏物語	源氏物語評釈
忍びて入りて	忍びて入りて	忍び入りて	しのびて入て《イテナシ》
御直衣ども	御直衣	御直衣	御なほしども《イともナシ》
左大臣《おとゞ》	左大臣《おとゞ》	大臣《おとゞ》	おとゞ《左大臣》
狛笛《こまぶえ》	高麗笛《こまぶえ》	高麗笛《こまぶえ》	こまぶえ《狛笛》
心にて	心にて	ところにて	こゝろにて
生女房	生女房	生女ばら	なま女ばう《イばら》
たたらめの	たゝらめの	たゞ梅の	たゝらめ《本うめ》の

といった例が拾え、表記を含め、『首書』と異なり『評釈』と一致する事例が散見される。この傾向は右の二書に先立つテキストにもうかがえ、先行のテキストをそのまま踏襲したと思われる箇所もかなり多い。

では、『評釈』に見られる硯瓶のくだりをさらに遡ることはできるのか。『評釈』の「本文訳注凡例」には、

今ノ此本文は。互に校《カムカ》へ合せて。そのよろしき方にしたがひて定めつ。其本どもは万水一露。湖月抄の本をはじめて。別《コト》におこなはるゝ板本《スリマキ》五部ばかりに。古き写本《ウツシマキ》二三部を校《カムガ》へ合せたるに。玉ノ小櫛に校正せられたると。余滴にをり〳〵引出たるとを。あひまじへて用ゐつ。

と説明されている。第一に挙がっている、『万水一露』[17]（寛文三（一六六三）年刊）を確認すると、

よりてのこひ給へは　紫君ののこひ給也

御すゝりのかめの水にみちのくにかみをぬらしてのこひ給へはへいちうかやうに色とりそへ給な
河宇治大納言物語云平仲文は女のもとに行てなくまねをして硯の水入をふところにもちてめをなんぬらしけるを女心えて墨をすり入たりけるをしらて又ぬらしけれは女鏡を見せてよめる……

とあり、「御すゝりのかめの水にみちのくにかみをぬらしてのこひ給へはへいちうかやうに色とりそへ給な」という本文が挙げられている。これは、『河海抄』とほぼ同文であり、その影響を受けたものと思われるが、『河海抄』の項目を抜き出すと、

むもんのさくらのほそなか
御すゝりのかめの水にみちのくにかみをぬらしてのこひ給へはへいちうかやうに色とりそへ給な
あかゝらんはあへなん

の順であり、その配列が注目される。すなわち、『河海抄』では該当の項目は「御すゝりのかめの……」の一つであるのに対し、『万水一露』においては、「よりてのこひ給へは」の本文と「御すゝりのかめの……」の本文を並記している。そしてこの体裁は後に、本居宣長の小さな勘違いを引き起こした。

『評釈』の凡例に同じく名の挙がっている『源氏物語玉の小櫛』（寛政十一（一七九九）年刊）の「四の巻」には宣長の本文校訂が示されているが、そこには、

よりて御硯のかめの水にみちの国紙をぬらして《古ナシ》のごひ給へば同

とある。「古《コ》といふは、湖ノ字をはぶけるなり」と説明がある。すなわち、。印を付した部分が『湖月抄』にないという意味である。『万水一露』と同じ本文が挙がっていて注目される。そして、杉田

昌彦「本居宣長の『源氏物語』本文研究[18]」は、この箇所について宣長手沢本の『湖月抄』に書入があることを指摘し、

宣長は、「よりてのごひ給へば」という『湖月抄』の本文の「よりて」と「のごひ」の間に補入記号「〇」を付し、その本文の真上付近の匡郭外に墨筆で次のように記している。

〇御すゝりのかめの水にみちの国かみをぬらして
万水本ニアリ

と述べている。宣長は『万水一露』を参照して書入をなしたと考えてよいであろうが、その際、『湖月抄』の「よりて」を残したまま「御すゝりのかめの水にみちの国かみをぬらして」を補入したのは厳密に言えば正確な処理ではなかった。細部にわたることではあるが、「源氏の近くに寄る」→「硯瓶の水に陸奥紙をぬらす」→「源氏の鼻を拭う」という三つの動作の流れはいささか不自然であり、それは「よりて」が偶然的に混入したことと関係があるように思われる。その一因となったのが、『万水一露』の両説並記ではなかったか。

以上の考察をふまえれば、

河海抄 → 万水一露 → 玉の小櫛 → 評釈 → 明治・大正期のテキスト

という道筋が推測される。板本の代表格である『絵入源氏物語』や『首書源氏物語』、『湖月抄』などには全く見られない小さな仕草が近代のテキストに流れ込んでいる現象は、一つには硯瓶のくだりが

享受の中で一定の評価を得てきたためでもあろうが、近代の『源氏物語』本文が誕生した明治二十年代のテキストに取り入れられたことも、後続の本文校訂に対して実に大きな影響があったと思われる。

五

源氏と紫上が鼻の紅色をめぐって遊ぶ光景は、宣長の時点で河内本・別本とも少し異なる独自の加工本文が生まれたが、その影響力は大きく、近代に入っても冒頭に見たようなさまざまな形をとって流布した。

硯瓶や陸奥紙については、すでに言及した近世期の板本のほか、石山寺所蔵『源氏物語画帖』などの絵画資料の該当場面にも見受けられないが、最後に興味深い資料を二つ紹介したい。

一つは、文政十二(一八二九)年から刊行された柳亭種彦の『偐紫田舎源氏』である。その十編にはこの場面のパロディーが描かれる。

光氏わざと紙をもて、落ちぬほどに押し拭ひ、「いかにもそなたの言ふ通り、元のやうには白くならぬ、益なきことをなしてげり。室町の父君に、何と言ひ訳なすべき」と、実しやかに言ひければ、紫はいとほしき、こと〻思ひて振袖へ、鬢水入の水をつけ、立ち寄りて押し拭へば、光氏はにつこと笑み、……

元の物語にかなり忠実な構成であり、「陸奥紙」は「振袖」に、「硯瓶の水」は「鬢水入の水」に置き換わっていると考えるのが自然であろう。だとすれば、書入本なども含め、硯瓶のくだりを持つテキストを使用したと考えられる。ちなみに、「鬢水入の水をつけ」る動作がさりげなく「立ち寄りて」の前に置かれていることにも注意したい。

もう一つは、『守武千句』（天文九（一五四〇）年成立）である。その巻七には、

うちぐもりにて春のとを山
硯までわかむらさきの窓の前
くろかるいろはありやなしやと

という連句がある。沢井耐三『「守武千句」考証』[19]によれば、

> 硯までもが紫色である。黒い色であるはずの硯さえ紫というのでは、世間に黒色というものがあるのかどうか、おぼつかない、の意。（雑）「若紫」に「黒かる色」と対比した。「ありやなしや」は歌語。

と説明されるが[20]、「硯」と「わかむらさき」の前句を受けた「くろかるいろはありやなしやと」の一句は、墨の「くろかるいろ」が混じっているのではないか、という源氏の懸念を念頭に置いたものと見るべきではあるまいか。この私案が認められるならば、守武が「硯の瓶」の登場する本文を読んでいたことを想定したいところであるが、このとき刊本はまだ世に出ず写本で流布していた『万水一露』をその候補として考えてよいだろうか。後考に俟ちたい。

注

（1）『谷崎潤一郎全集　第十六巻』中央公論社、一九六八年。
（2）『新日本古典文学大系』による。なお、この説話については榎克朗「「少将滋幹の母」から「新訳源氏

物語」へ」（『谷崎潤一郎全集　月報26』一九六八年十二月）に、「無論時には難渋したこともあり、その随一に平中墨塗りの話の原拠探索があげられよう。あんなに有名な説話だからと高を括っていたところ、河海抄の記事以外にはいくら捜しても手掛りがつかめず、青くなったことを思い出す。それはまだ梅沢本古本説話集が公開される以前のことで、後にあの小説が新聞に出てから、確か北野克氏の御教示に接したが、新出文献の由で、ほっと肩の荷を下したことも今に忘れられない」と回顧されている。

（3）昭和十三・十四年の与謝野晶子『新々訳源氏物語』でも、「傍《そば》へ寄つて硯の水入れの水を檀紙《だんし》にしませて、若紫《わかむらさき》が鼻の紅《べに》を拭く」とある。

（4）引用は『批評集成源氏物語』による。

（5）注（4）に同じ。

（6）インパクト出版会、二〇〇二年。

（7）上田真而子「ふたつの出会い」（『新日本古典文学大系　月報67』一九九六年三月）には小学校六年生の折の思い出として、「こう書いてきて気がついたのだが、あのとき、その姫君を小柴垣の隙間から覗き見ていた肝心の源氏の君はどうなっていたのだろう。小学校の教材にしろ、源氏物語を光源氏抜きで出してあったわけはないと思うけれど、あのときの私の記憶には、どこを探しても見当たらない」と述べられている。時期から見ても、このときの教科書はまさしくサクラ読本であったと思われる。ちなみに、（小学校の宿題として）

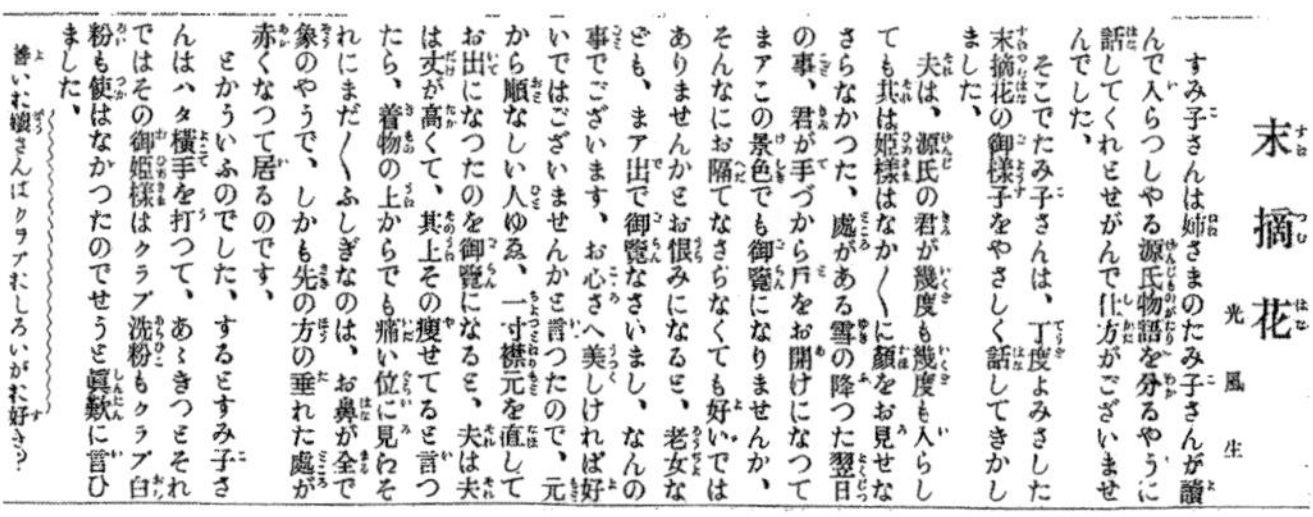

末《すゑ》摘《つむ》花《はな》

光風生

すみ子《こ》さんは姉《ねえ》さまのたみ子《こ》さんが讀《よ》んで入《い》らつしやる源氏物語《げんじものがたり》を分《わか》るやうに話《はな》してくれとせがんで仕方《しかた》がございませんでした、

そこでたみ子《こ》さんは、丁度《ちやうど》よみさした末摘花《すゑつむはな》の御様子《ごやうす》をやさしく話《はな》してきかしました、

夫《それ》は、源氏《げんじ》の君《きみ》が幾度《いくど》も幾度《いくど》も入《い》らしても其《それ》は姫様《ひめさま》はなか〳〵に顔《かほ》をお見《み》せなさらなかつた、處《ところ》がある雪《ゆき》の降《ふ》つた翌日《よくじつ》の事《こと》、君《きみ》が手《て》づから戸《と》をお開《あ》けになつてまアこの景色《けしき》でも御覧《ごらん》になりませんか、そんなにお隔《へだ》てなさらなくても好《よ》いではありませんかとお恨《うら》みになると、老女《らうぢよ》なども、まア出《で》で御覧《ごらん》なさいまし、なんの事《こと》でございます、お心《こゝろ》さへ美《うつく》しければ好《よ》いではございませんかと言《い》つたので、元《もと》から順《おと》なしい人《ひと》ゆゑ、一寸襟元《ちよつとえりもと》を直《なほ》してお出《いで》になつたのを御覧《ごらん》になると、夫《それ》は夫《それ》は丈《だけ》が高《たか》くて、其上《そのうへ》その痩《や》せてると言《い》つたら、着物《きもの》の上《うへ》からでも痛《いた》い位《くらゐ》に見《み》ゆるそれにまだ〳〵ふしぎなのは、お鼻《はな》が全《まる》で象《ざう》のやうで、しかも先《さき》の方《ほう》の垂《た》れた處《ところ》が赤《あか》くなつて居《ゐ》るのです、

とかういふのでした、するとすみ子《こ》さんはハタと横手《よこて》を打《う》つて、あゝきつとそれではその御姫様《おひめさま》はクラブ洗粉《あらひこ》もクラブ白粉《おしろい》も使《つか》はなかつたのでせうと眞歎に言《い》ひました、

善《よ》いお嬢《ぢやう》さんはクラブおしろいがお好《す》き?

図3　長崎新聞より

「そうしてできた劇の台本は、二場からなっていた。一場は、教科書で習ったとおり、幼い姫君が髪を扇のようにひろげて駆けてくるところ。そして、二場で、私たちは乳母車を登場させた。幼い姫君が押している乳母車。だから、乗っていたのはお人形だったのだろう」とあることから、この二場の基となったのは、紫上達が人形に着物を着せて参内の車に乗せて遊ぶ場面（紅葉賀）のある修正版（後述）であったのかもしれない。

（8）明治四十五(一九一二)年五月四日の長崎新聞には、末摘花を題材にした「クラブ洗粉」「クラブ白粉」の広告記事が見える。国立国会図書館所蔵のマイクロフィルムによる（図3）。

（9）ただし、この末摘花のエピソードは結局わずか一年間しか用いられなかった。サクラ読本が発行されたのは昭和十三年であったが、「いとをかしき妹背と見えたまへり」といった雰囲気が認められることが嫌われ、翌十四年の修正版では末摘花のエピソードは紅葉賀巻の一節に差し替えられてしまっている（図4）。修正版は教科書自体も写真は鮮明さを欠き、紙質も落ちているためサクラ読本のような手にとったときの重量感がない。なお、教科書の図版引用は架蔵本による。

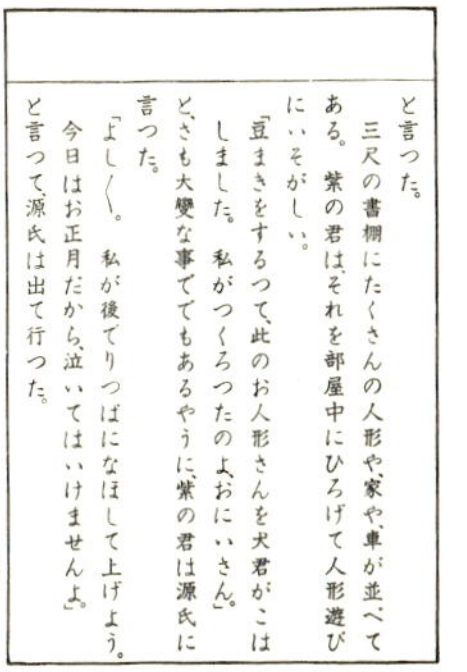
と言つた。

三尺の書棚にたくさんの人形や、家や、車が並べてある。紫の君は、それを部屋中にひろげて人形遊びにいそがしい。

「豆まきをするつて、此のお人形さんを犬君がこはしました。私がつくろつたのよ、おにいさん。」

と、さも大變な事ででもあるやうに、紫の君は源氏に言つた。

「よし〳〵。私が後でりつぱになほして上げよう。今日はお正月だから、泣いてはいけませんよ。」

と言つて、源氏は出て行つた。

第四　源氏物語　二十三

図4　修正版

（10）教科書版には「附記」として、「本叢書は、高等諸学校教科用に供するを目標として編輯したものであるが、一般国文学研究者に取つて非常に便利な書入本となり得ると信じます」と記されている。

（11）有働氏の前掲書。

（12）注(4)に同じ。初出は『創元』一九四〇年八月号。

（13）平凡社ライブラリー版（二〇〇八年）による。原文は、He said it so seriously that she became very unhappy,and longing to cure him, dipped a piece of thick soft paper in the water-jug which stood by his writing-things,and began scrubbing at his nose. である。ウェイリーは末摘花巻を気に入っていた

と見える。一九二一（大正十）年、*The New Statesman* 誌に "An Introspective Romance" と題するエッセイを寄せていることが平川祐弘『アーサー・ウェイリー　『源氏物語』の翻訳者』（白水社、二〇〇八年）に紹介されている。ウェイリーは末摘花巻について、「これが『源氏物語』を代表する典型的な挿話だというのではない。だが、このようなエピソードは作品のソフィスティケーションのほどを示している。こんな情景はプルーストの作中に挿入されてもそのまま通用する知的熟成であろう」と評したという。『源氏物語』が世界的な文学であることを教材の解説で強調したサクラ読本にとって、場面選択にこのウェイリーの評が影響したということはなかったか。

(14) 『日本古典全集』は「元和木活字本」の「誤字と脱落」として『首書』の本文を補入している。『国文大観』（板倉屋書房、一九〇三年）にはこのくだりがない。

(15) 神野藤昭夫「与謝野晶子の読んだ『源氏物語』」（『源氏物語へ　源氏物語から――中古文学研究24の証言』笠間書院、二〇〇七年）により、湯浅光雄「春宵閑話（二）晶子源氏と金尾文淵堂」（『日本古書通信』三十九―一、一九七四年一月）の存在を知った。

(16) 『国文註釈全書』による。

(17) 『源氏物語古注集成』により、『静嘉堂文庫所蔵　物語文学書集成』のマイクロフィルムを適宜参照した。写本には「ぬらして《青よりて》のごひ給へは」のごとく傍記がある。

(18) 『論叢源氏物語1　本文の様相』新典社、一九九九年。

(19) 汲古書院、一九九八年。

(20) 飯田正一編『守武千句注』（古川書房、一九七七年）は同様の解釈を示しつつ、「「わかむらさき↓ありやなしや」の連想も、あるいはあろうか」と述べて、『伊勢物語』初段の「春日野の」歌と同九段の「名にし負はば」歌を挙げる。

いとやむごとなききはにはあらぬが

一

高等学校の古典の教科書に『源氏物語』が取り上げられるとき、若紫巻の垣間見と並んでよく採録されるのが桐壺巻の冒頭である。(1) 教科書の一冊を掲げる。

いづれの御時《おほんとき》にか、女御《にょうご》・更衣《かうい》あまた候《さぶら》ひ給ひける中に、いとやむごとなききはにはあらぬが、☆すぐれて時めき給ふありけり。

(『高等学校　古典　古文編』第一学習社、二〇〇八年)

文中の「が」には星印が付され、次のような練習問題が脚注欄に示されている。

問　「が」の意味は何か。

他の教科書もいくつか見てみよう。

問　「あらぬが」の「が」の文法上の働きは何か。

(『古典』筑摩書房、二〇〇五年)

「いとやむごとなき際にはあらぬ」と「すぐれて時めきたまふ」とは、どのような関係にあるか。

(『高等学校　古典』旺文社、二〇〇五年)

「あらぬが」の「が」の用法に注意。

（『物語文学選』日栄社、二〇〇五年）

これらの問いかけは、「同格の格助詞で、「あらぬが」は「〜ではない人で」と訳す」といった答えを期待したものと思われる。「どのような関係にあるか」などの問い方は、いかにもその「正解」を前提にしているように見える。

その他にも、本文の脚注に「たいして重んじられる身分の家柄ではない女性で」（『精選古典B　古文編』東京書籍、二〇一四年）と触れられるものや、傍訳の形で「それほど高貴な身分ではない方で」（『新編古典』大修館書店、二〇〇五年）と付されているものもあり、大方の教科書が何らかの形でこの「が」に言及し、その指導は、高等学校で桐壺巻を扱う際の定番とも言えるようである。

この「が」が逆接の接続助詞ではないことについては、たとえば次のような副教材の文法書を用いて、

「が」はもともと格助詞で、それが転じて接続助詞になったものである。転じたのは平安時代末期以後である。したがって平安中期（『源氏物語』『枕草子』の時代）までの「が」は、一見接続助詞のように見えるものであっても、主語を示す格助詞として解釈すべきである。

（日栄社編集所編『新・要説文語文法　改訂版』日栄社、一九九二年）

のごとく、『源氏物語』の時代にはいまだ接続助詞の「が」はないことが説明される。そのような授業風景の一コマは、およそ次に掲げる記録からもうかがい知れるであろう。

「が」の文法説明として「同格を表す格助詞」と答えられる人はほとんどいない。たいていの人が、「逆接を表す接続助詞」と答えてしまうんです。気持ちはわかります。……ところが、この時代に接続

助詞の「が」はないんです。平安の「が」は格助詞。これは基本の基本です。接続助詞の「が」ができるのは、平安末期。だから入試レベルでは、〝中世から〟と覚えておいてさしつかえありません。

……この例だけは、皆さん必ず覚えておいてください。

（『望月古典文法講義の実況中継（上）』語学春秋社、二〇〇五年）

また、『土屋の古文100』（ライオン社、一九九六年）においても、「「が」は接続助詞のように見えるが、格助詞で同格にとるのが普通である」と注意を促した上で、囲み記事で「平安時代の「が」は格助詞である」と掲げている。右に掲げた参考書がいずれも「一見接続助詞のように見える」点を指摘している事実は、この「が」がいかにも練習問題向きであることを物語る。

「が」の練習問題に際して、もし「同格の格助詞」を正解とするならば、実は「誤答」の歴史、すなわち「逆接の接続助詞」として理解してきた歴史の方が圧倒的に長いのだが、その事実はとかく見過ごされがちではあるまいか。

二

桐壺巻冒頭の「が」は接続助詞ではないという説は、明治三十(一八九七)年刊行の大槻文彦『広日本文典』あたりから見られるという[2]。松尾捨治郎『国文法概論』(中文館書店、昭和八(一九三三)年）はこの箇所について、

此等を初心の人は「連体形の下にあるから、副詞句を作る為のもので、どもとほぼ同意である」と誤

解し易いが、決してさうではない。何れも、其が・人が・の意であつて主語たることを特示する助詞である。

として主語に解すべきことを論じ、また吉澤義則『対校源氏物語新釈』（平凡社、一九三七年）は、文法的な説明は特にないものの、頭注において、

さう高貴な身分ではなくて而も羽振のよい。

と、同格的に訳している。このような訳し方は、明治十九年刊行の物集高見『言文一致』に見られる、「いとやんごとなき、きはではなくて」も同様である。

そして、同格の「が」とする説を決定づけたのは石垣謙二「主格「が」助詞より接続「が」助詞へ（上・下）」（『国語と国文学』二十一―三・五、昭和十九年三・五月）である。この論文は昭和三十年に上梓された氏の遺著『助詞の歴史的研究』（岩波書店）に収録されている。

さて右の如き「が」助詞は「の」助詞と同様の職能を以て形状性名詞句を構成するものであるが、「が」助詞と主格との関係が余りに密接である為に、どうしても「が」を見れば直ちに主述関係を連想し、先づ述定を意識して装定を意識する事を妨げるのである。然し「が」は右の場合「の」の同格的用法を代行してゐるもので主格助詞ではないのであるから、単に主語と述語とを結合する述定関係と見做す事も亦不可能である。茲に於て此の矛盾を両立させる為に、同格的であつて而も述定に与る「が」助詞といふものが冥々の間に形成せられる事となるのである。

この箇所をめぐる文法解釈については近時、小林賢次・梅林博人『日本語史探究法』第五章（シリーズ〈日本語探究法〉八、朝倉書店、二〇〇五年）に石垣論文以降の見解を含めてまとめられたので、助

詞「が」の研究史自体には今は立ち入らないが、(3)これらの成果をふまえ、現行の校注書や口語訳では概ね同格の「が」に解すに至った。教科書の記述も無論その流れに沿ったものである。今日の「正解」の歴史は実は浅いのである。なお、その他に、「それほどに高い身分ではない方が、際だって帝の寵愛をお受けになるということがあった」（『日本語文法大辞典』）のように主格の格助詞として解する説もあり、教科書の学習指導書でも同格の説明と並記されることもある。近時刊行された林望『謹訳源氏物語』（祥伝社、二〇一〇―二〇一二年）においても、

とびぬけて高位の家柄の出というのでもなかった桐壺の更衣という人が、他を圧して帝のご寵愛を独占している、そういうことがあった。

と訳されている（ただし、この解釈は人物の紹介（「昔男ありけり」など）で始まる物語の定型から外れることになる）。

だが、そのような文法的知見にかかわらず、率直に言って同格（もしくは主格）の格助詞とする解釈は必ずしも定着しているとは言い難い。たとえば、瀬戸内寂聴訳においても、

それほど高貴な家柄の御出身ではないのに、

のように逆接の「が」として訳されている。また、橋本治『窯変源氏物語』（中央公論社、一九九一―一九九三年）も、

そう上等という身分ではないが、

と訳す。二〇〇八年の上野榮子訳でも、

特に、高貴な身分というほどではないが、

と訳される。

また、訳された時期は古いが現在も角川文庫などで手軽に読めるものとして、与謝野晶子の訳があるが、晶子も逆接に解している。そのことは、田中貴子『古典がもっと好きになる』（岩波ジュニア新書、二〇〇四年）に指摘されており、氏は与謝野晶子の、

最上の貴族出身ではないが、深い御寵愛を得ている人があった。

という訳を挙げ、「が」を逆接の意に訳していることについて、

『源氏』訳で有名なのは与謝野晶子訳ですが、彼女はしかるべき国文学者に頼らなかったのでしょう、一つ間違いを犯しています。

と述べている。晶子は明治四十五（一九一二）年『新訳源氏物語』と、昭和十三（一九三八）年の『新々訳源氏物語』（現在読まれているのはほとんどがこちらの訳である）の二度、『源氏物語』を訳しているが、前者は抄訳であり、「が」の解釈には直接関わらない。田中氏が挙げているのは後者の訳である。ただし、「しかるべき国文学者に頼らなかった」ことは、逆接に訳したことの直接の原因にはなるまい。なぜなら、現在のように「同格の格助詞」と解する説が本格的に登場するのは、晶子の訳よりももう少し後のことで、当時はいまだ逆接の訳が主流であったからである。また氏は、「晶子以後の現代語訳では、ちゃんと訳されています」とも述べるが、先に見たように晶子以後も逆接の訳は散見される。(4)

そして、口語訳に加え、逆接の解釈は桐壺巻の梗概や紹介といった類の文章に多い。高校生にも人気のある、大和和紀『あさきゆめみし』（講談社、二〇〇一年）の「人物紹介」においても、「桐壺の更衣」は、

源氏の母。低い身分で入内するも、帝の寵《ちょう》を独占。そのため帝をとりまく女人に恨まれる。と紹介される。この「低い身分で入内するも」という表現もやはり逆接のイメージが背景にあるように思われる。角川書店の「ビギナー・クラシックス」所収の梗概でも、

女御より下位の更衣だが、

と紹介されている。また、叢書「人物で読む源氏物語」所収の『光源氏Ⅰ』にある「あらすじで読む」（光源氏）でも、

寵愛を一身に集めていたのは、家柄がそれほど高くはなかったが、たいそう美しく優しげな桐壺の更衣という方であった。

と記され、最近のものでは、二〇〇八年の「源氏物語千年紀」に際して京都府のホームページに掲載された桐壺巻の梗概においても、

いずれの御代であったか、女御《にょうご》・更衣《こうい》といった大勢のお妃たちの中にさほど高貴な家柄ではないが、帝のご寵愛のきわめて深い桐壺の更衣という方があった。他のお妃たちの嫉妬を買い、いろいろな嫌がらせを受ける。

のごとく、ほぼ忠実に訳しながらも問題の箇所は逆接である。これらの例は枚挙に遑がない。

そうした中、一冊の本の中に「同格」の解釈と「逆接」の解釈が混在するというねじれ現象も数多く見出される。『週刊ビジュアル源氏物語』（デアゴスティーニ、二〇〇二年一月）でも、語釈にあたる「ことばの解き明かし」では、「それほど高い身分ではない方で」としながら、すぐ下に記された口語訳「今様がたり」では、「たいした身分でもないのに」と記している。こういった環境は、逆接のイ

メージ形成に大きく影響していよう。古くは、池田亀鑑『新講源氏物語』（一九五七年）の梗概に、「更衣という身分は高い身分ではなかつたが」とありながら、本文の頭注には「歴とした重い地位（皇后をさす）ではないお方で」とする例もある。[5] 各種の受験参考書などでもこの現象は広く見られるようである。

そもそも、この冒頭場面で提出される問題は、

> 帝の寵愛を一身にあつめる女性が、皮肉にも身分の低い女性であるという不調和が、この物語の明白な大前提であり、この不調和の解決に、物語の進行が賭けられている。
>
> （今井源衛『源氏物語（上）』創元社、一九五七年）

と説かれるように、「身分」と「寵愛」との「不調和」であった。物語全体を見渡したとき、この不調和は皮肉なことに「身分は高くないけれども寵愛を受けた」と逆接でつながれた形で把握されるのである。各種の梗概では不調和をより明確に読者に意識させるべく、あえて逆接の表現を用いて俯瞰的に説明する場合もあるのかもしれないが、我々が何気なく受け入れているこれらの梗概は、結果として『源氏物語』本文を忠実に訳したものとはならなかった。口語訳に加えてこのような梗概の流布によっても、逆接のイメージは生成されているのである。

三

ここで一つ興味深い証言を紹介しておこう。池田弥三郎氏は「谷崎源氏年代記3」（『批評集成　源

氏物語』所収）の中で、師の折口信夫を回想して、

この「が」は、訳出するにあたって、世間ではよく間違っている。源氏の註釈書が出たら、まずここの訳をみるといいと、折口先生はよくわれわれに言っておられた。……いわば英語の関係代名詞の用法のようなもので、訳文の流麗さを考えずに、訳すとすると、「……というのではないお方で、その方は……であるお方、があった」ということになる、というように、わたし達は先生の源氏の時間に教えられていた。

と述べている。

この、まさに「世間ではよく間違っている」状況を背景に、戦後の教科書はさまざまな試行錯誤を試みてきた。その二、三を紹介する。石垣氏の『助詞の歴史的研究』の翌年に刊行された『新選国文抄』（清水書院、昭和三十一（一九五六）年）にはすでに、

「いとやむごとなききはにはあらぬが」の文の「が」が格助詞か、接続助詞かについて、考察せよ。

という問題が登場している。昭和三十年代の教科書は、

問「やむごとなききはにはあらぬが」の「が」を文法的に説明せよ。

（『平安物語文学選』日本文教出版、昭和三十二年）

問「あらぬが」の「が」はどんなはたらきをしているか。

（『高等学校　古典(三)』角川書店、昭和三十五年）

のごとく次々とここを練習問題化する。本文の脚注にも「同格」の語が見られるようになる。この時期あたりに現在に通ずる練習問題の原型があるように思われる。

だがその一方で、『源氏物語』(三省堂、昭和三十一年)の「教授用資料」には、

山田孝雄「平安朝文法史」では、格助詞と接続助詞との過渡期にあるものとして、両用に解されることを述べているが、このような場合、ほんとうにたいせつなことは、格助詞か接続助詞かを決定することではなくて、そのいずれに、より多くの重心をかけているかということと、格助詞と接続助詞とは、ある部分でその働きを接触させているものであって、区別のつかない中間的な意味の場合もある、ということである。

という歯切れの悪い説明もある。記述の是非はともかく、格助詞か接続助詞かを答えさせる質問に対してこのように答えたなら、生徒はきっと戸惑ったことであろう。

また、この時期の教科書には時折以下のような対訳形式のものが見られる。『高等総合国語　四』(教育図書)には、

非常に高貴な家がらの出というのではないが、

と逆接に解した口語訳が下段に添えられ、訳文の末尾に「潤一郎訳「源氏物語」による」とある。これは、昭和十六年の訳「非常に高貴な家柄の出と云ふのではないが」に拠ったもので、現代仮名遣に改め、漢字を平仮名に直す程度の若干の相違がある。なお、この教科書奥付には昭和二十七年四月五日発行とある。実は前年の昭和二十六年五月には谷崎の『潤一郎新訳源氏物語』が上梓されており、ここでは「格別重い身分ではなくて」と同格的な訳に改められているのだが、教科書編集の際におそらくそれを参照する時間はなかったのであろう。

この頃の状況をよく表す教科書があるので紹介する。昭和三十一年の『詳注源氏物語抄』(日栄社)

には、「研究」として設問があり、

「いとやむごとなききはにはあらぬが」を或解釈本には「そんなに貴い身分ではないが」と訳しているが、それで忠実な解釈と言い得るかどうか。

とある。極めて誘導的な作問と言えようが、わざわざ「或解釈本」を設定して逆接の訳を吟味させるところに、当時の実情がよく現れているように思われる。

その「教授資料」の「解答之部」には、

忠実な解釈とは言えない。その理由は、「やむごとなききはにはあらぬが」の「が」は、主格を示す格助詞であるのに、これを接続助詞として解釈しているからである。むしろ、「ソンナニ貴イ身分デハナイ方デ」とする方がよい。

と記されている。当時の教科書には、

「源氏物語」は、日本の古典の中でも第一級の作品である。できれば原文で、無理ならば口語訳ででも全文を読むことに努力してみよう。

（『国語三　高等学校用総合〔改訂版〕』日本書院、昭和三十二年）

といった記述も見えるが、いざ「口語訳ででも全文を読む」という際に、先に折口が「世間ではよく間違っている」と語った状況はまだ続いていた。当時は逆接に解する「解釈本」がかなりあったのである。

ここに「或解釈本」とあるのは、同じ教科書に掲げられた「注釈書と研究書」という案内頁のうち、その影響力の大きさと表現の類似から見て、おそらくは島津久基『対訳源氏物語講話』（昭和五年）の、(6)

そんなに貴い身分といふではないが、

という訳あたりを念頭に置いているのであろう。[7]「注釈書と研究書」にはこの『講話』に対し、「口語訳・群注がある」といったコメントが付されている。そのほか、「逐語訳だから学生にも向く」と推奨される吉澤義則『全訳王朝文学叢書』（大正十四（一九二五）年）においても、

すぐれた家柄の出ではないが、

と逆接に訳しており、教科書の練習問題で「が」の文法を問うことは、口語訳で『源氏物語』を通読する折の注意を喚起する役割を果たしたことになろう。しかもそれは、当時としては最新の研究成果を反映させた練習問題であった。少なくとも、ほとんどの校注書に「同格の格助詞」と言及される現在の印象とは異なり、一定の新鮮さを持った解釈に映ったのではあるまいか。そもそも、戦前の古典教育で『源氏物語』が取り上げられる場合はそのほとんどが須磨巻であった。[8]桐壺巻は帝の軟弱さが嫌われ、若紫巻は少女を連れ去るという風紀が嫌われたのである。その意味で、桐壺巻が教科書に掲載されること自体、古典教育にとって新しい試みであったと言える。その新しい教科書に登場した「が」の練習問題は、今でこそステレオタイプ化された観があるが、「或解釈本」のような戦前の解釈が色濃く残る当時にあっては実際上も必要なものであり、再出発という時期にふさわしい瑞々しさを持っていたと思われる。

四

「あらぬが」を逆接の接続助詞と解する事例を遡ってみたい。近世期に広く読まれた『湖月抄』を確認すると、頭注に「桐壺ノ更衣は大納言の女なれば、大臣の女などのやうに、きはめて上臈の分際にはあらぬがと也」とあり、逆接として解釈していたと思われる。『源氏物語』の諸注釈にはこの箇所に言及するものはほとんどないが、近世期には俗言を用いて綴られた『源氏物語』の梗概書が刊行された。いわば江戸時代語訳とも言うべき書物であり、この箇所の解釈を垣間見ることができる。その一つ、都の錦の手に成る『風流源氏』（元禄十六（一七〇三）年刊）には、

　いとやんごとなき位ならねど按察大納言のむすめ、桐壺の更衣と申は、すぐれて時めく花のかほ二八の春の明ぼのや、霞は黛おのづから、その身に薫せざれども色もにほひもほのめきて、風にしなへる柳ごし、膚さながら痩もせず……

とあり(9)、「あらぬが」を明治の梗概書に近い形で表現している。なお、この「ならねど」という表現は、後述する問題とも関わる。それから、享保八（一七二三）年刊の多賀半七『紫文蜑の囀』でもやはり原文よりも明確な逆接の表現を用いて綴っている。

　さのみお里《さと》の品《しな》たかき御分際《ごぶんざい》にはおはせぬが、すぐれて帝《みかど》の御気《き》に入《い》り、時《とき》めきはのき（ママ）ゝ給ふ更衣《かうい》おはしましけり。

「おはしましけり」の主語として「更衣」と明示していることからも、「おはせぬが」の「が」は逆接の接続助詞のつもりであろう(10)。他の場面においても、

　姫君は源氏の君よりは、四つばかり御年かさにておはしますが、源氏の君のいとうわかうおはしますも、似つかはしからぬ物にておぼしてにや、

紀伊守うけたまはり皆下の屋へおりよと申しつけはべりぬるが、まだかれこれといたしえおりあへ申さで、

といった逆接の「が」多く見られる。

上述のような梗概書の外、『源氏物語』に範を仰いだ文章も当然ながらこの解釈の影響下にあった。たとえば荒木田麗女は多くの擬古物語を著したが、そのうちの一つ『桐葉』（明和八（一七七一）年成立）は、

梅壺こそはなやかに時めき給ふなれ、玉のおのこ御子さへひかり出給へるめでたさよ。（三下）

のごとく『源氏物語』に近い表現がいくつも見られる。そして、その中に、

桐壺の更衣は宰相なる人の女なりしかど、けぢかきあいきやうなどもこよなしと、御心とゞめ給ひしに、はやう失給へるぞ口おしうおぼされき。（同）

という一節がある。(11)「宰相」とは「参議」の謂であり、この「桐壺の更衣」もまた、「いとやむごとなき際」ではなかった。そのことが「なりしかど」と明確な逆接の表現で語られている。(12)また、桑原如則『賤の苧環』（弘化五（一八四八）年序、宮城県図書館蔵）は逐語訳ではないが、

きりつぼの更衣《かうい》と申は、御家《いへ》元もさまで申立る程の事にもあらざれども、当時第《とうじだい》一の御寵愛《てうあい》にて、此かたにのみ御心をよせられし程に、……

と逆接の訳が見える。(13)

今や定番化した「が」の問いかけ、そして「同格の格助詞」という「正解」の応酬であるが、その背景には逆接の接続助詞として読んだ誤読史が見え隠れする。同格の「が」として読んだのは物語の

成立直後と昭和に入ってからの数十年というほんのわずかな時期に過ぎない。私達は実はその数少ない読者の一人であるのだが、あまりにも定番化した練習問題をめぐる授業風景からその事実を想像するのは難しい。

五

この「誤読」はさらに展開する。『源氏物語』の冒頭部分は『平家物語』の「祇園精舎」などとともにしばしば暗唱の対象とされ、私も高校時代に課せられた覚えがあるが、奇妙なことに私は幾度か、

　いづれの御時にか、女御・更衣あまた候ひ給ひける中に、いとやむごとなききはにはあらねど、すぐれて時めき給ふありけり。

という「暗唱」を耳にした。一見正しいようだが、「あらぬが」が「あらねど」に置き換わっている。この現象にかねてから興味を持っている私は、大学一・二年生向けの授業で問題の冒頭箇所を、

　いづれの御時にか、女御・更衣あまた候ひ給ひける中に、いとやむごとなききはには［　　　］、すぐれて時めき給ふありけり。

のような形で示し、空所の部分を尋ねてみることがある。ある学期の例を示せば、回答者百六十四名のうち、正解の「あらぬが」は五十五名で、九十名が「あらねど」と回答した。その他の十九名の回答には「あらねども」「あらぬ」「あらで」「なけれど」「あらずも」などが見られた。さらに、別の学期の教室で、

いとやむごとなききはにはあらぬが、すぐれて時めき給ふありけり。
いとやむごとなききはにはあらねど、すぐれて時めき給ふありけり。

の二択にした場合には、回答者百二十一名のうち、実に九十三名もが正しい『源氏物語』の文章として「あらねど」を選び、「あらぬが」を選んだのはわずかに二十八名であった。学期によってはほぼ同数となることもあるが、それでも「あらねど」が優勢で、むしろ模擬講義などで高校生に同じ質問をした際の方が正答率が高いこともある。ちなみに、現行の教科書および『源氏物語大成』所収の多くの伝本を見渡しても、この箇所が「あらねど」となっているものはない。「いとやむごとなききはにはあらねど」という本文は、『源氏物語』の本文としては存在しないのである。逆接のイメージが記憶の本文を改変させてしまっている。試みにインターネット上で「きはにはあらねど」という文字列を検索してみると、この本文で『源氏物語』冒頭を記憶しているとおぼしい例が数十件見出される。伊井春樹『源氏物語を読み解く100問』（日本放送出版協会、二〇〇八年）でも問題文中に「あらねど」と表記される。教科書などに「世界の古典」（『高等学校　改訂版新訂国語二』第一学習社）、「日本文学の最高傑作」（『古典Ⅱ』教育出版）、「陰影に富んだ流麗な文体」（『最新国語便覧』浜島書店）とも評される『源氏物語』が冒頭の一文から記憶の中で改変を蒙るとは皮肉なことであるが、この事例は逆接の解釈の根強さを如実に示していよう。

だが、そのような記憶違いを一概に責めることはできない。それは先に「『源氏物語』の本文としては」と断ったことと関わるのだが、その背景を以下にいくつかの事例を交えて紹介したい。

明治四十四（一九一一）年、尾上登良子『源氏物語大意』（大同館）という梗概書が刊行された。『源氏物語』を初学者向けにリライトしたものであるが、原文に比較的忠実に沿っている。その冒頭の一文を掲げよう。

いづれの天皇《みかど》の御時なりけむ。女御更衣《にようごかうい》、数多《あまた》候ひ給ひけるが中《なか》に、いと尊《やんごと》なき身分《きは》にはあらねど、天皇《みかど》の御覚《おんおぼえ》、ことにめでたき更衣ありけり。

「御時」の前に「天皇《みかど》の」を補い、「ありけり」の前に「更衣」を補うなど、随所に教育的配慮がうかがえるが、とりわけ今問題としている箇所が「身分《きは》にはあらねど」となっている点は注目される。現在でも多くの人が誤って覚えている形そのものである。

類似の言い回しは、他の梗概書や教科書の類にもいくつか見受けられる。

いと尊《たふと》き身分《きは》にはあらねと　（増田于信訳『新編紫史』誠之堂、明治二十一年）

しかく尊き身分ならねど　（長連恒『源氏物語梗概』新潮社、明治三十九年）

このように、梗概書の世界においては、「が」ではなく、むしろ「あらねど」に近い表現が主流であったらしい。「青空文庫」など各種のデータベースによって明治の小説類を検索してみても、「あらねど」の使用頻度は「あらぬが」よりも圧倒的に多い。当時の文章において逆接の表現は、「あらぬが」よりも「あらねど」の方が自然だという意識があったのだろう。また、試みに「日本古典文学大系」のデータベースで「あらぬが」と「あらねど」の総数を調べてみると、やはり「あらねど」の方が圧倒的に多い（『百人一首』で人口に膾炙した大江千里の一首、「月みれば千々にものこそ悲しけれわが身ひとつの秋にはあらねど」など）。事実、『源氏物語』の中に、「にはあらぬが」という文字列はこの一例しか見られないのに対し、一方の「にはあらねど」は四十例を数える。それを勘案すれば、もし紫式部がこの桐壺巻冒頭を逆接のつもりで考えていたならば、「あらぬが」でなく、「あらねど」かそれに近い表現を用いていたのではあるまいか。文脈は異なるが、あるいは『紫式部日記』の赤染衛門を批評するくだりの、

　丹波の守の北の方をば、宮・殿などのわたりには、匡衡衛門とぞいひ侍。ことにやんごとなきほどならねど、まことにゆへ〱しく、……

のような表現になっていたかもしれない。この点からも、冒頭の「あらぬが」は逆接の意でないことが示唆されよう。先の問いに「あらねど」の回答が多いのは、この箇所をまず逆接の意味に記憶し、その上でより逆接らしくより古典らしい表現として「あらねど」を選び取ってしまう、いわば二重の誤読が生じているのだと思われる。

　このような二重の誤読の痕跡は、実は古典の中にも見出せる。南北朝期成立の『増鏡』巻十三「秋のみ山」には、後醍醐天皇の寵愛厚い大納言典侍と堀川春宮権大夫具親の密通を語る次のような一節がある。

　内には万里小路大納言入道師重といひし女、大納言の典侍とて、いみじう時めく人あるを、堀川の春宮権大夫具親の君、いと忍びて見そめられけるにや、かの女、かき消ち失せぬとて求めたづねさせ給ふ。二、三日こそあれ、程なくその人とあらはれぬれば、上、いとめざましく憎しと思す。やんごとなき際にはあらねど、御おぼえの時なれば、厳しくとがめさせ給ひて、げに須磨の浦へも遣さまほしきまで思されけれども、さすがにて、つかさみなとどめて、いみじう勘ぜさせ給へば、かしこまりて、岩倉の山庄にこもりゐぬ。[14]

「げに須磨の浦へも」とあるように、『源氏物語』が強く意識されている箇所だが、「やんごとなき際にはあらねど」と記されていることに注目したい。『源氏物語』に「あらぬが」とあるのを承知でわざわざアレンジしたわけではあるまい。おそらくは座右の書物によらず、作者の記憶している『源氏物語』に基づいて綴った結果であろう。さらに遡る例として、『今鏡』すべらぎの下、第三「男山」の一節を掲げよう。

院にはいづかたにもうときやうにてのみおはしまししに、しのびて参り給へる御方おはしまして、やや朝政もおこたらせ給ふさまにて、夜がれさせ給ふ事なかるべし。いといとやむごとなききはにはあらねど、中納言にて御親はおはしけるに、母北の方は、源氏の堀河のおとどの娘におはしけるうへに、類なくかしづき聞えて、(15)……

鳥羽院と美福門院得子の仲を描いた場面で、これも文脈上、『源氏物語』をふまえたものと見るべきであろう。この記事から、平安時代末期にはすでに「いとやむごとなききはにはあらねど」という架空の『源氏物語』本文が記憶の中で生じていたと想像される。その端緒は「が」を逆接の意に解してしまう誤読にあるが、それは接続助詞の「が」がちょうど平安時代末期から『今昔物語集』などに見られ始めることとも無縁ではあるまい。『今鏡』の作者は、問題の「が」を逆接の接続助詞として読んだごく初期の読者ということになるであろう。逆に言えば、『今鏡』の「あらねど」は、この頃には接続助詞の「が」が生じていたことを物語る証言としても読むことができよう。

注

（1）中河督裕・吉村裕美『高等学校の国語教科書は何を扱っているのか。』京都書房、二〇〇〇年。

（2）高橋良久「翻弄させる『が』――『源氏物語』冒頭文にある『が』の解釈の変遷」『國學院雑誌』百十―二、二〇〇九年二月。

（3）他にこの箇所に言及するものとして、橘誠「源氏物語「桐壺」から――「いとやむごとなき際にはあらぬが」の「が」の解釈」（『国文学』四―八、一九五九年七月）や、後藤克己「桐壺冒頭の文の構造について――助詞「が」の機能を中心として」（『国文学攷』三十八、一九六五年十一月）、佐藤定義「源氏物語ノート――いくつかの問題点の整理」（『国文学』四―八、一九五九年七月）や、山田昌裕「助詞「が」の今むかし」（『日本語学』二十五―十四、二〇〇六年十二月）、野村剛史『話し言葉の日本史』（吉川弘文館、二〇一一年）などがある。

（4）ちなみに、英訳ではアーサー・ウェイリーが、

> there was among the many gentlewomen of the Wardrobe and Chamber one,who though she was not of very high rank was favoured far beyond all the rest;

と逆接に訳しているが、後続のサイデンステッカー訳とロイヤル・タイラー訳では同格である。また、二〇〇五年に上海で刊行された『源氏物語図典』には、

> 有一位更衣出身雖不高貴，却蒙天皇格外寵愛。

と説明される。これは、先行の豊子凱訳（人民文学出版社、一九八〇年）の「其中有一更衣，出身并不十分高貴，却蒙皇上特別寵愛」や林文月訳の「有一位身分並不十分高貴，却格外得寵的人」（洪範書店有限公司、二〇〇〇年）などの逆接の解釈に由来するものと思われる。

（5）同じく池田亀鑑氏執筆の『日本文学大辞典』（新潮社、一九三二年）に見られる梗概にも、「身分は余り高くはないけれど」とある。教科書においても、大修館書店の教科書『新編国語総合』所載の「『源氏物語』へのいざない」では、この橋本治訳（「そう上等という身分ではないが」）と、同格的に解す

る谷崎潤一郎訳（「たいして重い身分ではなくて」）とを説明のないままに並記している。また、世羅博昭『「源氏物語」学習指導の探究』（溪水社、一九八九年）は、「授業試案」として、「同格の助詞」の説明を盛り込みながら、一方で「身分が高くないのに、帝の寵愛を一身に受ける女主人公。何かが起こりそうな状況を読みとらせる」と説明している。

（6）引用は、昭和十八年の訂正十一版による。

（7）この口語訳自体は逆接の解釈と見るのが自然であろうが、［釈評］には、

こゝで一寸語法に関して注意しておくが、

いとやんごとなき……時めき給ふありけり。（本文）

口訳には「そんなに貴い身分といふではないが……」としておいたが、「際にはあらぬが」の「が」は「けれども」の意味ではない。主格を示す「が」である。そして「勝れて……ありけり」が、その述語の形をなしてゐる。

という断り書きがある。

（8）一色恵里『『源氏物語』教材化の調査研究』溪水社、二〇〇一年。

（9）『近世文芸叢書　五』所収。

（10）『珍書刊行会叢書　五』所収。京都女子大学蔵本の複写を併せて参照した。

（11）『荒木田麗女物語集成』（桜楓社、一九八二年）による。

（12）さらには、近世期の『長恨歌伝』注釈に見られる、

楊貴妃ハ本后《ホンキサキ》ナラネドモ昼《ヒル》ハ終日《ヒネモス》酒宴《シユエン》舞楽《ブガク》ニテクラシ夜ハ夜モスカラ専ラニス。玄宗貴妃ヲ寵《テウ》愛《アイ》アルコト不《ス》レ斜《ナヽメナラ》

（『歌行詩諺解』長恨歌伝、貞享元(一六八四)年刊）

などについても、桐壺巻冒頭を意識した文章と言えるのではないか。「本后《ホンキサキ》ナラネドモ」という表現はそれを想像させる。

(13) 引用は島内景二「変革の時代と源氏文化——文化統合システムとしての役割」(『武家の文物と源氏物語絵——尾張徳川家伝来品を起点として』翰林書房、二〇一二年三月)による。
(14) 講談社学術文庫による。
(15) 講談社学術文庫による。なお、蓬左文庫本は「あらねども」に作る。

「涙」の表記

一

「涙」も「なみだ」も涙に変わりはない。特に千年もの間、書写によって受け継がれた『源氏物語』のような古典の場合、なぜこの「涙」は漢字で書かれているのかという類の問いを立てることは、それが作者の意図を探る目的であるならほとんど意味があるまい。伝本によってそれはまちまちで、作者の残した痕跡か否か見分けがたいためである。その点、芭蕉自身の書き癖が問題となる『奥の細道』[1]や、漱石や一葉のように自筆草稿が残る近代の小説などとは大いに事情が異なるであろう。

しかし、『源氏物語』の漢字・仮名表記についても、たとえば複数の写本・板本において偶然とは思えない表記の符合が見られたとすれば、その分布は転写の経緯の手がかりという別の意味を帯びてくる。

表記の問題については、これまでに今西祐一郎「表記を検索する」[2]、同「〈表記情報学〉としての『源氏物語』研究」[3]、同「源氏物語研究の新展開――データベースの意義」[4]によって論じられている。

「哀」と「あはれ」の表記について明石巻に漢字の「哀」が集中していること、謙譲の補助動詞「たまふ」について、「たまうけり」などのウ音便が行幸・夕霧両巻に偏在することなどの事実が指摘された。また、加藤洋介「大島本源氏物語の本文成立事情——若菜下巻の場合[5]」では、大島本が「ばかり」の語を「許」と漢字表記する箇所について、肖柏本・正徹本・書陵部蔵三条西家本・大正大学本との近似性が指摘された。「心の内」「道」などの表記についても同様の指摘がある。氏はこれらの一致について、「伝本間の親疎関係を測る手段になりうるほどの顕著な事実であると言ってよく、伝本相互の距離を測るための奥書類を持たないことが多い源氏物語においては、特に有効な方法になりうると思われる」と述べる。

二〇一〇年度から、文部科学省科学研究費補助金基盤研究(A)「日本古典籍における〈表記情報学〉の基盤構築に関する研究」(研究代表者　今西祐一郎)が開始され、私も連携研究者としてこの問題を考える機会を得た。本章では『源氏物語』に現れる「涙」の表記情報について私見を述べる。「涙」の語を取り上げたのは、用例の数が適当であったこともあるが、もう一つは「哀」と「あはれ」などの場合は漢字と仮名という二種類の表記であるのに対し、「涙」の場合は「涙」「なみだ」に加え、時に「泪」という別字が登場して三種類の表記によって考察できるためである。「泪《ルイ》　與レ涙同ジ」(『字彙』寛文十一(一六七一)年版)とあるように意味上の違いはない三種類の「涙」から、どの「涙」を選び取って表記しているか、個々の写本・板本において検討する。

二

まずは大島本の表記を紹介したい。概して古写本には漢字表記があまり見られないが、室町時代の書写になる大島本は比較的多くの漢字表記を含む。大島本における「涙」の表記について巻ごとに分布をまとめたのが次の表である。大島本は浮舟巻を欠くので、浮舟巻以外の五十三帖を調査の対象とした。表記の検索は『源氏物語大成』および『源氏物語語彙用例総索引』とそのデータベースにより、池田本が底本の桐壺・初音・夢浮橋の三帖、および定家本が底本の花散里・柏木・早蕨の三帖は角川書店の影印を用いた。

「涙」のうち、浮舟巻を除く二百三十六例の内訳は、漢字の「涙」が百五十六例、仮名の「なみだ」

（大島本）

	涙	泪	なみだ
桐壺	4	0	1
帚木	5	0	2
空蟬	0	0	1
夕顔	3	0	2
若紫	3	0	1
紅葉賀	0	0	4
花宴	1	0	0
葵	10	0	0
賢木	8	0	2
須磨	8	1	6
明石	8	0	0
澪標	1	0	2
関屋	1	0	0
絵合	3	0	0
松風	1	0	1
薄雲	2	0	1
朝顔	1	0	2
少女	4	0	6
玉鬘	2	0	0
初音	0	0	1
胡蝶	0	0	1
野分	2	0	0
真木柱	4	0	1
梅枝	0	0	4
藤裏葉	1	0	0
若菜上	13	0	1
若菜下	7	0	4
柏木	2	0	5
横笛	1	0	0
夕霧	1	0	8
御法	6	0	4
幻	10	0	1
竹河	4	0	3
橋姫	5	0	0
椎本	4	0	1
総角	6	0	1
早蕨	6	0	0
宿木	4	1	4
東屋	4	0	3
浮舟		欠	
蜻蛉	1	0	4
手習	9	0	0
夢浮橋	1	0	1

が七十八例、「泪」は須磨巻・宿木巻の二例のみ。仮名表記よりも漢字表記が多く見受けられるが、「泪」の表記を用いることは稀である。

0421–03 須　かな つみ う らむ かし とて〈泪〉くま せ 給 に え ね む し たま は

1716–14 宿　木草 の 色 に つけ て も〈泪〉に くれ て のみ なん かへり 侍

葵巻・明石巻などでは全ての例が「涙」と漢字表記であるのに対し、紅葉賀巻・梅枝巻などでは逆にいずれの例も「なみだ」と仮名表記である。巻によって表記のあり方に偏りが見られる。ただし、ある特定の巻にのみ集中するということはない。

続いて、同じ青表紙本系統に属する宮内庁書陵部本の調査結果を次に示す。(6)

二百四十四例のうち、「涙」が百六十四例、「なみだ」が八十例である。「泪」は現れない。漢字表記が仮名表記より多く七割弱を占めるという点は大島本と共通し興味深いが、特に大島本との相関関

	涙	泪	なみだ
桐壺	1	0	4
帚木	6	0	1
空蟬	1	0	0
夕顔	3	0	2
若紫	4	0	0
紅葉賀	4	0	0
花宴	1	0	0
葵	3	0	7
賢木	7	0	3
須磨	9	0	6
明石	6	0	2
澪標	2	0	1
関屋	1	0	0
絵合	2	0	1
松風	2	0	0
薄雲	1	0	2
朝顔	3	0	0
少女	9	0	1
玉鬘	0	0	2
初音	0	0	1
胡蝶	1	0	0
野分	1	0	1
真木柱	4	0	1
梅枝	2	0	2
藤裏葉	0	0	1
若菜上	7	0	7
若菜下	11	0	0
柏木	7	0	0
横笛	0	0	1
夕霧	7	0	2
御法	9	0	1
幻	0	0	11
竹河	6	0	1
橋姫	4	0	1
椎本	4	0	1
総角	6	0	1
早蕨	6	0	0
宿木	8	0	1
東屋	0	0	7
浮舟	6	0	2
蜻蛉	5	0	0
手習	4	0	5
夢浮橋	1	0	1

（書陵部本）

係を示唆する要素は「涙」に関するかぎり見受けられない。総角巻や早蕨巻などでは両者の分布が一致するものの、一方で紅葉賀巻や幻巻などでは漢字と仮名の表記の多寡が逆転している。『源氏物語』の写本は複数の書写者による寄合書も多いことから、表記の背景にある事情が巻によって異なることも注意を要する。

右の二本はいずれも室町時代の写本であったが、一方で鎌倉時代書写と言われる尾州家本においては、全ての例が仮名表記「なみだ」であり[7]、大島本・書陵部本の表記と一線を画す。さらに、陽明文庫本の古写部分（同じく鎌倉時代書写）においても、管見のかぎり野分巻の一例の「涙」を除いて仮名表記のみ[8]。このように表記のばらつきが見られない場合、そこから得られる表記情報は残念ながら少ない。

ところで、これらの古写本には「泪」の表記が大島本の二例以外、全く用いられていない。ここまでは鎌倉時代と室町時代の写本を見てきたが、「泪」の少なさはさらに時代が下ってからの伝本にも共通する現象なのであろうか。また、江戸時代に入ると『源氏物語』の出版が始まるが、そこでもやはり「泪」は現れないのであろうか。

三

『源氏物語』の板本は、慶長初年の十行古活字版をもって嚆矢とする。伝嵯峨本がそれに続き、元和九（一六二三）年刊本、九州大学本、および二種の寛永版に至るまで、計六種の古活字版が刊行された。[9] まずは、そのうちの慶長古活字版と伝嵯峨本の表記について確認しよう。[10]

	涙	泪	なみだ
桐壺	1	0	4
帚木	2	0	5
空蟬	1	0	0
夕顔	3	0	2
若紫	0	0	4
紅葉賀	2	0	2
花宴	0	0	1
葵	4	0	6
賢木	4	0	6
須磨	9	0	6
明石	4	0	4
澪標	0	0	3
関屋	1	0	0
絵合	3	0	0
松風	2	0	0
薄雲	2	0	1
朝顔	2	0	1
少女	6	0	4
玉鬘	0	0	2
初音	0	0	1
胡蝶	0	0	1
野分	2	0	0
真木柱	1	0	4
梅枝	0	0	4
藤裏葉	0	0	1
若菜上	4	0	10
若菜下	6	0	5
柏木	1	0	0
横笛	1	0	0
夕霧	7	0	2
御法	0	0	10
幻	6	0	5
竹河	2	0	5
橋姫	2	0	3
椎本	4	0	1
総角	4	0	3
早蕨	2	0	4
宿木	7	0	2
東屋	2	0	5
浮舟	2	0	6
蜻蛉	3	0	2
手習	4	0	5
夢浮橋	1	0	1

（慶長古活字版）

*柏木巻に残欠があるため、諸本より六例少ない。

	涙	泪	なみだ
桐壺	2	0	3
帚木	6	0	1
空蟬	1	0	0
夕顔	2	0	3
若紫	3	0	1
紅葉賀	3	0	1
花宴	1	0	0
葵	9	0	1
賢木	2	0	8
須磨	11	0	4
明石	2	0	6
澪標	3	0	0
関屋	0	0	1
絵合	2	0	1
松風	2	0	0
薄雲	2	0	1
朝顔	2	0	0
少女	9	0	1
玉鬘	1	0	1
初音	1	0	0
胡蝶	1	0	0
野分	2	0	0
真木柱	2	0	3
梅枝	4	0	0
藤裏葉	1	0	0
若菜上	13	0	1
若菜下	8	0	3
柏木	7	0	0
横笛	1	0	0
夕霧	5	0	4
御法	5	0	5
幻	11	0	0
竹河	5	0	2
橋姫	3	0	2
椎本	4	0	1
総角	5	0	2
早蕨	3	0	3
宿木	9	0	0
東屋	6	0	1
浮舟	8	0	0
蜻蛉	4	0	1
手習	8	0	1
夢浮橋	2	0	0

（伝嵯峨本）

*朝顔巻に「なみだがち―なやみがち」の異同があり、諸本より一例少ない。

この二本は同系統とはいえ本文も小さな異同がかなり見られるが[11]、表記に関しても随分と隔たりがあり、直接の相関関係はないように思われる。また、「泪」は一例も見られない。

次に、『源氏物語』の最初の整版本として清水婦久子氏によって紹介された無跋無刊記整版本の表記を検討する[12]。先行する古活字版のうち、寛永版第二種（異植字版）の表記と共に掲げる。

無跋無刊記整版本『源氏物語』における「涙」の分布は、寛永版第二種のそれに極めて近いことがわかる。寛永版の第一種と第二種の表記はほぼ同じだが、より近い第二種を掲げた。元和九年刊本や九州大学本の表記もこの寛永版第二種に比べれば若干の相違が目につく。「泪」の表記は相変わらず少なく一例のみだが、無跋無刊記整版本が「泪」とする総角巻の例は、寛永版の第一種・第二種の二本のみが同じく「泪」の表記である。唯一の「泪」だけに、その一致が両者の影響関係を示唆して興味深い[13]。

（無跋無刊記整版本）

	涙	泪	なみだ
桐壺	3	0	2
帚木	5	0	2
空蟬	1	0	0
夕顔	3	0	2
若紫	2	0	2
紅葉賀	0	0	4
花宴	1	0	0
葵	6	0	4
賢木	6	0	4
須磨	8	0	7
明石	5	0	3
澪標	2	0	1
関屋	1	0	0
絵合	1	0	2
松風	1	0	1
薄雲	2	0	1
朝顔	0	0	3
少女	6	0	4
玉鬘	2	0	0
初音	0	0	1
胡蝶	0	0	1
野分	1	0	1
真木柱	2	0	3
梅枝	4	0	0
藤裏葉	0	0	1
若菜上	7	0	7
若菜下	2	0	9
柏木	1	0	6
横笛	1	0	0
夕霧	3	0	6
御法	4	0	6
幻	5	0	6
竹河	2	0	5
橋姫	2	0	3
椎本	2	0	3
総角	1	1	5
早蕨	1	0	5
宿木	2	0	7
東屋	4	0	3
浮舟	1	0	7
蜻蛉	2	0	3
手習	5	0	4
夢浮橋	1	0	1

	涙	泪	なみだ
桐壺	3	0	2
帚木	5	0	2
空蟬	1	0	0
夕顔	3	0	2
若紫	2	0	2
紅葉賀	0	0	4
花宴	1	0	0
葵	6	0	4
賢木	6	0	4
須磨	8	0	7
明石	5	0	3
澪標	2	0	1
関屋	1	0	0
絵合	1	0	2
松風	1	0	1
薄雲	2	0	1
朝顔	1	0	2
少女	6	0	4
玉鬘	2	0	0
初音	0	0	1
胡蝶	0	0	1
野分	1	0	1
真木柱	2	0	3
梅枝	4	0	0
藤裏葉	0	0	1
若菜上	7	0	7
若菜下	2	0	9
柏木	2	0	5
横笛	1	0	0
夕霧	3	0	6
御法	4	0	6
幻	5	0	6
竹河	2	0	5
橋姫	2	0	3
椎本	2	0	3
総角	0	2	5
早蕨	1	0	5
宿木	2	0	7
東屋	4	0	3
浮舟	1	0	7
蜻蛉	2	0	3
手習	5	0	4
夢浮橋	1	0	1

（寛永版第二種）

これ以降は整版の時代となり、慶安三年跋の『絵入源氏』、寛文十三年刊の『首書源氏』、延宝元年跋の『湖月抄』がいずれも整版で上梓される。三本の表記を以下に示そう。なお、『絵入源氏』の検索に際しては、国文学研究資料館のデータベース『源氏物語（絵入）〔承応版本〕CD-ROM』を用いた。(14)三本の「涙」の表記において最も近い距離にあるのは『絵入源氏』と『湖月抄』であると考えてよい。仮名の列の数値がすべて一致することからわかるように、漢字か仮名かで分けるなら、『絵入源氏』と『湖月抄』の表記は完全に一致している。両者の表記の近さについては清水氏が「使用している変体仮名の種類や形、漢字と振り仮名、そして慶安本に僅かに付けられた傍注とその表記に至るまで、『湖月抄』が慶安本を親本にしたものであることが知られる」と指摘しているが、(15)それは一語の表記の全帖における分布という今回のような調査からも示唆される。ちなみに『絵入源氏』および『湖月抄』の表記は、伝嵯峨本の表記とも似通う。前節で掲げた伝嵯峨本の分布と比較されたい。(16)

さらに、三種の板本のいずれもが「泪」の字を多く用いている点も注目されるが、「涙」と「泪」の表記を分けて考えると『絵入源氏』と『湖月抄』が異なる表記をとることも多い。『絵入源氏』が

	涙	泪	なみだ
桐壺	0	0	5
帚木	4	0	3
空蟬	0	1	0
夕顔	0	2	3
若紫	0	3	1
紅葉賀	3	0	1
花宴	0	1	0
葵	0	8	2
賢木	1	2	7
須磨	2	9	4
明石	0	2	6
澪標	0	3	0
関屋	0	0	1
絵合	0	2	1
松風	0	2	0
薄雲	0	2	1
朝顔	0	2	1
少女	0	9	1
玉鬘	0	0	2
初音	0	1	0
胡蝶	0	0	1
野分	0	2	0
真木柱	0	2	3
梅枝	0	4	0
藤裏葉	0	1	0
若菜上	0	13	1
若菜下	0	8	3
柏木	0	7	0
横笛	0	1	0
夕霧	0	5	4
御法	0	4	6
幻	0	9	2
竹河	0	5	2
橋姫	0	2	3
椎本	0	3	2
総角	0	5	2
早蕨	0	3	3
宿木	4	5	0
東屋	0	5	2
浮舟	0	8	0
蜻蛉	2	1	2
手習	0	7	2
夢浮橋	0	2	0

（絵入源氏）

	涙	泪	なみだ
桐壺	0	2	3
帚木	0	5	2
空蟬	0	0	1
夕顔	1	4	0
若紫	0	1	3
紅葉賀	0	0	4
花宴	0	0	1
葵	0	0	10
賢木	0	3	7
須磨	0	4	11
明石	1	1	6
澪標	0	0	3
関屋	0	1	0
絵合	0	0	3
松風	0	0	2
薄雲	0	0	3
朝顔	0	0	3
少女	0	2	8
玉鬘	0	1	1
初音	0	0	1
胡蝶	0	0	1
野分	0	0	2
真木柱	0	1	4
梅枝	0	1	3
藤裏葉	0	0	1
若菜上	0	0	14
若菜下	0	2	9
柏木	1	1	5
横笛	0	0	1
夕霧	0	0	9
御法	0	2	8
幻	0	2	9
竹河	0	0	7
橋姫	0	0	5
椎本	0	3	2
総角	0	5	2
早蕨	0	2	4
宿木	0	1	8
東屋	0	0	7
浮舟	0	2	6
蜻蛉	0	1	4
手習	0	3	6
夢浮橋	0	0	2

（首書源氏）

	涙	泪	なみだ
桐壺	0	0	5
帚木	4	0	3
空蟬	0	1	0
夕顔	2	0	3
若紫	1	2	1
紅葉賀	3	0	1
花宴	1	0	0
葵	4	4	2
賢木	3	0	7
須磨	8	3	4
明石	1	1	6
澪標	2	1	0
関屋	0	0	1
絵合	1	1	1
松風	2	0	0
薄雲	0	2	1
朝顔	0	2	1
少女	7	2	1
玉鬘	0	0	2
初音	1	0	0
胡蝶	0	0	1
野分	1	1	0
真木柱	1	1	3
梅枝	4	0	0
藤裏葉	1	0	0
若菜上	13	0	1
若菜下	8	0	3
柏木	4	3	0
横笛	1	0	0
夕霧	5	0	4
御法	3	1	6
幻	6	3	2
竹河	4	1	2
橋姫	2	0	3
椎本	3	0	2
総角	3	2	2
早蕨	3	0	3
宿木	9	0	0
東屋	5	0	2
浮舟	7	1	0
蜻蛉	3	0	2
手習	7	0	2
夢浮橋	2	0	0

（湖月抄）

「泪」とするものを『湖月抄』が「涙」と改めている例が散見され、『絵入源氏』が「泪」を特に好んで用いていることに気づく。『絵入源氏』を遡る『源氏物語』の伝本においてこれほどまでに「泪」を用いる例を知らない。山本春正の編んだ『絵入源氏』には付録として『源氏目案』や『山路の露』などが備わっているが、『山路の露』における「涙」の表記を見ても、「泪」が散見される。同じく春正の編んだ『古今類句』（寛文六（一六六六）年刊）においても、

とゞめかね岩にかきけんことのはを　いろにみするは泪也けり
人こふる宿の桜に風ふけば　花も泪に成にける哉
君こふる泪はきはもなき物を　けふをばなにのはてといふらん

の如く「泪」の使用が見られる。[17] 特に三例目は『源氏物語』幻巻に見える源氏の歌だが、この歌は『絵入源氏』の表記もやはり「泪」であった。これらの事実は『絵入源氏』における「泪」表記の頻

出が、拠った本文に起因するものではなく、春正自身の意識的使用によることを示唆する。

　もちろん、個人の嗜好に加えて時代の流行によるところも大きいであろう。『奥の細道』の有名な句、

　　行春や鳥啼魚の目は泪

の「泪」は、芭蕉自筆本・曽良本・西村本ともに「泪」の字を用いる（柿衛本は「なみた」）。西鶴の板本にも「泪」は多数見出されるし、特に俳諧の方面での流行があった可能性もあろう。『俳文学大系』所収の諸作品などにも数は多くはないが「泪」が見られる。また、『書言字考節用集』にも「涙」とともに「泪」が載る。ただし、興味深いことに近世の『源氏物語』でも、写本においては管見のかぎりまとまった数の「泪」はなかなか見出し得ない（九州大学文学部所蔵の近世中期写本など）。これは写本における転写の経緯が『絵入源氏』以降の板本の系譜とは一線を画していることを意味するのではあるまいか。それだけに、もしも「泪」が頻出する写本があったときには、『絵入源氏』をはじめ板本との近さを強く感じさせるということになろう。

四

　別本の古写本として知られる陽明文庫本には、初音・藤袴・幻・匂宮・橋姫・総角の六巻に近世期の補写が含まれる。本節では表記の痕跡という観点からこの補写部分について考えたい。陽明文庫本の表記については、二〇一〇年九月二十五日に國學院大學の常磐松ホールで行われた研究集会「源氏

物語本文研究の新たな流れ」において、今西祐一郎氏が基調講演Ⅰ「〈表記情報学〉としての源氏物語研究」の中で触れられた。「あはれ」の語は補写部分においてのみ「哀」と漢字表記され、同様に「有様」の語においても、補写部分のみに漢字表記が見られることが指摘された。古写部分は「哀」「有様」のいずれも全てが仮名表記であるという。

陽明叢書の解説によると、補写部分の本文は青表紙本系の末流本文で、『湖月抄』に似るとされる。

要するにこの初音巻の本文は、青表紙本系ではあるが、湖月抄本などに近い末流本文と考えられるのである。欠けた三帖を補充するについて、手近にあった本によって補写したものであろう。（初音）

異同の数の上からは、陽明文庫本は肖柏本・三条西家本系統の本を経て、河内本の影響を受けていると考えられる。（匂宮）

補写部分と異同の少ないのは、源氏物語大成によれば肖柏本のようであるが、湖月抄との異同が最も少く、漢字と仮名の用い方もほとんど一致している。（総角）

これらの指摘をふまえつつ、「涙」の表記について調査した結果、冒頭にも述べたように古写部分についてはほぼすべての例が仮名表記であった。補写のある六巻のうち、補写部分に「涙」の語が含まれるのは初音・幻・橋姫・総角の四帖における以下の十四例である。

ことなるしもなつかしけれは**泪**くみ給て　（初音）

先いとせきかたき**泪**のあめのみふりまされは　（幻）

対面はえあらしかしとて例の**泪**くみ給へれは　（幻）

れいの**なみた**のもろさはふとこほれいてぬるもいとくるし　（幻）

こゝろくるしさに身の上はさしをかれてなみたくまれ給ふ　（幻）
山おろしにたえぬ木の葉の露よりもあやなくもろき我なみたかな　（橋姫）
またきにおほゝれたる泪にくれてえこそ聞えさせ侍らねと　（橋姫）
おほかたさたすきたる人は泪もろなるものとは見きゝたまへと　（橋姫）
きゝつけつらんとおほすになみたとゝめかたかりけり　（橋姫）
そのことゝ心えてわか泪をは玉にぬかなんとうちすし給へる　（総角）
ぬきもあへすもろき泪の玉のをになかきちきりをいかゝむすはん　（総角）
しらぬ涙のみきりふたかる心ちしてなん　（総角）
くれなゐにをつる涙のかひなきはかた身のいろをそむ《め》る《ぬ》なりけり　（総角）
あまり人にくゝつらきも涙のをつれはまいていかにおもひつらん　（総角）

ここで注目されるのは、「泪」の表記が七例見られる点である。前節の考察によれば、「泪」の頻出は『絵入源氏』との関連をまず想像させる。試みに『絵入源氏』と比較してみると、はたして両者は極めて近い関係にあることがわかった。次に掲げるのは補写部分に属する陽明文庫本幻巻の第九丁（図1）とそれに対応する『絵入源氏』（図2）である。[18]

本文が一致するのみならず漢字と仮名の表記についても、「泪」のほか「後」「対面」「稀」などの漢字の現れ方がほぼ完全に符合する。さらに字母や字配りについてもかなりの程度、一致している。この事実は他の巻の補写部分においても同様に確認される。総角巻冒頭近くの一節を見よう。陽明文庫本の本文を掲げる。

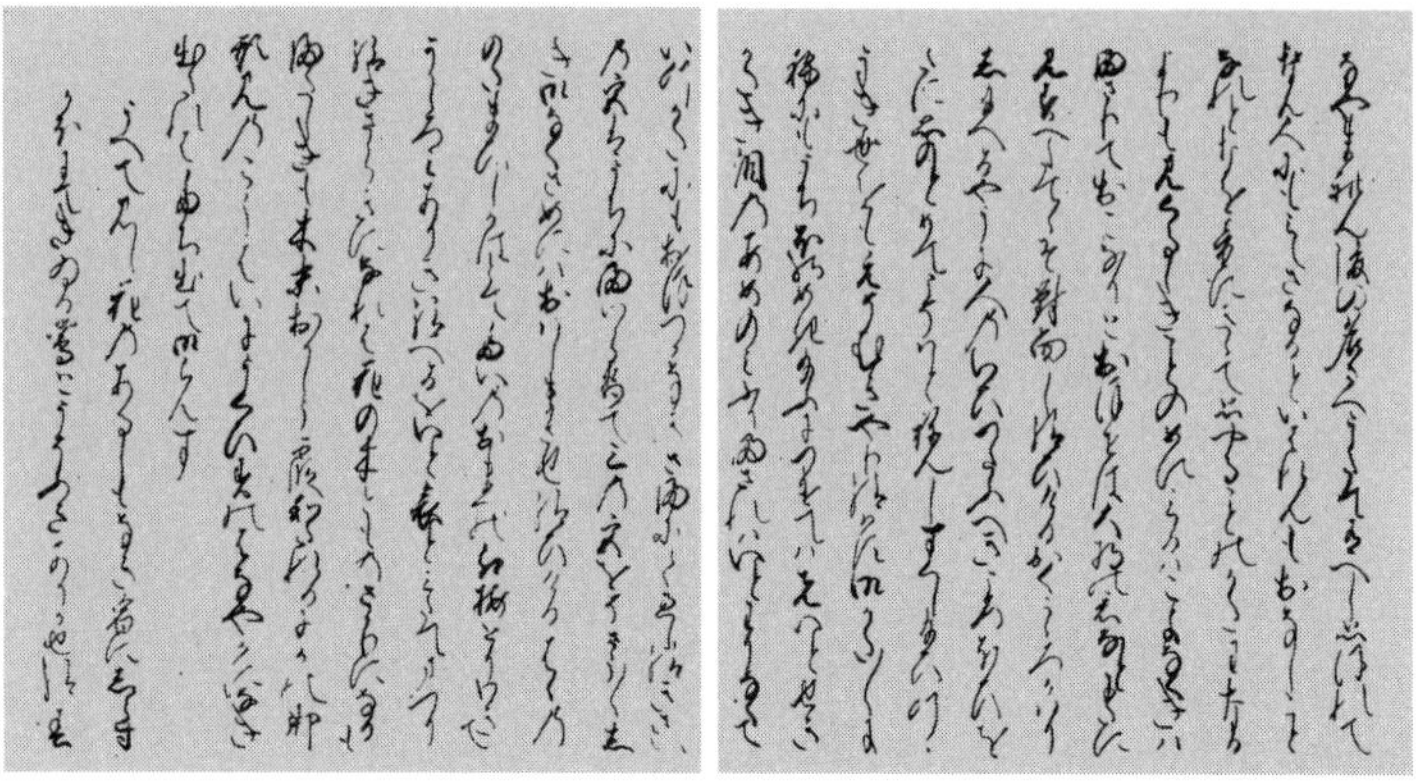

図1

あさりもこゝに参れりみやう《名》かう《香》のいと《糸》ひきみたりて
かくてもへぬるなとうちかたらひ給ほとなりけり

本文および漢字・仮名の表記も『絵入源氏』と完全に一致するが、さらに注目されるのは、「みやうかう」に「名香」、「いと」に「糸」とあてる振り漢字が、『絵入源氏』に見られるものと一致する点である。『絵入源氏』にもこの箇所の前後に振り漢字はなく、影響関係を認めてよいであろう。古写部分と体裁を合わせるためか補写部分にもこの箇所以外振り漢字はないが、巻頭の写し始めでつい振り漢字まで引き写してしまったのであろうか。「陽明叢書」の解説は、補写部分は『湖月抄』と「漢字と仮名の用い方もほとんど一致している」と述べるが、それは先に見たように『絵入源氏』と『湖月抄』の表記がほぼ一致することによるのであって、細部を検討すれば『絵入源氏』に基づくことは明らかである。また、補写部分が所々河内本の影響を受けているという指摘も、『絵入源氏』自体にあてはまる事実である。

上述の諸例から、陽明文庫本の補写部分は『絵入源

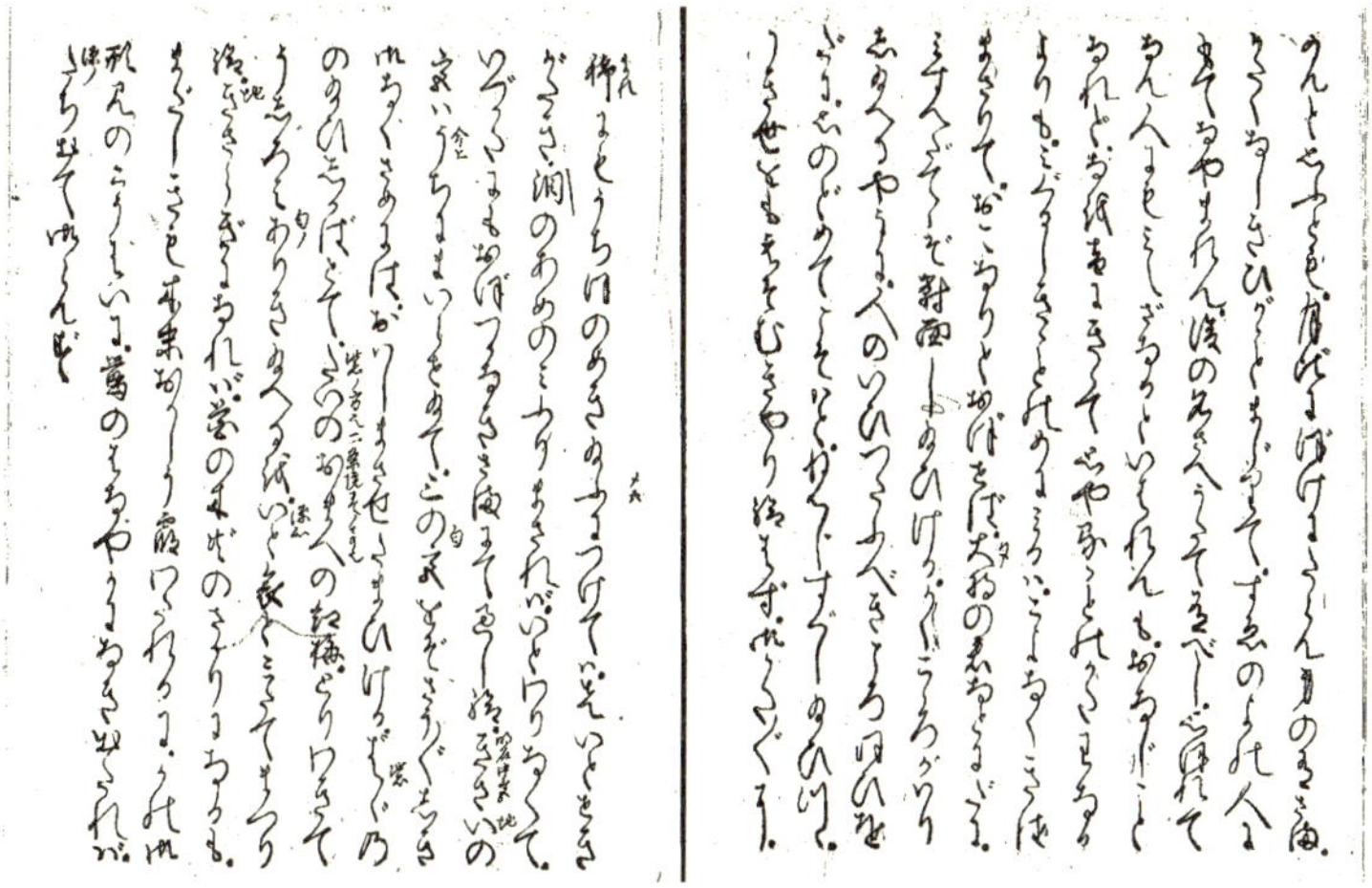

図2

氏』を写したものと考えてよいであろう。本文および字配りの一致に加え、表記の一致という点もそれが偶然によるものではないことを裏づける。

五

本章は「涙」というわずか一語の考察によって見通しを示したに過ぎず、さらに用例の積み上げが必要であることは言うまでもない。その際、検討の対象が漢字・仮名の違いに加え「泪」のように別字をも用いる語であれば、表記の検索が一段と有効なものとなろう。たとえば、『源氏物語語彙用例総索引』を引くと「涙」のすぐ近くに「波」と「浪」が見出されるが、今試みにデータベースで表記を検索してみると、「波」の全用例のうち「波」の表記を採る十一例はすべて明石巻に集中していることがわかった（「青海波」の「波」を除く）。他巻に存する例はいずれも「浪」か「なみ」

である。「哀」の漢字表記が同じく明石巻に集中していることと関連がある可能性もあろう。

0441–14 明　おもひやる 袖 うちぬらし〈波〉まなき ころ 哀に かなしき 事と
0444–09 明　もあらはに なこり 猶 よせ歸〈波〉あらきを 柴の戸 をしあけ て
0447–01 明　さはかり はけしかり つる〈波〉かせ に いつのま に か ふなてし
0453–07 明　をかへ の 家 も 松 の ひひき〈波〉の 音 に あひ て 心はせある わ
0463–07 明　たり 君 は この比 の〈波〉の をとに かの 物のね を きか
0467–03 明　かな ちきりし を 松 より〈波〉は こえし 物 そ と おひらかな
0470–08 明　身の程 を おもふ も つきせす〈波〉の 聲 秋の風 に は 猶 ひひき
0472–05 明　て たつ も かなしき うら〈波〉の なこり いかに と 思ひやる
0472–06 明　つる とまや も あれて うき〈波〉の かへる かたに や 身を た
0473–03 明　かりの御さうそく に よる〈波〉に たちかさね たる たひ衣 しほ
0477–08 明　て こまやかに かき 給 めり〈波〉の よるよる いかに なけき つつ
1081–08 上　の 朱雀院 の 行幸 に 青海〈波〉の いみしかりし ゆふへ 思いて

また、『絵入源氏』と『湖月抄』における「波」の表記を「涙」と同様に表で示すと次のようになる（名詞「波」にかぎり、複合語などは除く）。

「涙」の場合と同様にほぼ全ての表記が一致することがわかる。「波」と「浪」についても同じ分布を示している。表記が一致しないのは若菜下巻の一例のみ。この箇所の『絵入源氏』は、

なに〻もあらであけぬれば返浪《かへるなみ》にきおふも口おしく

と読仮名を施しており、『湖月抄』が「かへるなみ」と全て仮名書にしているのはこの読仮名に引

	涙	泪	なみ
若紫	1	0	1
紅葉賀	2	0	0
賢木	0	0	3
須磨	4	0	1
明石	2	3	7
澪標	0	0	1
絵合	0	1	0
松風	1	0	0
少女	1	0	0
玉鬘	1	0	0
胡蝶	1	0	0
常夏	0	0	1
若菜上	0	0	1
若菜下	0	1	0
橋姫	1	0	1
椎本	1	0	0
早蕨	1	0	0
浮舟	0	0	1

（絵入源氏）

	涙	泪	なみ
若紫	1	0	1
紅葉賀	2	0	0
賢木	0	0	3
須磨	4	0	1
明石	2	3	7
澪標	0	0	1
絵合	0	1	0
松風	1	0	0
少女	1	0	0
玉鬘	1	0	0
胡蝶	1	0	0
常夏	0	0	1
若菜上	0	0	1
若菜下	0	0	1
橋姫	1	0	1
椎本	1	0	0
早蕨	1	0	0
浮舟	0	0	1

（湖月抄）

きずられたものか。いずれにせよ、「波」の表記情報は「涙」のそれと矛盾はない。

考察の過程でしばしば遭遇したのは、表記は一致していても前後の本文そのものにはわずかに異同が見られるという事態であった。このことから、本文の異同に比して表記においては校合の眼をくぐり抜けやすく、親本の面影が残りやすいということが考えられるように思われた。加藤氏は「河内本本文の揺れ――岩国吉川家本の場合」[19]の中で、「吉川家本は河内本に一致しない異文を多く持ちながら、音便等の表記の異同においては、なお河内本の側にたつという顕著な傾向がある」ことを指摘し、「他系統の本文による校合は、こうした音便等の表記にまで及ぶことはまずない」と述べる。板本を基に写本や奈良絵本を仕立てるような場合にはあえて漢字を仮名に開いたりする事例も見られるが、それでも陽明文庫本の補写部分の表記は『絵入源氏』の面影をかなり忠実に残していた。[20]まして、それが写本から写本、板本から板本といった場合には相当忠実に親本の表記が受け継がれると考えてよいのではなかろうか。

特に寛永版第二種と無跋無刊記整版本との比較や『絵入源氏』と『湖月抄』の比較で見られたように、本文の異同は散見されながら、表記となると驚くほど一致率が上がる現象が興味深い。考えてみれば書写の際、写し誤ったり他本を座右に置いて校合したりすれば、本文は比較的容易に変化してゆくであろう。しかし、漢字を「誤って」仮名書きすることはないであろうし、漢字で表記されたものを「校合の結果」わざわざ仮名に改めるような作業は本文を改めるのに比べればはるかに少ないことが想像される。校合の眼をくぐり抜けた一語の表記の一致が伝本間の関係を示す痕跡——本文異同の表舞台には現れない痕跡——になり得ることを、少なくとも「涙」の分布は示しているように思われた。

注

（1）上野洋三「芭蕉の書き癖」『芭蕉自筆　奥の細道』岩波書店、一九九七年。
（2）『源氏研究』六、二〇〇一年四月。
（3）『むらさき』四十六、二〇〇九年十二月。
（4）『立命館文学』六百十二、二〇〇九年六月
（5）『大島本源氏物語の再検討』和泉書院、二〇〇九年十月。
（6）新典社の影印による。
（7）『尾州家河内本源氏物語』による。

（8）陽明叢書による。

（9）今西祐一郎『新出本による古活字版『源氏物語』本文の研究』科学研究費補助金基盤研究（C）（2）研究成果報告書（課題番号13610507）、二〇〇四年三月。

（10）板本の調査にあたっては、画像データベースが公開されているものはそれを用い、嵯峨本については大阪樟蔭女子大学図書館蔵本の複製（小林写真工業）によった。二種の寛永版（大東急記念文庫本）については今西祐一郎氏よりお借りしたマイクロフィルム紙焼き、および広島県立歴史博物館蔵本を用いた。寛永版第二種については、拙稿「黄葉夕陽文庫蔵『源氏物語』覚書」（『広島県立歴史博物館研究紀要』十、二〇〇八年三月）などを参照されたい。

（11）注（9）、および上野英子「近世期源氏物語版本の本文（一）」『研究と資料』十七、一九八七年七月。

（12）『源氏物語版本の研究』和泉書院、二〇〇三年。無跋無刊記整版本は板本『万水一露』の底本と見られることも本書に指摘がある。

（13）本文は元和九年刊本の流れを汲むことが清水氏によって指摘される。

（14）岩波書店、一九九九年。『首書源氏』は今泉忠義『源氏物語　上・中・下』（桜楓社、一九七五年）により、実践女子大学山岸文庫本のマイクロフィルム紙焼きを適宜参照した。万治版は九州大学文学部蔵本、『湖月抄』は架蔵本による。

（15）注（12）。

（16）この三本を比較するかぎり、『絵入源氏』と『首書源氏』の表記はかなり隔たりがあるように見えるが、『絵入源氏』はここに掲げた慶安三年跋刊本のほかに、万治三年に刊行された横本と無刊記の小本があり、『首書源氏』の「涙」の表記はこのうち万治版（横本）の表記に非常に近い。万治版は慶安版が「泪」とする箇所を「なみだ」と仮名に開いたものが多く、それを『首書源氏』が受け継いでいるとおぼしい。これは『首書源氏』は万治版を基に成ったとする清水氏の見解を裏付けるものである。

（17）岩国徴古館蔵本による。
（18）陽明文庫本は陽明叢書により、『絵入源氏』は国文学研究資料館所蔵本の画像によった。
（19）『名古屋平安文学研究会会報』二十五、二〇〇〇年三月。
（20）奈良絵本の例では、万治三（一六六〇）年刊の『うつほ物語』絵入板本にも「泪」が散見されるが、それに基づいて制作されたと見られる九州大学附属図書館所蔵の『うつほ物語絵巻』（五巻、寛文頃写）においても「泪」の表記が継承されている。

（付記）本章は二〇一〇年十月一日の研究会（キャンパスプラザ京都）における口頭発表「「涙」の表記情報」を基に成稿した。席上、御教示を賜った先生方に心より御礼申し上げる。なお、本章の続稿として、二〇一四年度中古文学会春季大会（立教大学新座キャンパス）のミニシンポジウムでの口頭発表に基づいた「青表紙本の系譜」（『中古文学』九十四、二〇一四年十一月）がある。

玉葛の旧跡

一

うしろかげ鏡にうつる玉かづら　（『犬子集《えのこ》』巻十七・二四一七）

『犬子集』は松江重頼によって寛永十（一六三三）年に刊行された類題句集である。この一句、「白き物こそ黒くなりけれ」の前付句として松永貞徳が詠んだもので、『新日本古典文学大系』には「玉かづら」を「女性の髪の美称」とした上で「白っぽい鏡面が、長い黒髪が映って黒くなるのである」と説明される。ただ、一方で玉鬘と聞けば『源氏物語』の女君の名がやはり連想されるのではあるまいか。貞徳は『源氏物語』の注釈書『万水一露』の出版にも関わっており、『源氏物語』の玉鬘をふまえた可能性が考えられるように思う。だとすれば、ここでの「鏡」もまた、「うしろかげ」を映し出す鏡の意だけではないのかもしれない。同時にまた、玉鬘にゆかりのある唐津の鏡地区をも指すと見ることはできまいか。「鏡にうつる」の文字列には「鏡（地区）に移る玉鬘」というもう一つの意味が背後に潜んでいるように私には思われる。

ともかくも、玉鬘は筑紫国ゆかりの女君である。就中、今取り上げた鏡地区は筑紫における数少ない『源氏物語』の舞台といえ、前任校の九州産業大学では学外授業「フィールドスタディ基礎」の研修旅行のコースに入れたり、教員免許状更新講習の題材に取り上げたりもしてきた。玉鬘は母夕顔の死後は乳母の夫である大宰大弐を頼って筑紫国へと下った。そこで肥後の豪族大夫監から求婚されることになるが、そのくだりは玉鬘巻に以下のように描かれる。

その日ばかりと言ふに、「この月は季のはてなり」など、田舎びたることを言ひのがる。下りて行く際に、歌詠ままほしかりければ、やや久しう思ひめぐらして、

「君にもしこころたがはば松浦なるかがみの神をかけて誓はむ

この和歌は、仕うまつりたりとなむ思ひたまふる」と、うち笑みたるも、世づかずうひうひしや。我にもあらねば、返しすべくも思はねど、むすめどもに詠ますれど、「まろは、ましてものもおぼえず」とてゐたれば、いと久しきに思ひわづらひて、うち思ひけるままに、

年を経ていのる心のたがひなばかがみの神をつらしとや見む

とわななかし出でたるを、「まてや、こはいかに仰せらるる」と、ゆくりかに寄り来たるけはひに、おびえて、おとど色もなくなりぬ。

監の歌にある「松浦なるかがみの神」とは唐津の鏡神社とされる。一宮は神功皇后、二宮は藤原広嗣が祀られているが、この歌は一宮の傍らに建てられた「紫式部文学碑」に刻まれ（図1）、社務所においてもこの歌を記した絵馬が売られている。

物語の舞台として唐津の鏡地区が選ばれたのは、すでに説かれるように『紫式部集』の、

筑紫に肥前といふ所より文をこせたるを、いとはるかなる所にて見けり。その返事に、

　あひ見むと思ふ心は松浦なる鏡の神や空に見るらん

　返し、又の年持て来たり

　行きめぐり逢ふを松浦の鏡には誰をかけつゝ祈るとか知る

（『新日本古典文学大系』による）

という友とのやりとりをふまえたものと見るべきであろう。「西の海の人」とも呼ばれるこの友人は肥前守平維時の娘かと考えられており、二〇一一年に公開された映画「源氏物語——千年の謎」の原作、高山由紀子『源氏物語——千年の謎』（角川文庫、二〇一一年）では「露花《つゆは》」として造型されている。

図１

二

ところで、今述べ来たったことは『源氏物語』や『紫式部集』という紫式部自身の残した作品に記されていることがらであった。しかし、唐津にはその他に、大夫監から求婚された玉鬘が身を隠したと伝わる洞穴が残る。鏡山の麓にある「玉葛窟古墳」と呼ばれる円墳の横穴式石室がそれで、九州国立博物館の「遺跡データベース」にも登録されている。その考古学的知見については『末盧国　佐賀県唐津市・東松浦郡の考古学的調査研究〔本文篇・図

図2

図3

録篇〕』（六興出版、一九八二年）に詳しい。九州大学文学部考古学研究室の実測によれば円墳の直径は約十三米、高さは約三・三米で、石室構造から六世紀の築造と見られるという。石室内には今は何も残っていない。JR筑肥線虹の松原駅から歩いて三十分程度、唐津市立鏡山小学校のすぐ近くにあり、研修の下見として初めて訪れた折に道路沿いのパン屋で道を尋ねたところ、店の方も小学校の遠足で玉葛窟古墳に行ったことがあるという話をうかがった（図2・3）。

古墳の入口には、この伝説を「鏡山物語」として紹介する案内板が立っている（図4）。

鏡山物語　その二　玉鬘

〈伝説〉

平安王朝の女性の憧れの的光源氏に愛された夕顔の忘れ形見玉鬘は乳母一族に伴はれ松浦の里で才色兼備の女性となった。その評伴《ママ》が拡がるにつれ、あまたの求婚者が現れわけて肥後の太夫監は権力をかさに直談判に及んだ。京に上らんとの願いのある玉鬘は太夫監の望みを拒み裏山の洞穴に隠れ、その日を待った。21才の春、念願成就祈願のため鏡宮に向った玉鬘は途中怪我に苦しむ白狐に遭い哀れと思い手当をし自分の領布を与えて帰った。

帰って見ると不思議にも今までできなかった京への船の手配ができていた。しかし太夫監の追手を恐れ悩んでいると、そこに白狐が現れ「恩がえしに私が身代りになります」と姫を励ましたので姫たちは夜半になり太夫監の目をのがれ京へと向った。太夫監は白狐の化身を身代りとも知らず、後を追わなかったと云う。

以来、玉鬘の隠れた洞穴には白狐が棲み付き、土地の人々は「玉鬘の狐」と呼び神狐として崇めたと云う。鏡山西麓「玉鬘古墳」がそれである。

図 4

もちろん『源氏物語』にはそんな話は出て来ない。物語の内容に沿っているのは文中の「太夫監の望みを拒み」までで、以降は本編から派生したいわば外伝、映画のスピンオフのようなものである。ただし、この伝説に言及する資料は少なく、ほとんど知られていないのが実情であろう。『唐津市史』にも触れられていない。物語の上での人物である玉鬘が身を隠したとされる場所が今に伝わることは、この地で『源氏物語』が愛されたことを物語る。

『源氏物語』関連の文献としては、わずかに至文堂の『源氏物語の鑑賞と基礎知識』第十二巻の玉鬘巻（二〇〇〇年十月）に福嶋

昭治氏によって、

鏡神社から、さらに西側に鏡山の麓に沿って回り込んだ所、鏡山にわずかに上った場所に玉葛窟古墳と称する横穴石室の露出した円墳がある。鏡山山麓周辺古墳群の一基である。この古墳が「玉葛」の名を冠して呼ばれるのは、以下の伝承による。大夫監の無体な懸想から逃れるべく玉鬘はこの岩屋（実は古墳の石室）に鏡神社に身の安全を祈願しながら身を隠していた。ある時怪我を負った白狐を助ける。しばらくして狐が再び姿を見せ、自分が身代わりになるから逃げればいいと玉鬘に告げる。玉鬘が無事に逃れたあと、この狐は岩屋に住み続けそこで亡くなったという。

のごとく案内板とほぼ同内容の伝説が紹介されている。その上で氏は、「もとより「俗説」以外の何者でもないが、長くて幅広い源氏物語の享受の歴史は、こうした「俗説」を生み出したことも事実である」と指摘する。ただ、この記述が何によったものか、依拠した文献は示されていない。

また、中里紀元監修『唐津・東松浦の歴史　上巻（歴史編）』（松浦文化連盟、二〇〇一年）にも言及がある。本書は『松浦文化連盟報』に連載された「郷土史発掘」をまとめたもので、そのうち一九七二年五月に山田洋氏が執筆した「鏡山周辺古墳見てある記」の中に玉葛窟古墳のことが石室内部の写真とともに紹介されている。

樋の口古墳から指呼の間の所に玉葛窟古墳がある。玉葛という名前は、『源氏物語』の玉葛の巻に「住むところは肥前の国とぞ」というくだりがあり、その玉葛の内侍が隠れ住んでいたという言い伝えにちなんでつけられた名前だそうだが、鬱蒼とした杉の木立に囲まれて崩れかかったところもあり哀れであった（現在は杉の木立は切り払ってある）。石室内部は一坪半くらいの広さで、周囲の壁は玄武岩の自然石を積み上げて作っている。

その他、唐津の郷土史誌『末盧国』の六十号（一九七七年九月）に豊増幸子氏によって「玉鬘の窟」として紹介され、「カヤのイバラが茂り、昼なお暗い中を這うようにして進んで行った。案内の図書館長富岡先生でさへ、迷われるほど、その所在はわかりにくい。ようやく辿りついたのは円墳の跡で、周囲を積み上げた石の間からシダの類がたれ下がっていた」と記されている。資料が少なく不明な点も多い伝説であるが、近年鏡地区に移転した佐賀県立唐津東高等学校では二〇一一年度の図書館祭（十月二十八—三十日）における展示の一つとして、楢﨑由紀子教諭の監修のもと生徒が作った紙芝居風のパネルでこの伝説が紹介されたという。このような試みも今後増えていくことが期待される。

それにしても、先に掲げた案内板には誰がいつ建てたかといった類の記載が全くない。唐津市文化課や古代の森会館に尋ねたが、案内板の設置者も設置時期も不明とのことで、案内板の記述が何によってなされたものかが明らかでないのは残念なことである。ここで案内板に記された伝説の内容を再度確認すると、以下の二つの要素から成っていることがわかる。すなわち、

［前半部］玉鬘は大夫監から逃れるため鏡山麓の洞穴（玉葛窟古墳）に隠れた。
［後半部］玉鬘は以前怪我の手当をした白狐に身代わりとなってもらい、京へ向かった。

の二つである。このうち、後半部に登場する白狐については案内板以外の文献において全く確認がとれず、看板設置に際してかあるいはそう遠くない時期に近代の郷土史家によって創作されたと現在のところは考えたい。案内板設置の経緯にこだわるのはこの点を知りたく思うためである。ちなみに、案内板中の「自分の領布を与えて」という表現は、佐用姫《さよひめ》伝説を意識したものであろう。佐用姫伝説

とは松浦佐用姫と大伴狭手彦《さでひこ》の悲恋の物語で、鏡山が領布振山《ひれふりやま》と呼ばれるのもこの伝説に拠る。この話をもじった落語「派手彦《はでひこ》」では、「佐用姫の涙はみんな砂利になり」という川柳が紹介される。佐用姫伝説については、古代・中世・近世編と近・現代編の二冊から成る近藤直也『松浦さよ姫伝説の基礎的研究』（岩田書院、二〇一〇年）に詳しく、唐津関連の文献の所在について私も多くの示唆を受けた。また、怪我をした白狐というモチーフは、山口の湯田温泉など、温泉地に伝わる白狐伝説を思わせる。鏡山神社が稲荷神社であることも白狐への言及とおそらくは関連があろう。

三

案内板に記された伝説のうち、後半部の白狐については上述のようなことを推測するほかないが、前半部の身を隠したという点については案内板の記述および先に紹介した資料の根拠となる文献がいくつか見受けられる。その一つは唐津市文化課の美浦雄二氏より御教示いただいた『松浦拾風土記』である。江戸時代、文化初年頃に編まれたと見られる本書の巻二には、

二十七　玉加津羅

玉加津羅旧跡鏡山の辺りにあり、松浦物狂ひと云ふ謡に作り有之なり。

（吉村茂三郎編『松浦叢書』第一巻、一九三四年）

との記述がある。ただし、「松浦物狂ひ」は短い曲で全文は次のような詞章から成るが、玉鬘に関わる話は載っていない。

サシ「生国は筑紫肥前の者。在所は松浦わざと名字をば申さぬなり。ある人の妻にて候ひしが。夫は讒臣の申し事により。無実の科を蒙り。都へ上り給ひしが。かつて音信聞かざれば。死生をだにもわきまへず。

クセ「あまり別の悲しさに。ある夕暮に我等。唯二人玉島や松浦の浦に立ち出づる。都の方へ行く舟の。便を待つべき所に男一人来りて。我この舟の船頭なり。御姿を。見奉るに。世の常ならぬ人なれば痛はしく思ひ申すなり。とく〳〵船に召さるべし。都までは送り届け申さんと。懇に語れば。誠ぞと心得て。手を合せ礼拝す。急ぎ船に乗りうつる。其時水主楫取ども。順風に帆を揚げて海路を走り行くほどに。程なく津の国須磨の浦につく。波のせきもる跡なれば。この浦に船をさしとゞむ。

（日本名著全集所収『謡曲三百五十番集』一九二八年）

玉鬘の伝説とはかなり隔たりのある内容であるが、船で筑紫から都の方角を目指すという話ではあり、特別な助力を得て船の支度が整ったという「作り」は玉鬘の伝説に通じる。

また、江戸時代に日本地図「大日本沿海輿地全図」を完成させた伊能忠敬は、その膨大な測量日記の中で、「鏡村」に関して興味深い証言を残している。測量日記は佐久間達夫校訂『伊能忠敬測量日記』（大空社、平成十年）として活字本六巻が公刊されており、鏡地区郷土資料保存会『まつらの里かがみん話——鏡校区の歴史』（二〇一〇年）においても本書から「玉葛ノ旧跡」の記事が引用されているが、便利さの反面で仮名遣などには若干疑問に思うところもあった。それがこのほど、「伊能忠敬と伊能図の大事典をつくる会」によってＤＶＤ『国宝　伊能忠敬測量日記　原文』（二〇一一年九月）が刊行され、写真の画像を確認することができるようになった。それによれば文化九（一八一二）年九

月七日の記事に、

鏡村右領巾振山ノ裾字樋口と云所ニ玉葛ノ旧跡あり。一間四方深九尺斗の穴。玉葛姫ヲソト云者ニ慕ハレテ、此巌穴ニ隠ルヽト云。

とある。鏡山の樋口に「玉葛ノ旧跡」があって、玉鬘はそこに身を隠したというのである。ただ、「ヲソ」の部分がわかりにくい。「ヲソ」は先に紹介した活字本では「オソ」と表記しているが、正しくは「ヲソ」である。だが、それでも文意は通じにくい。「「ヲソ」ト云者ニ慕ハレテ」と読む場合には「ヲソ」は大夫監を指すことになるが、大夫監を「ヲソ」とは呼べそうにもない。「ヲソ」は「ケン」の誤記ではないかとも考えたが、ここに掲げた清書本（二十八冊）のほか、五十一冊の草稿本（『忠敬先生日記』）の複写を確認してもやはり「ヲソ」としか読めなかった。軽はずみ、軽率といった意の「をそ」の語は中世にあるが、「「ヲソ」ト云者」の表現を思うと違和感が残る。あるいは、「玉葛姫ヲゾ（玉葛姫を是非に）、ト云者（大夫監）ニ慕ハレテ」という読み方も考えられる。主語がないや不自然な文章になってしまうが、一応の文意は通る。「ヲソ」の二文字は存疑としても、この伝説が忠敬に認識されていた事実は大変興味深い。

一方で、異伝もある。秋月郷土館に所蔵される青柳種麿（種信）の『柳園随筆』（半紙本二冊存）は「筑前国夜須郡大神社庫書印」の蔵書印が捺された写本だが、その巻五の「肥前国ところ〴〵」に、

其後文化七年三月　国命を受て長崎にゆくとて其ゆくての地々を尋見るに、今玉葛の穴とよぶところあり。其地は鏡大明神の南五町計領巾麾山の南の麓にて鏡村と梶原村との境にあり。趺より参に十間斗に山の尾の岸の上に丸岡あり。其上下左右は畑なり。其岡の上土を高く築て三尺斗の切石を居たり。

下の畑に塔の九輪落てあり。これ彼石の上に在し物と見えたり。其切石の西の方に穴あり。臨て見れば、内は六七尺斗りに石を畳て尋常の冢穴なり。其穴は天井の石の落たる物なり。是も乱世に廃せしにや、冢中にて一物もなし。これ彼風土記に山の南にあるによくかなへり。これ佐用姫が墳なるべし。そは後世は源氏物語玉葛の古事をのみ俗に語伝へて佐用姫の事はいともく〳〵古きことなればかたり伝へざりしなるべし。されど、素も古の名ある婦人の墳とはいひ伝けむを附会して玉葛の墳とあやまりしか。其後、冢上に穴の出きしよりまた墳と云ことをもうしなひて玉葛の穴とはいふなるべし。梶原また原など云里の名も、昔の篠原を転訛たるなるべきか。源氏物語はつくり物語にして真の古事にはあらざれば、もとより其冢もあるべきやし《ママ》もなく、且彼物語にも玉葛のこゝに死られしにいふこともなき物をや。

とある。文化七年と言えば忠敬の測量日記より二年早い（忠敬と種麿は交流があったようである）。この記事は伊藤常足『太宰管内志』肥前之四、松浦郡上にも「師の〔柳園随筆〕に松浦に今玉葛の穴とよぶ処あり……」として引用されている。種麿は「玉葛の穴」とされるのは実は「これ佐用姫が墳なるべし」と主張している。これまでの文献はいずれも玉鬘が身を隠した場所としているのに対し、本書は「玉葛の墳」乃至「冢穴」という認識の存在を前提に考察を進めている。その前提に立てば、『源氏物語』は作り物語であるから素よりその塚もあるはずがなく、そもそも物語中に玉鬘がこの地で亡くなったという記述は見えないとする理屈は一応尤もではある。だが、元々「玉葛の墳」といった理解は本書とそれを引用する『太宰管内志』以外には見えず、いずれかの段階で誤解が生じているのではなかろうか。ちなみに、奈良の初瀬にも「玉葛の君の跡」として「庵」および「墓」があることを本居宣長が『菅笠日記』（寛政七年刊）に書き留めているが（板坂耀子『江戸の紀行文――泰平の世の旅人たち』中公新書、二〇一一年）、必ずしも好意的ではなかったようで、『源氏物語玉の小櫛』一の巻（寛政十一（一八二八）年刊）に、

さてついでにいはむ、五條に、夕皃君の跡、須磨浦に、源氏君の跡、長谷《ハツセ》に、玉かづらの君の跡、などいひてあるたぐひは、みな事好めるものの、つくりものがたりぞといふことをだに、わきまへざるしわざ也、これらはむげにをさなき事なれば、人のまどふべきにもあらざめるを、かくいふは、たゞうひまなびのために、おどろかせるのみぞ、

のごとく、先の青柳種麿にも似た冷静な批評を残している。

他に、玉葛窟古墳に言及する文献を「国立国会図書館デジタルコレクション」によって探してみると、大正十五（一九二六）年に刊行された郷土研究会編『鏡村史』（小宮印刷所）に「玉葛内侍の土窟」の項が設けられていた。

四、玉葛内侍の土窟

鏡山西南の麓、字山添と梶原との境に玉葛内侍の土窟といふのがある。小高き岸の上に丸い岡がありその上下左右は山林や畑であつて、土を高く盛り三尺許の切石を据えてある、下の畑には五輪の塔が落ちてゐる、彼の切石の上に在つた物であろう、其の切石の西側に穴がある、内は六七尺許の石をたゝんで塚穴をこしらへてある、それは昔村上天皇の応和二年玉葛の内侍といふ女が都を憚る事があつて、知るべを頼つてこの松浦の里に来た折に、荒男等の脅迫を恐れて此の中に住まつた所だと云ふ。今その広さをはかれば、室の高さ一間、巾一間、奥行二間位である。

「村上天皇の応和二(九六二)年」、「都を憚る事」といった、これまで見た資料とは異なる話が記されている。少し遡る明治三十五(一九〇二)年刊行の牧川茂太郎編『唐津名勝案内』(此村書店)においてもこれと似た記事「玉葛内侍土窟」を見出せた。加えて、同じ牧川氏の手になる『松浦名勝案内』(牧川書店、明治四十一(一九〇八)年)にもほぼ同文でより詳しい記事が載っているのでこちらを引用しよう。振り仮名も原文のままに掲げる。

○玉葛内侍土窟《たまくずないしのどくつ》

鏡山《かゞみやま》の西麓溜池《さいろくためいけ》の辺《ほとり》にある。茅草《かやくさ》生《お》ひ茂《しげ》りて一寸見出難《ちよつとみだしがた》きも、此窟《このくつ》は往昔村上天皇《むかしむらかみてんのう》の応和《おうわ》二年《ねん》に玉《たま》葛内侍《くずないし》と云ふがあり、都《みやこ》を憚《はゞか》る可《べ》き事《こと》ありて少《すこ》し許《ばか》りの知《し》る辺《べ》を便《たよ》りて松浦《まつら》の里《さと》に隠《かく》れ給《た》まいし其《その》折《お》り、若《も》し荒《あ》ら男抔《おとこなど》に奪《うば》ひ去《さ》られむ事《こと》を恐《おそ》れて丸石《まるいし》を畳《たゝ》み上《あ》げ、天井《てんじやう》は平《ひら》なる盤石《ばんじやく》にて蔽《おふ》うたのが是《こ》れだ、室《しつ》の広《ひろ》さは三畳敷余《じやうしきあま》りである。内侍年長《ないしとしちやう》せられ、十七才にして都《みやこ》に上《のぼ》り、光《ひか》る君《きみ》の北《きた》の方《かた》とならせられたと今に伝《つた》へられてある。其時内侍《そのときないし》の歌《うた》に

　雲《くも》の上《うえ》に心《こゝろ》一つを留《と》め置《お》きて草《くさ》の枕《まくら》を幾夜《いくよ》むすびし

今此跡《いまこのあと》を探《さぐ》らんとする者、到底案内者《とうていあんないしや》なくては知《し》る由《よし》なき迄《まで》に草茫々《くさばうぐ》生《お》ひ茂《しげ》れるも、求《もと》むれば石跡猶《いしあとな》ほ昔《むかし》を語《かた》る。

「玉葛」には「たまくず」と読み仮名を付している。「村上天皇の応和二年」「都を憚る事」の要素が共通していることが確認できる。また、上京の時期として「十七才」という年齢が示されているが、『源氏物語』にはその頃の玉鬘の様子は記されていない。他にも、なぜか「光る君の北の方にならせられた」ことになっている点、それから『源氏物語』にはない歌が玉鬘の歌として「雲の上に心一つ

を留め置きて草の枕を幾夜むすびし」と紹介されている点も注目される。これは『新編国歌大観』にも見出せない歌である。

さらに、近藤氏の著書の中で、佐賀県立図書館鍋島文庫所蔵の『唐津拾風土記抜萃』（内題は『松浦拾風土記抜萃』）を用いた佐用姫の考察がなされているが、本書の巻四第十六には玉葛窟古墳に関する記述も見出された。

玉葛の旧跡

玉葛は夕顔の上の姫君にて、村上天皇応和二年都を憚ることありて幼き時より此の築紫《ママ》にかくれ給ひしに、都のかたのなつかしく

雲の上に心ひとつを残置て草の枕をいく夜むすびし

と詠じて松浦に隠れ給ひけるに、あぶれ者に奪給んことを恐て、此穴室に忍ばせ三四年をおくり、漸歳十七に成られし。世も少し静なれば都に登り光君をたらちを君とたのみ、髭黒の北の方となられぬ。その女子三人男子三人ありたり。其石窟残りて草むらと成ぬ。都に帰り給ふ時の謌

浮島を漕離てもゆくかたやいづく泊としらずもありなん

「抜萃」と題されながら、先に掲げた活字本の『松浦拾風土記』とは記述の分量も内容も異なっており、この記事の方が詳しい。そこには、明治期の名勝案内に見られた「村上天皇」「応和二年」「都を憚る」、および「雲の上に……」の歌が記されており、これらの要素は江戸時代後期、文化初年頃まで遡れることが確認できた。名勝案内にあった「光る君の北の方」という誤った情報は、同書の記述のうち、「髭黒の」の部分を不注意に落として伝えたものであろう。なお、玉鬘が「都に帰り給ふ

時の謌」とされる「浮島を漕離てもゆくかたやいづく泊としらずもありなん」は『源氏物語』玉鬘巻に見える歌だが（結句は「知らずもあるかな」）、詠んだのは兵部の君である。

忠敬の測量日記や『唐津拾風土記抜萃』の記事から、「玉葛窟古墳」は古くは「玉葛の旧跡」と呼び慣わされていたこともうかがい知れる。本章において文中は「玉鬘」と通行の字を記しながら表題に「葛」の字を用いたのはそのためである。内容についても、案内板に記された白狐のくだりはむしろ亜流と考えるべきで、『唐津拾風土記抜萃』に見られる記事の伝説が明治期の文献へと比較的忠実に伝えられていた。研修旅行引率の下調べとして知り得たことはここまでであるが、この伝説はさらに多くの文献に書き留められていることが想像される。玉鬘が詠んだとされる「雲の上に……」の歌についても元はさらに遡り得るのではなかろうか。かつては唐津の名勝案内にまで紹介された伝説がどれだけの広がりを見せていたのか、引き続き調査を進めて補完を期したい。

（付記）調査に快く御協力下さった唐津市文化課の美浦雄二氏と伊能忠敬記念館の酒井一輔氏、および佐賀県立図書館と財団法人秋月郷土館の皆様に心より御礼申し上げる。なお、初出稿発表後、二〇一二年八月二十二日の西日本新聞佐賀版「かささぎ通信」に「唐津に源氏物語ヒロイン伝説　玉鬘隠れた洞穴あった」として玉鬘窟古墳の紹介記事が掲載された旨、前述の楢崎由紀子教諭より教示を得た。

あとがき

本書は省筆を論じたものであるから、あとがきも多くは書かないこととしたい。
本書所収の論考の初出は以下の通りである。それぞれ、加筆・修正を施した。

「書かず」と書くこと（書き下ろし）

第Ⅰ部

省筆論　『文学』四―六、二〇〇三年十一・十二月
夕顔以前の省筆　『語文研究』九十七、二〇〇四年六月
貫之が諫め　『比較文学研究』百一、二〇一六年六月
卑下の叙法　『国語と国文学』九十一―十一、二〇一四年十一月
「ようなさにとどめつ」考　『語文研究』九十五、二〇〇三年六月
「思ひやるべし」考　『語文研究』九十八、二〇〇四年十二月
与謝野晶子訳『紫式部日記』私見　『文献探究』四十一、二〇〇三年三月
省筆の訳出　『文献探究』四十三、二〇〇五年三月
「御返りなし」考　『むらさき』四十九、二〇一二年十二月

第Ⅱ部
施錠考　『東アジアと日本』九州大学COEプログラム紀要二、二〇〇五年二月
村雨の軒端　『語文研究』百・百一、二〇〇六年六月
硯瓶の水　『語文研究』百七、二〇〇九年六月
いとやむごとなききはにはあらぬが　『語文研究』百四、二〇〇七年十二月、『ニューサポート高校国語』二十、二〇一三年九月
涙の表記　『国語国文』八十一―二、二〇一二年二月
玉葛の旧跡　『九州産業大学国際文化学部紀要』五十一、二〇一二年三月

本書を成すにあたり、九州大学入学以来、今日に至るまで御指導を賜っている今西祐一郎先生をはじめ、本書で扱った問題について議論や助言や受講などさまざまな形で関わって下さったすべての方々に心より御礼申し上げる。本づくりの工程を教わった東京大学出版会の山本徹氏と、氏を御紹介下さった東京大学の齋藤希史先生にも感謝申し上げる。

二〇一七年六月

田村　隆

索　引

あ　行

か　行

さ 行

な　行

は　行

ま　行

や　行

著者略歴
1979年　山口県岩国市生まれ
2001年　九州大学文学部卒業
2006年　九州大学大学院人文科学府博士後期課程修了
博士（文学）
九州産業大学国際文化学部講師，東京大学大学院総合文化研究科講師をへて
現　在　東京大学大学院総合文化研究科准教授

主要著作
「春日野の春秋」（東京大学教養学部編『高校生のための東大授業ライブ　学問からの挑戦』東京大学出版会，2015年）
『九州大学百年の宝物』（共著，丸善プラネット，2011年）
『伊勢物語　坊所鍋島家本』（解説，勉誠出版，2009年）

省筆論 ——「書かず」と書くこと

2017年7月28日　初　版

［検印廃止］

著　者　田村《たむら》　隆《たかし》

発行所　一般財団法人　東京大学出版会
代表者　吉見俊哉
153-0041　東京都目黒区駒場4-5-29
http://www.utp.or.jp/
電話　03-6407-1069　Fax 03-6407-1991
振替　00160-6-59964

組　版　有限会社プログレス
印刷所　株式会社ヒライ
製本所　牧製本印刷株式会社

ISBN 978-4-13-083073-7　Printed in Japan

秋山虔著　新装版　王朝女流文学の世界　四六判　二九〇〇円

阿部公彦著　善意と悪意の英文学史　語り手は読者をどのように愛してきたか　四六判　三二〇〇円

菅原克也著　小説のしくみ　近代文学の「語り」と物語分析　四六判　三六〇〇円

野網摩利子著　夏目漱石の時間の創出　A5判　六五〇〇円

多田蔵人著　永井荷風　A5判　四二〇〇円

ロバート キャンベル編　Jブンガク　英語で出会い、日本語を味わう名作50　A5判　一八〇〇円

東京大学教養学部 国文・漢文学部会編　古典日本語の世界 二　文字とことばのダイナミクス　A5判　二四〇〇円

東京大学教養学部編　高校生のための東大授業ライブ　学問からの挑戦　A5判　一八〇〇円

ここに表記された価格は本体価格です．ご購入の際には消費税が加算されますのでご了承ください．